W0049070

Veit Bronnenmeyer, geboren 1973 in Kulmbach, ist im Schul- und Bildungsreferat der Stadt Fürth tätig. Bei ars vivendi erschienen bereits seine Kriminalromane *Russische Seelen*, *Zerfall*, *Stadtgrenze* und *Gesünder sterben*. 2009 wurde er mit dem Agatha-Christie-Krimipreis ausgezeichnet.

www.veit-bronnenmeyer.de

Veit Bronnenmeyer

Tod Steine Scherben

Albach und Müller: der fünfte Fall

Kriminalroman

ars vivendi

Originalausgabe

Erste Auflage Dezember 2016
© 2016 by ars vivendi verlag
GmbH & Co. KG, Bauhof 1,
90556 Cadolzburg
Alle Rechte vorbehalten
www.arsvivendi.com

Umschlaggestaltung: FYFF, Nürnberg
Motivauswahl: ars vivendi
Coverfoto: © suze / photocase.de
Druck: Orthdruk
Printed in the EU

ISBN 978-3-86913-727-8

Tod Steine Scherben

Inhalt

I. Wenn die Nacht am tiefsten ist

»Wie kannst du denn heute schon wissen, dass du morgen krank bist?« Alfred unterbrach die Arbeit an seiner Zigarette und lehnte sich in den Schreibtischsessel zurück.

»Wenn die glaubt, dass ich bis auf Weiteres hier Akten fresse, hat sie sich geschnitten.« Renan hatte einen leeren Kopierpapier-Karton auf ihren Tisch gestellt und räumte hektisch einige teil-private Gegenstände ein. »Und bei dem Lärm ist an Arbeit sowieso nicht zu denken«, ergänzte sie schreiend.

Das Präsidium befand sich seit zwei Monaten im Umbau, was nicht nur Lärm-, sondern oft genug auch Geruchsbelästigungen und zeitweise sogar kleinere Erdbeben mit sich brachte. Einige Dezernate waren ausgelagert worden, nicht so das Dezernat 1, unter anderem zuständig für Straftaten wider Leib und Leben. Soeben hatte sich wieder ein Bohrhammer lautstark bemerkbar gemacht.

»Die Frau Kriminalrätin hält sich doch bloß an die Vorschriften …«

»Jaja, verteidige sie nur, deine Freundin«, rief Renan. »… Teetasse bitte!«

»Sie ist nicht meine …« Alfred seufzte und reichte seiner Kollegin das gewünschte Gefäß. Weder er noch Karla Neumann konnten etwas dafür, dass Renans Bauch mittlerweile beim besten Willen nicht mehr ignoriert werden konnte. Da durfte sie eben nicht mehr zu möglicherweise gefährlichen Außendiensten eingeteilt werden. Alfred hätte genauso reagiert.

»*Die körperliche Unversehrtheit von Mutter und Kind gefährdende Einsätze …*«, äffte Renan ihre Dezernatsleiterin nach. »Wie oft hatten wir das in den letzten Jahren?«

»Einmal.« Alfred hob die mittlerweile fertiggestellte Kippe hoch. »Also je einmal – ich und du.«

»Ach«, Renan winkte ärgerlich ab. »Ich gebe ihr gerne eine Unterlassungserklärung, dass ich nicht mehr alleine in dunklen Lagerhäusern Mordverdächtigen nachschleiche ...«

»Die kann nicht anders, Renan.« Alfred versuchte es nun mit väterlicher Strenge. »Stell dir mal vor, da passiert wirklich was. Muss dir ja nur irgendein Irrer in den Bauch schlagen!«

»Wo ist denn die Mustafa-Sandal-CD?«

»Ja, die solltest du wirklich mitnehmen!«

»Mach nur so weiter«, Renan warf sich in ihren Stuhl und machte sich an den Schubladen zu schaffen, »dann werde ich dich ganz sicher nicht vermissen!«

»Ich dich schon.« Alfred sah aus dem Fenster auf die sich langsam belebende Fußgängerzone.

»Ich bin ja nicht aus der Welt.« Der Bohrhammer machte kurz Pause, und Renans Ton wurde nun etwas milder. »Aber ich lasse mich hier nicht einsperren! Da mache ich lieber von meinen Rückenschmerzen Gebrauch, dann sind die wenigstens auch mal für was gut.«

»Na ja, wenn ihr wirklich vor der Geburt noch umziehen wollt, dann kannst du die freie Zeit sicher ganz gut gebrauchen.«

»Pff«, tönte es nun aus dem Off, da Renan mittlerweile beim untersten Schub angekommen war. »Hast du in letzter Zeit mal die Mietpreise angeschaut?«

»Nein, warum sollte ich?«

»Dann brauchen wir ja an dieser Stelle nicht weiterzudiskutieren.« Ächzend kam sie wieder hoch und rieb sich das Kreuz. Gleichzeitig klingelte Alfreds Telefon.

»Ja, Albach …«, er deutete mit einem Lineal auf einen Papierhaufen, unter dem er eine CD-Box ausgemacht hatte, »Brandstiftung am Hermann-Richter-Platz? Ja, habe ich beim Reingehen mitgekriegt, aber das hat ja nichts mit uns … Was? Eine verbrannte Leiche? Okay, bin schon unterwegs.«

»Ich komme mit«, beschied Renan, nachdem er den Hörer aufgelegt hatte.

»Aber … worüber haben wir denn die letzten zehn Minuten geredet?« Alfred konnte nicht verhindern, dass sich seine Stimme etwas erhob.

»Ich habe noch nichts Schriftliches!« Renan zuckte mit den Schultern, während der Krach wieder einsetzte. »Und außerdem ist es hier drin viel gesundheitsgefährdender!«

*

Das Merkwürdigste war der Geruch. Renan kannte diesen Kiez ganz gut, hatte selbst vier Jahre hier gelebt. Manchmal roch es nach Abgasen von der nahen Ausfallstraße, manchmal zog der Mief von der Kläranlage der anderen Flussseite rüber, und manchmal, wie jetzt im Herbst, roch es auch nach Holzfeuer. Aber *dieses* Feuer hatte eine andere Duftmarke hinterlassen. Beißender, salziger und zugleich irgendwie kälter. Das war nicht der Duft, den sie kannte. Das war aber auch nicht mehr das Konradshof, das sie kannte.

In den letzten Jahren waren viele der alten Wohnungen saniert und teuer verkauft worden. Auf einigen Brachflächen, wie hier am Hermann-Richter-Platz, waren moderne Reihenhäuser hingestellt worden. Eines dieser Eigenheime, eine ehemals weiße, schachtelige Doppelhaushälfte, war letzte Nacht in Brand geraten. Wobei das Feuer offensichtlich von einem darunter geparkten Auto auf den Carport des Hauses übergegriffen hatte. Das Haus selber hatte wohl nicht gebrannt, nur die Fassade war verkohlt, und eine Plastikbank, die an der Wand gestanden hatte, war geschmolzen und sah auf den ersten Blick wie ein Skelett aus.

Außer der Kriminaltechnik waren auch noch die Feuerwehr da und die Kollegen vom Branddezernat. Der Tatort war abgesperrt, auf der anderen Seite der rot-weißen Bänder hatten sich zahlreiche Schaulustige versammelt.

Der Stadtteil Konradshof war jahrzehntelang die Heimat von Arbeitern, Arbeitslosen, Künstlern, Linken und Ausländern gewesen, aber nun schien auch eine betuchtere Schicht Gefallen an dem Kiez zu finden. Dazu kam, dass seit der Finanzkrise die Immobilienpreise explodiert waren und sich mit neuen Häusern und Eigentumswohnungen gutes Geld verdienen ließ. Wobei Renan auch klar war, dass diejenigen, die hier ihre letzten Kröten für einen gesichtslosen Karnickelstall mit Handtuch-Garten zusammenkratzten, ganz sicher keine »Bonzen« waren, wie es an mehreren Hausfassaden aufgesprüht stand. Trotzdem schien es einigen der Alteingesessenen nicht zu behagen, was mit ihrem Viertel gerade geschah. Schon ein paar Mal hatten Autos gebrannt, aber dass nun auch noch ein Mensch dabei getötet wurde, hatte eine neue Qualität – das würde heftige Wellen schlagen.

»Was machst denn du noch da?«, fragte Pit von der Spurensicherung, als er mit Renan und Alfred am Tatort zusammentraf.

»Solltest du dich nicht anderen Fragen widmen?«, gab Renan von oben herab zurück, sie überragte den guten Pit um mehr als einen halben Kopf.

»Ist ja schon gut.« Er hielt ein Klemmbrett in der Hand und kratzte sich mit seinem Bleistift am Hinterkopf. »Also, was die Brandstiftung betrifft, alles wie gehabt: Das Auto wurde mit Benzin übergossen und dann angezündet. Irgendwann griff das Feuer dann auf den Carport über ...« Er deutcte auf einen BMW, der ziemlich verkohlt aussah, aber im Großen und Ganzen seine Form bewahrt hatte.

»Und wo war das Opfer?« Alfred rümpfte die Nase und steckte die soeben gedrehte Zigarette wieder weg.

»Im Fahrzeug«, Pit deutete auf das Wrack.

»Die haben ein Auto angezündet, wo einer drin war?«, rief Renan fassungslos.

»Ob absichtlich oder nicht, können wir natürlich nicht feststellen.«

»Wenn es nicht absichtlich war, warum ist er dann nicht ausgestiegen, als das Fahrzeug in Brand geriet?«, fragte Renan.

»Vorher müsste man erst mal wissen, warum er überhaupt da drin war«, gab Alfred zu bedenken.

»Vielleicht war er besoffen oder betäubt«, Pit zuckte die Achseln, »aber das sollen die von der Rechtsmedizin rausfinden. Wir sind mit den Spuren noch nicht ganz durch, und die Analyse wird auch noch etwas Zeit brauchen. So lange werdet ihr euch noch gedulden müssen!«

»Verbrannt ist er jedenfalls nicht.« Renan hatte Pit die Digitalkamera entwunden und die Bilder der Leiche begutachtet.

»Nein, das kann ich auch als Nicht-Mediziner feststellen.« Pit versuchte, die Kamera zurückzukriegen, scheiterte aber an Renans festem Griff. »Höchstwahrscheinlich ist er an einer Rauchvergiftung gestorben oder erstickt – wie auch immer. Zum Verbrennen hat's nicht gereicht, weil die

Feuerwehr halt doch irgendwann da war und den Brand gelöscht hat, bevor alles verkohlt ist.«

»Habt ihr schon Hinweise auf die Identität?«, fragte Alfred stirnrunzelnd.

»Bis jetzt nicht, aber das ist ja auch nicht *mein* Job, gell?« Pit hatte seine Kamera zurückerobert und wandte sich einem Feuerwehrmann zu, der nach ihm gerufen hatte. »Alles Weitere dann im Bericht!«

»Wo sind denn die Hausbewohner?«, rief ihm Renan noch nach.

»Sind drinnen, warten auf euch!«

»Erst diese Schmierereien, und jetzt zünden sie uns auch noch das Haus an«, schluchzte die Mutter, während der Vater auf der einen Seite seine Frau und auf der anderen die etwa zehnjährige Tochter zu trösten versuchte.

Wie sie nun erfahren hatten, hatte Familie Burgstätter sich den Traum vom Eigenheim erst vor einem Dreivierteljahr verwirklichen können; trotz der relativ hohen Preise hatten die Burgstätters mit einer kleinen Erbschaft, einer schnellen Kaufentscheidung und der Möglichkeit, einige Ausbauarbeiten selbst zu übernehmen, Glück gehabt. So schien es zumindest am Anfang. Doch dann stellte sich schnell heraus, dass einige im Viertel den neuen Mitbürgern ihr Glück nicht gönnen wollten. Und so war auch ihr Haus in den letzten Monaten schon einmal das Opfer einer Farbbeutelattacke geworden – nebst einer eindeutigen, gesprühten Aufforderung, das Viertel wieder zu verlassen.

»*Bonzen raus!*«, schimpfte nun auch der Vater, »das ist doch der blanke Hohn. Wie blöd müssen die sein, wenn sie nicht einmal zwischen einem Penthaus und einer Doppelhaushälfte unterscheiden können.«

»An die Penthäuser kommt man eben so schlecht ran.« Renan wusste nicht so recht, ob das an ihrer Schwangerschaft lag, aber irgendwie fiel es ihr gerade schwer, besonders empathisch zu sein.

»Was war denn mit den Autos?«, fragte Alfred schnell. »Da hatten Sie bislang aber noch keinen Schaden, oder?«

»Nein, unser alter Ford Kombi hat die nicht interessiert.« Herr Burgstätter stand auf und lief zwischen der Couch und der Terrassentür hin und her. »Aber irgendwann braucht man halt mal ein neues Auto ... Und was kann ich dafür, wenn ich über die Firma bei BMW zwanzig Prozent kriege?!«

»Was haben die bisher so angezündet?«, fragte Alfred.

»Alles, was teurer aussah und nicht in einer Garage stand«, Burgstätter steigerte sich nun in eine sichtbare Wut hinein, »BMWs, Audis, solche SUVs ... aber das haben Sie doch sicher alles in Ihren Akten.«

»Andere Feldpostnummer ...«, begann Renan, wurde aber sofort wieder von ihrem Kollegen unterbrochen.

»... ja, sicher, haben wir. Wir fragen uns nur, ob Ihr Fahrzeug gezielt ausgesucht wurde. Es stehen ja noch einige mehr in der Straße.«

»So viele stehen da nachts nicht.« Burgstätter kaute auf seinen Lippen herum. »Wir haben nur das Pech, dass es bei uns nicht mehr für eine Garage gereicht hat. Dann wäre der Garten so klein geworden, dass kein Tisch mit vier Stühlen mehr auf die Terrasse gepasst hätte!«

»Mama, darf ich jetzt in mein Zimmer gehen?«, fragte die Tochter, die sich in der Situation offensichtlich nicht wohlfühlte.

»Ja, mein Schatz«, Frau Burgstätter versuchte ein Lächeln, »ich komme auch gleich ...«

»Es wäre aber auch möglich, dass es den Tätern nicht um Sie ging.«

»Meinen Sie?« In der Stimme der Frau war eine Spur Erleichterung zu hören.

»Es spricht einiges dafür«, sagte Renan, »es könnte auch um den Toten gegangen sein.«

»Was für ein *Toter*?!« Um Frau Burgstätters Erleichterung war es mit einem Schlag wieder geschehen.

»Oh, haben die Kollegen Sie dazu noch gar nicht befragt?« Alfred blickte verunsichert zu Renan.

»Nein, wir sind ja nicht mal in die Nähe des Wagens gekommen, seitdem die Feuerwehr angerückt ist.« Die Mutter machte sich etwas zögerlich auf den Weg in den ersten Stock.

»Das muss dann der Kerl gewesen sein, der das schon öfter gemacht hat!« Burgstätter stellte sich vor die Terrassentür und blickte finster nach draußen.

»Das hat es schon öfter gegeben?«, hakte Alfred nach.

»Ja, der ist fast schon eine Berühmtheit, bei diesen Asozialen«, schimpfte der Hausherr. »Legt sich aus Protest in fremder Leute Autos und schläft darin ... Da sieht man mal wieder, was diese ganzen elektronischen Schlösser wert sind!«

»Ist das in der Nachbarschaft schon mal passiert?«

»Direkt nicht, weiter hinten in der Schlossstraße, glaube ich ... Diese Verbrecher machen mich krank!«

»Hat er die Fahrzeuge irgendwie beschädigt?« Die zunehmende Aggression in Burgstätters Stimme ließ Alfred aufhorchen.

»Keine Ahnung. Ist aber doch völlig egal. Der hat sich da nicht reinzulegen und anderer Leute Privatsphäre zu verletzen ... Da muss er sich auch nicht wundern, wenn er einmal ...«

»Einmal was?«, fragte Alfred.

»Ich muss jetzt mal raus!« Renan verließ schnellen Schrittes das Haus.

Draußen wurde sie auf einen kleinen Tumult aufmerksam, der sich rund um zwei VW-Busse der uniformierten Kollegen abspielte. Offenbar waren einige linksalternative Jugendliche gekommen, um ihre Interpretation der Vorgänge lauthals zu verkünden. Wie so oft hatten sie dabei nicht an sich halten können und einigen der anwesenden »Trachtler« mitgeteilt, was sie so von der Polizei im Allgemeinen und den Anwesenden im Besonderen hielten. Zwei der Demonstranten saßen schon zur Aufnahme der Personalien in einem der Busse, ein knappes Dutzend weiterer verhielt sich ruhig und stand hinter der Absperrung zusammen, während ein besonders aufsässiger offenbar mit Pfefferspray außer Gefecht gesetzt worden war und nun schimpfend unter dem Knie eines jungen, schrankgroßen Polizeimeisters auf dem Boden lag.

»Faschistenwichser seid ihr, alle miteinander!«, keuchte der Aktivist, dessen Kopf unter der abgewetzten, schwarzen Lederjacke kaum zu erkennen war.

»Nur weiter so«, sagte eine Kollegin, die mit einem Notizblock danebenstand. Renan kannte sie kaum, glaubte aber, dass sie Sophia oder Sophie mit Vornamen hieß. Sie war wohl ein paar Jahre älter als Renan und anscheinend noch nicht lange in der Stadt.

»Wenn ich ein Nazi wäre, hättet ihr mich nicht angefasst, ihr Drecksbullen!«, ergänzte die Lederjacke.

»Wird immer teurer.« Sophia schrieb fleißig mit.

»Haben die irgendwas mit der Sache da zu tun«, fragte Renan, nachdem sie sich kurz zugenickt hatten.

»Na ja, da würde ich keine Wette drauf abschließen, dass die nichts mit dem Feuer zu tun haben ...« Sophia blickte abwartend nach unten.

»Arschlöcher ...«

»Wer sagt's denn, noch mal 1.500!«

»Sind die schon bekannt bei euch?«, fragte Renan.

»Die gehören wahrscheinlich alle zu so einer Organisation ... AFK oder AFKO, je nachdem ... Kommt noch was?«

»Hhhmpff«, sagte die Lederjacke.

»*AFKO*?«, fragte Renan und stupste den Kerl leicht mit der Fußspitze an.

»Aaahh ... ihr Folterknechte!«

»Aktionsfront Konradshof, glaube ich«, sagte Sophia, »die meisten sind schon aktenkundig. Meistens wegen BtMG, zwei-, dreimal haben wir auch einen mit Farbbeuteln oder beim Anbringen von solchen Schmierereien erwischt.« Sie musterte Renans Bauch. »Herzlichen Glückwunsch, übrigens.«

»Danke«, sagte Renan schnell, »ich glaube, dann solltet ihr uns die Personalien auch mal mitteilen.«

»Ihr Schwachköpfe«, rief die Lederjacke, »wir zünden doch keine Karre an, wo einer von uns drin liegt!«

»Was heißt *einer von uns*?«, fragte Renan und stupste nochmals.

»Rocco«, schluchzte ein Mädchen, das gerade aus dem VW-Bus geklettert kam. Der Kleidung nach gehörte auch sie zur alternativen Szene.

»Wer ist das?«, fragte Renan.

»Die Personalien haben die Kollegen im Bus.«

»Ist die auch ausfällig geworden?«

»Nein, die ist zusammengebrochen ...«

»Einen kleinen Moment bitte«, rief Renan und lief der jungen Frau nach.

»So«, Alfred kniff die Augen zusammen und näherte sich dem Bildschirm bis auf eine Nasenlänge, »da haben wir ihn ja. Rocco Baierlein ...«

»Heißt, also *hieß* der wirklich so?« Renan hatte ihre Teetasse wieder aus dem Karton gezogen und sich einen Roibuschtee aufgebrüht. Ihren geliebten Darjeeling durfte sie gerade nicht zu sich nehmen.

»Offensichtlich«, Alfred klickte ein paar Mal mit der Maus, »22 Jahre. Ist bei uns aktenkundig wegen Besitz von Betäubungsmitteln ... sieben Gramm Hasch, außerdem wegen gemeinschaftlich begangener Sachbeschädigung ...«

»Was war das?« Renan blies heftig in ihre Tasse.

»Schmierereien an Hauswände. Da ist er aber nur verdächtigt worden, auf den Hinweis eines Anwohners hin. Zur Anklage kam es wohl nicht ... Dann versuchter Diebstahl in zwei minderschweren Fällen ... ach, da haben sie die Mülltonnen von Supermärkten ausgeräumt. Und dann ... tatsächlich ...«, er lehnte sich zurück.

»Was?«

»Na, schau selber.«

Renan stand ächzend von ihrem Stuhl auf und kam um den Schreibtisch herum.

»Der hat tatsächlich Autos geknackt und sich dann zum Schlafen reingelegt«, sie legte die Stirn in Falten, »und das schon fünf Mal?«

»Fünf Mal ist Anzeige erstattet worden«, präzisierte Alfred, »wahrscheinlich hat er es noch öfter gemacht und wurde dabei aber entweder nicht erwischt oder nicht angezeigt.«

»Fünf Fälle von ...«, Renan ließ sich wieder in ihren Sessel fallen, »ja, äh, was ist das eigentlich? Am Ende doch auch nur Sachbeschädigung, oder?«

»Selbst dafür scheint's nicht gereicht zu haben«, Alfred schnüffelte wieder am Bildschirm, »der hat das anscheinend ganz gut gekonnt. Wenn ich das richtig sehe, war keines der Fahrzeuge wirklich beschädigt. Also kommst du mit Sachbeschädigung nicht weiter. In einem Fall befand sich der Pkw auf Privatgrund, da kam dann Hausfriedensbruch infrage, aber ... der wird ja nur auf Antrag der Staatsanwaltschaft verfolgt. Vielleicht hat der Hausbesitzer die Antragsfrist versäumt.«

»Also ist das Übernachten in einem fremden Auto nicht strafbar?« Sie kaute auf einem Bleistift herum.

»Wenn du es nicht beschädigst und es nicht auf privatem Grund steht ...«, Alfred hob die Arme. »Das scheint kein Dummkopf gewesen zu sein, dieser Baierlein.«

»Na gut«, Renan schlürfte ihren Tee, »die Kollegin da am Richter-Platz hat ja gesagt, dass er auch zu dieser AFKO gehört hat. Wie es scheint, hat er auf seine Weise gegen die Neubauten protestiert, indem er sich in die Autos von den Leuten gelegt hat ... Dann war da übrigens ein Mädel ... Völlig aufgelöst, die Kleine. Muss vor den Trachtlern kollabiert sein, während ihre Freunde ihnen Freundlichkeiten zugerufen haben. Es scheint, dass sie in näherem Kontakt mit dem Toten stand. War leider nicht sehr gesprächig, ich habe sie für morgen Nachmittag aber mal herbestellt, die weiß vielleicht mehr ...«

»Gentrifizierung«, sagte Alfred nach einer kurzen Denkpause.

»Was?«

»Der Fachbegriff für das, was da gerade in Konradshof passiert, heißt *Gentrifizierung*. Alter Baubestand wird saniert, Bäder rein, Fußbodenheizung, neue Fenster, Balkone dran, Parkettfußboden ... und dann entweder teuer verkauft oder vermietet. Wo sich noch ein paar leere Quadratmeter finden, werden solche Häuser hingestellt wie das von heute Morgen.«

»Schon wieder was gelernt«, knurrte Renan abschätzig. Sie war in der Vergangenheit öfter mit Alfred aneinandergeraten, wenn sie sich belehrt gefühlt hatte. Mittlerweile konnte sie sich zumindest manchmal damit abfinden, dass dies wohl mehr an ihrer eigenen Wahrnehmung lag als an seinem Charakter.

»Jedenfalls hat unser Toter bisher entweder viel Glück gehabt, oder er war clever.« Alfred ignorierte den streitlustigen Ton seiner Kollegin. »Er ist, alles in allem, nur einmal verurteilt worden – und zwar wegen den Betäubungsmitteln.«

»Und, wie viel?«

»Neunzig Arbeitsstunden«, Alfred musste lächeln, »fiel damals noch unters Jugendstrafrecht.«

»Na gut.« Renan stand wieder auf und ging zu dem Flipchart, das verloren in der Ecke hinter der Tür stand. »Dann sehe ich fürs Erste zwei Möglichkeiten: Entweder es war ein saudummer Zufall, und er hat einfach zur falschen Zeit im falschen Auto geschlafen«, sie malte mit quietschendem Filzstift ein Rechteck in die linke obere Ecke.

»Oder?« Alfred lehnte sich zurück und hob das Kinn.

»Oder da hat einer von den geplagten Neu-Konradshofern sich gedacht, dass er's diesen linken Revoluzzern mal so richtig zeigt und zurückschlägt.«

»Du meinst also ...« Alfred kratzte sich am Kinn. »Na ja, dieser Burgstätter war nicht gerade mitfühlend. Bei dem wäre ich mir nicht sicher, ob der in so einem Fall nicht in Versuchung käme, die Gunst der Stunde zu nutzen ...«

»Ist doch eine optimale Situation, wenn einer so denkt«,

Renan malte ein zweites Rechteck rechts oben, »seit Monaten, wenn nicht Jahren, beschmieren diese Kerle Hauswände und zünden sogar Autos an. Wer käme denn drauf, dass einer aus einem Reihen- oder Penthaus so was macht. Und dass dieser Rocco öfter mal in fremden Fahrzeugen geschlafen hat, war ja auch nicht ganz unbekannt …«

»Im ersten Fall wäre es dann ein tragischer Unfall«, schloss Alfred, »im zweiten wäre es Mord.«

»Außer Acht lassen sollten wir das nicht.« Renan malte zwei Pfeile von den Rechtecken nach unten. »Hatte der Tote überhaupt eine Meldeadresse?«

*

»Frau Fäustel?« Alfred berührte die alte Dame leicht am Oberarm. »Frau Fäustel, verstehen Sie mich noch?«

»Die Medikamente machen sie immer so müde«, sagte die junge Frau in Weiß, »ich glaube nicht, dass Sie da heute Abend noch weiterkommen.«

Die alte Dame war Besitzerin eines Hinterhauses mit zwei Wohnungen in Konradshof. Wobei es eigentlich nur eine Wohnung im Erdgeschoss war. Dazu war im gleich anschließenden Dachgeschoss irgendwann nach dem Krieg eine Kammer als Zimmer ausgebaut worden. Außerdem gab es das alte Klo im Treppenhaus, wo man sich auch notdürftig mit kaltem Wasser waschen konnte. Die Dachkammer hatte sie vor knapp einem Jahr an einen jungen Mann vermietet, der sich nun in einem Kühlfach in der Gerichtsmedizin befand. Die alte Frau lag in ihrem Bett in einem Schlafzimmer, das original aus einem Einrichtungskatalog der Fünfzigerjahre hätte stammen können. Ein dunkelbraun furniertes Doppelbett mit hohem Kopf- und Fußende, ein ebensolcher fünftüriger Kleiderschrank, der kaum höher war als Alfred, und eine Kommode mit einem dreiteiligen Spiegel darauf. Die beiden Seitenteile des Spiegels konnte man einklappen und so das Mittelteil schließen. Aus dem Schrank roch es stark nach Lavendel. Alfred fühlte sich fast in das Schlafzimmer seiner Eltern zurückversetzt, nur dass die es in den Siebzigerjahren ausgewechselt hatten.

Er schaffte es gerade noch, sich vorzustellen und auszuweisen, was die alte Dame zu der Frage veranlasste, ob er denn etwas von Herrn Baierlein wüsste. Doch während Alfred sich noch eine passende Antwort zurechtlegte, war sie schon eingeschlummert.

»Sie hat sich schon den ganzen Tag so aufgeregt, weil der Rocco nicht gekommen ist«, sagte die Schwester, während sie ihr Blutdruckmessgerät einpackte, »und die viele Aufregung hat sie jetzt müde gemacht. Die wacht sicher erst in den frühen Morgenstunden wieder auf – wie immer.«

»Und Sie sind …?«, fragte Alfred.

»Schwester Manuela, Manuela Bogner … Ich bin vom Pflegedienst.« Sie schloss ihren Koffer und blickte auf die Uhr.

»Sind Sie regelmäßig hier?«, fragte Alfred, während er den Namen in seinem Block notierte.

»Fast jeden Tag.« Frau Bogner löste ihren Haargummi und begann, ihre Frisur neu zu ordnen.

»Kannten Sie dann den Herrn Baierlein auch?«

»Wir sind uns hier ein paar Mal begegnet.« Der blonde Pferdeschwanz war nun wieder in Form gebracht. »Eigentlich ein ganz netter Kerl. Ein bisschen verhaut vielleicht, aber um die Frau Fäustel hat er sich wirklich lieb gekümmert. Hat er wohl was angestellt?«

»Nun ja, ähm …«

»Wahrscheinlich schon, sonst wären Sie ja nicht hier …

Entschuldigung, ich muss noch kurz in die Küche schauen.«

»Herr Baierlein ist, ähm, also er wurde tot in einem abgebrannten Auto aufgefunden«, Alfred folgte der Pflegerin, »heute Morgen. Gar nicht weit weg von hier.«

»Jetzt sagen Sie nicht, das war dieser Auflauf da am Richter-Platz!« Frau Bogner blieb abrupt in der kleinen Küche stehen.

»Genau da.« Alfred konnte gerade noch rechtzeitig anhalten.

»Und das wollten Sie der Frau Fäustel jetzt sagen, oder wie?«

»Ja, und natürlich hatte ich gehofft, noch etwas über die näheren Lebensumstände von Herrn Baierlein zu erfahren.«

»Um Himmels willen, passen Sie da bloß auf«, sie drehte sich um und stupste Alfred mit dem Zeigefinder an die Brust. »Sie darf sich nicht aufregen, das macht ihr Herz nicht mehr mit.«

»Danke für den Hinweis«, Alfred rieb sich die Nase, »ich fürchte aber, dass ich ihr ein paar Fragen nicht ersparen kann. Wir konnten noch keine Eltern oder sonstige Verwandten ermitteln.«

»Kommen Sie morgen Abend«, Frau Bogner blickte noch einmal hektisch auf ihre Uhr, »um 5. Dann bin ich auch da und gebe ihr vorher noch ein Beruhigungsmittel.«

»Na gut, wenn Sie meinen …«

»Wollen Sie vielleicht schuld sein, wenn sie einen Schock kriegt? Oder Schlimmeres?!«

»Nein, nein. Natürlich nicht!«

»Wunderbar …«, sie sah sich hilfesuchend im Raum um, »und da Sie jetzt etwas Zeit gespart haben, könnten Sie vielleicht …«

»Was?«

»Es heißt doch immer: *die Polizei, dein Freund und Helfer* ...«

Alfred hatte nie verstanden, wofür dieser Regler gut war. Links einer mit einem blauen Punkt – Kaltwasser, und rechts einer mit einem roten Punkt – Warmwasser. Aber wozu dieser dritte in der Mitte?

Er kannte die Boiler, die in früheren Zeiten oft über den Spülbecken von Altbauküchen angebracht waren. Das Wasser kam immer nur in einem dünnen Rinnsal heraus und war in kein vernünftiges Mischungsverhältnis zu bringen.

Nachdem die Schwester die Wohnung der alten Frau Fäustel verlassen hatte, sah sich Alfred mit zweierlei Perspektiven konfrontiert. Er hätte die Dachkammer von Baierlein in Augenschein nehmen und nach Hinweisen suchen können, allerdings war die Spurensicherung noch gar nicht da gewesen. Oder sollte er der Bitte der resoluten Pflegekraft nachkommen und das Geschirr der alten Frau abspülen?

Alfred entschied sich für Letzteres, nachdem er die Eingangstür zur Dachkammer schnell noch versiegelt hatte. So groß war sein Eifer nach 35 Dienstjahren dann doch nicht mehr, außerdem war es schon nach 5 Uhr. Und viel war es ja nicht gerade. Zwei Teller, ein Glas, eine Tasse und eine kleine Schüssel.

Da gab es in der Spülküche des Präsidiums schon mehr zu tun, wenn mal wieder keiner Spülmaschinen-Tabs nachgekauft hatte. Im Laufe der Jahrzehnte war Alfred zum Hauptspüler der Etage avanciert, was weniger an seiner Unterwürfigkeit, sondern mehr daran lag, dass er nach einiger Zeit so etwas wie Gefallen daran gefunden hatte. Abspülen bescherte ihm immer ein schnelles, sichtbares Ergebnis, was sonst im Dienst eher selten war.

Er zog sein Tweed-Sakko aus, krempelte die Ärmel hoch und machte sich ans Werk, wobei er einmal mehr feststellte, dass diese alten Küchen offenbar allesamt für Zwerge eingerichtet worden waren. Er musste sich so weit hinunterbeugen, dass sein Kreuz mit einem heftigen Ziehen protestierte.

Als er fertig war, zog Alfred den Stöpsel raus und sein Jackett wieder an. Er trocknete sich die Hände ab und sah sich nochmals in dem kleinen Raum um.

Die Küche war bestenfalls sechs Quadratmeter groß, fensterlos und schummrig. Auf der einen Seite standen der Spülschrank, ein Gasherd und ein Kühlschrank. Gegenüber in der Ecke ein kleiner Tisch mit einer Wachstischdecke und zwei Stühlen, deren Beine aus verchromtem Metall bestanden und deren Sitze und Rückenlehnen mit dunkelrotem Kunstleder ausgestattet waren.

Auf dem Tisch lagen ein paar Werbeprospekte und zwei geöffnete Briefe. Der oberste erregte Alfreds Aufmerksamkeit, denn er trug den Briefkopf eines Wohnungsbauunternehmens, das ihm im Zusammenhang mit der regen Bautätigkeit in Konradshof bereits mehrmals aufgefallen war. Er nahm das Schreiben aus dem Umschlag, zögerte kurz und las schließlich:

Sehr geehrte Frau Fäustel,

haben Sie schon einmal daran gedacht, Ihren wohlverdienten Lebensabend angenehmer zu gestalten? Wir von der Wohntraum AG *sind ständig auf der Suche nach geeigneten Immobilien, die wir aufwerten und wieder zu wahren Schmuckstücken der Gegend machen können. Die Lage auf dem Immobi-*

lienmarkt ist so günstig wie schon lange nicht mehr, und wir würden Ihnen daher für Ihr Haus gerne ein Angebot unterbreiten, das für Sie äußerst attraktiv wäre.

Ein Verkauf Ihrer Immobilie würde Sie auf einen Schlag von finanziellen Sorgen befreien. Sie hätten darüber hinaus die Möglichkeit, den Herbst Ihres Lebens in einem seniorengerechten Umfeld zu verbringen. Gerne helfen wir Ihnen bei der Suche nach einer barrierefreien Wohnung. Wir sind auch auf diesem Feld tätig und könnten Ihnen dazu ebenfalls interessante Angebote machen.

Zögern Sie daher nicht, mich zu kontaktieren. Sie können nur gewinnen.

Mit freundlichen Grüßen

Stefan Meßthaler

*

Die Bürgerversammlung war sehr kurzfristig organisiert worden und fand im großen Saal des Stadtteilzentrums statt. Wo normalerweise Off-Theater gespielt wurde oder Kindergartenkinder ihre Gesangskünste zum Besten gaben, entbrannte nun eine heftige Debatte über die letzten Vorkommnisse in Konradshof. Neben dem Feuer, das dem K11 Kopfzerbrechen bereitete, war in der vorigen Woche ein Zaun beschädigt worden. Ein Hausbesitzer hatte diesen um sein Grundstück gezogen und damit einen Durchgang von der Schlossstraße in die Meisenstraße so verengt, dass kaum noch ein Fahrrad oder Kinderwagen durchpasste.

Mehrere Autonome hatten gegen diese Maßnahme demonstriert, und dabei war es zu einer Rempelei mit dem Hausbesitzer gekommen, der einige Prellungen davongetragen hatte.

Als Reaktion auf die schon länger herrschenden Spannungen hatten sich zwei verschiedene Initiativen gegründet. Die Gruppe *Konradshof für Alle* bemühte sich um einen Ausgleich zwischen den widerstreitenden Interessen. Sie bestand überwiegend aus bessergestellten Alteingesessenen, die ehedem als Studenten hergezogen und mittlerweile Studienräte, Ingenieure oder Sozialarbeiter geworden waren. Die andere Gruppe hatte sich überwiegend aus den Neubürgern gebildet. Sie nannte sich *AufRecht*.

Konradshof für Alle war durch zwei Sprecher vertreten, einen Herrn Zinngiebel und eine Frau Malcher-Günzburg. *AufRecht* hatte den Vorsitzenden, Herrn Postler, entsandt, einen fast zwei Meter großen, dynamischen Enddreißiger mit Glatze und Brille, sowie ihren »Pressesprecher«, Herrn Otte, etwa im gleichen Alter, jedoch mit schütter werdendem blonden Haupthaar. Beide trugen Jeans, weiße Hemden und Jacketts. Sie saßen nun alle vorne auf dem Podium, gemeinsam mit einem Vertreter des Stadtplanungsamtes und zwei Stadträtinnen der größten Rathausfraktionen.

Von der Polizei waren keine Repräsentanten eingeladen – oder die Kollegen hatten die Einladung geflissentlich ignoriert. Renan verspürte jedenfalls wenig Lust, sich als Kriminalbeamtin zu erkennen zu geben. Das war auch nicht ihr Anliegen, sie besuchte die Veranstaltung nur, weil sie sich einige Hinweise auf den aktuellen Fall erhoffte. Das Publikum bestand wohl überwiegend aus Mitgliedern der zwei Gruppen. Dazu kamen noch einige Neugierige –

unparteiisch oder nicht – sowie ein kleines Grüppchen eher alternativ wirkender Jugendlicher beziehungsweise Twens. Ein bekanntes Gesicht aus den Aktivistenkreisen suchte Renan vergeblich.

Nach einer anfänglichen Rekapitulation der jüngsten Vorkommnisse verlas die Stadträtin der CSU eine E-Mail des bedrängten Zaunbesitzers, der mitteilte, dass er sich bis auf Weiteres in seinem Haus nicht mehr sicher fühlte und daher vorübergehend zu seinem Bruder in die Nachbarstadt gezogen war.

»Soll das hier vielleicht so weitergehen?«, rief Postler, kaum dass die Stadträtin geendet hatte. »Sollen sich unbescholtene Bürger nicht mehr in ihren Häusern sicher fühlen?«

»Entschuldigung, Herr Postler«, Zinngiebel versuchte sich in der Rolle des Moderators, »aber wir sollten nach der Reihe der Wortmeldungen vorgehen. Hier hat sich eine Dame vorher gemeldet«, er deutete ins Publikum.

»Ich besitze zwei Häuser in der Meisenstraße«, sagte eine Frau von etwa fünfzig Jahren in der zweiten Reihe. »Und ich würde dafür plädieren, dass man diesen Randalierern mal klarmacht, dass wir viel Geld und Nerven in die Sanierung von Häusern stecken, die noch auf dem Vorkriegsstand sind. Als Dank dafür kriege ich dann Schmierereien und Farbbeutel an die Wand. Wenn es den Herrschaften lieber ist, verkaufe ich die Häuser an einen Bauträger, dann werden sie schon sehen, was sie davon haben.«

»Eine viertel Million haben wir investiert«, rief ein Herr von weiter hinten. »Und die Mieten gerade mal um zehn Prozent erhöht. Dafür darf man sich dann als *Kapitalistenschwein* beschimpfen lassen!«

»Genau das meine ich«, nickte Postler.

»Wir versuchen seit Jahren, den Dialog zwischen den verschiedenen Bürgerinnen und Bürgern hier zu organisieren«, sagte Frau Melcher-Günzburg.

»Wunderbar«, fuhr Postler dazwischen, »dann machen Sie doch Ihren Freunden einmal klar, was hier gerade gesagt wurde!«

»Erstens, Herr Postler, sind autonome Gruppen nicht unsere Freunde«, Frau Melcher-Günzburg wirkte pikiert, »und zweitens bin ich nicht Ihr Lautsprecher. Wenn Sie mit den jungen Leuten reden wollen, dann müssen Sie sich schon selbst darum bemühen. Ein Engagement beim Stadtteilfest wäre vielleicht ein erster Schritt.«

»Ach, und wenn ich mich da einen Tag lang an den Grill stelle, kommen die und reden mit mir?«

»Ich habe von einem ersten Schritt gesprochen!«

»Also, für meine Fraktion kann ich sagen, dass wir den Dialog mit Gewalttätern grundsätzlich ablehnen«, mischte sich die CSU-Stadträtin nun ein. «Wir reden mit allen engagierten Bürgerinnen und Bürgern, aber nicht mit Autonomen, das wäre ein falsches Signal!«

»*AufRecht* fordert die Wiederherstellung von Recht und Ordnung in diesem Viertel«, meldete sich nun Herr Otte, der Pressesprecher, zu Wort. »Mit Straftätern wird normalerweise nicht verhandelt, sondern sie werden vor Gericht gestellt.«

»Genau!«

»Sehr richtig«, kam aus den Reihen seiner Anhänger.

»Ich verstehe nicht, warum die Leute nicht aufhören, diesen Baufirmen haufenweise Geld in den Rachen zu schmeißen«, meldete sich eine junge Frau aus den Reihen der Alternativen. »Wenn keiner mehr diese Unsummen bezahlen würde und die auf ihren Wohnungen sitzen bleiben würden, wäre das Problem schnell erledigt!«

»Und wem hilft es, wenn dieses Viertel immer weiter verfällt?«, konterte Postler.

»Denen, die keine halbe Million für ein Penthaus haben«, rief ein anderer Alternativer.

»Bei den Neubürgern hier handelt es sich in der Regel nicht um Penthausbesitzer«, erwiderte Otte, »sondern um Familien, die ihr hart erspartes Geld in Eigenheime investieren. Und Sie können mir glauben, dass wir auch alle gerne weniger gezahlt hätten, aber die Marktlage ist gerade so und wird sich in absehbarer Zeit auch nicht ändern.«

»Dann müssen wir uns aber auch nicht wundern, wenn irgendwann Autos brennen.« Das Gesicht der SPD-Stadträtin war bei jeder Wortmeldung ihrer rechten Nachbarn röter geworden, sodass sie jetzt nicht mehr an sich halten konnte.

»Dann müssen wir uns aber auch nicht wundern, wenn von diesen Brandstiftern mal einer brennt«, rief Postler.

»Aha, da kommen wir Ihrer Geisteshaltung also langsam auf den Grund.« Die Stadträtin der SPD rückte mit ihrem Stuhl weiter nach links. »Ich muss sagen, dass mir Ihre Gruppe mehr Angst macht als die paar Autonomen ...«

»Im Gegensatz zu denen lehnen wir Gewalt ab«, schaltete sich Otte wieder ein, den die letzte Wortmeldung seines Kollegen etwas in Verlegenheit gebracht hatte, »das ist völlig unstrittig!«

»Außer wenn es um Selbstverteidigung geht«, ergänzte Postler.

»Sie meinen wohl *Selbstjustiz*«, mischte sich Frau Malcher-Günzburg ein.

»Nennen Sie das, wie Sie wollen. Wir werden uns jedenfalls unsere Autos nicht länger anzünden lassen!«

»Faschist«, tönte es aus den hinteren Reihen. »Nazi!«

»Dir geb ich gleich einen Nazi.« Postler war dunkelrot im Gesicht angelaufen, sprang auf und machte Anstalten, sich in Richtung der Wortmeldung in das Publikum zu stürzen, woran er aber von seinem Mitstreiter Otte mühevoll gehindert wurde.

»Ich würde dafür plädieren, dass wir die Diskussion nun wieder versachlichen«, erhob nun Zinngiebel die Stimme. »Üble Beleidigungen bringen uns keinen Zentimeter weiter.«

»Sehr richtig«, nickte die CSU-Stadträtin.

»Dann hätte ich da mal eine Frage«, meldete sich ein junger Mann, der der Kleidung nach den Alternativen nahestand.

»Bitte.«

»Ist es zutreffend, Herr Postler, dass Mitglieder Ihrer Gruppe bereits nachts auf Streife durch das Viertel gehen?«

»Was soll das heißen, *auf Streife gehen*?«, antwortete Otte.

»Das, was es eben heißt.« Der junge Mann zuckte mit den Schultern. »Nachts nach dem Rechten sehen, mit schweren Taschenlampen – und womöglich noch anderen Accessoires ... mit einem oder zwei Kollegen, Hunden ...«

»Falls Sie hier auf eine Bürgerwehr anspielen«, sagte die SPD-Stadträtin, »das lehnen wir auf das Schärfste ab!«

»Wir machen nichts dergleichen«, beeilte sich Otte zu versichern.

»Aber man wird ja hoffentlich noch abends in dieser Stadt spazieren gehen dürfen.« Postler grinste nun verschlagen.

Renan hatte genug gehört und beschloss, dass sie den Feierabend nicht noch länger aufschieben würde.

*

»Wie geht's dir und unserer Tochter?«, fragte Markus, als sie am späten Abend endlich zum Telefonieren kamen.

»Es wird ein Junge«, insistierte Renan, während sie die Zeitung zerknüllte, die noch auf dem Sofa lag.

»Das diskutieren wir aus, wenn ich wieder zurück bin«, erwiderte er entschlossen.

»Da kannst du diskutieren, so viel du willst, das wird nichts nützen«, seufzte sie.

»Also, wie geht's *euch*?«

»*Ihm* geht's prima!«

»Und dir?«

»Fantastisch«, rief Renan mit gespielter Begeisterung, »wenn man mal von den Kreuzschmerzen absieht!«

»O je ...«

»Wenn's nur im Rücken wehtun würde«, sie stand auf und bog die Wirbelsäule durch, »aber da drückt irgendwas auf irgendwelche Nerven. Das zieht bis in die Zähne, und in den Armen kribbelt's auch!«

»Der Arzt hat dir doch so Übungen mitgegeben.« Markus bemühte sich um einen mitfühlenden Tonfall, was Renan gar nicht vertragen konnte.

»Ich kann diese Übungen nicht ausstehen«, keifte sie, »ich habe vorher kein Yoga gemacht, und ich werde es auch jetzt nicht tun!«

»Es ist dein Rücken.« Markus wusste mittlerweile genau, wann Gegenrede fehl am Platz war.

»Exakt! Und jetzt lass uns bitte von was anderem reden!«

»Okay. Hast du den Makler angerufen?«

»Ich hasse Makler«, rief Renan, »ich kann dieses Gesocks nicht mehr sehen und hören ...«

Eigentlich war es ihnen beiden ja klar, dass sie nach der Geburt des Kindes über kurz oder lang etwas Größeres brauchen würden. Renans Dreizimmer-Mansardenwohnung war zu klein und das Zweiraumapartment von Markus erst recht. Aber es war zum Auswachsen. Bezahlbare Wohnungen ab vier Zimmern gab es kaum noch, und wenn, dann nur über Makler – und dann musste man im Prinzip gleich bei der Besichtigung den Vertrag verlangen und unterschreiben, sonst kam einem ein anderer zuvor. Vor sechs Wochen hätten sie es beinahe geschafft: vier Zimmer, sanierter Altbau, erster Stock, mit Balkon, verkehrsgünstig, aber trotzdem halbwegs ruhig gelegen ... Dummerweise hatten sie sich nach der Besichtigung eine Dreiviertelstunde lang Zeit gelassen, bis Markus die Maklerin angerufen hatte und zusagen wollte. Da hatte sie das Schmuckstück leider gerade an andere Interessenten vermietet.

Seitdem hatte Renan keine Lust mehr, sich an diesem Spiel zu beteiligen. Sie sah sich zwar immer noch die Anzeigen in der Zeitung an, und Markus verfolgte die Suchaufträge in den verschiedenen Internetportalen. Aber was Renan anging, so hatte sie keinen Nerv mehr, dauernd Termine auszumachen und sich bei diesen Wegelagerern einzuschleimen. Markus war da noch etwas hartnäckiger, aber er war zurzeit viel am Herumreisen. Er war Jugendsekretär beim Gewerkschaftsbund, und da mussten auf bundespolitischer Ebene mal wieder ganz wichtige Grundsatzpapiere erarbeitet werden, die seine Anwesenheit in Berlin oder Frankfurt erforderlich machten.

»Gut«, seufzte Markus, »dann wechseln wir eben noch einmal das Thema.«

»Wie war's denn bei dir heute?«, fragte Renan. Irgendwie wollte sie ihn ja auch nicht das ganze Gespräch lang anschnauzen.

»Och, sehr ergiebig«, seine Ironie war nicht zu überhören, »den Vormittag haben wir darum gestritten, ob wir von einer demografischen *Krise* oder einem demografischen *Wandel* reden, und am Nachmittag ging's damit weiter, ob wir jetzt *Ausgaben* oder *Kosten* sagen!«

»Faszinicrcnd.« Renan musste lächeln.

»Durchaus«, sagte er, »aber auch ermüdend!«

»Immerhin kriegst du Geld dafür.« Sie setzte sich wieder und griff zur Teetasse.

»Das ist manchmal der letzte Trost«, lachte er trocken.

»Und, wofür hast du heute dein Geld bekommen?«

»Da war mal wieder eine Brandstiftung in Konradshof ... Autsch!« Renan hatte sich am heißen Tee die Zunge verbrannt.

»Schon wieder?«, Markus schien den Schmerzenslaut überhört zu haben, »na ja, irgendwie ist es aber auch verständlich, dass da ein paar Leute rotsehen ...«

»Diesmal ist aber einer dabei umgekommen.« Sie war aufgesprungen und mit dem Telefon auf dem Weg in die Küche.

»Echt?«

»Ja, in einem Auto verbrannt«, sie kramte im Eisfach auf der Suche nach einem Eiswürfel, »so ein junger Bursche ...«

»Scheiße ...«

»Gehörte tfu fo einer Gang namenf AFKO ...« Der Eiswürfel auf der Zunge tat gut.

»Was?«

»AFKO. Aktionffront Konradfhof ...«

»Nie gehört ...«

Renan spuckte den Eiswürfel in die Hand, um wieder klar sprechen zu können. »Ja, das ist ein Teil des Problems, die erscheinen wohl nur selten an der Oberfläche. Ich war gerade auf einer affigen Bürgerversammlung ... oder so was Ähnlichem. Aber da gab es eher Hinweise auf Täter aus anderen Ecken.«

»Aus welchen Ecken?«

»Aus den neu gebauten Häusern, die scheinen da gerade eine Bürgerwehr aufzubauen.«

»Ach du lieber Himmel ...«

»Die geben sich wenigstens zu erkennen, aber die anderen ...«

»Ich kenne da vielleicht jemanden, der euch dort weiterhelfen kann ...«

II. Das ist unser Haus

Am nächsten Morgen wollte Alfred es ruhig angehen lassen. Er drehte sich noch einmal im Bett um, nachdem seine Frau die Wohnung in Richtung ihrer Schule verlassen hatte, schaltete das Radio ein und ließ sich von *Bayern5* noch einmal in einen leichten Schlaf brabbeln. Als er wieder aufwachte, war es schon nach 9. Er duschte, genehmigte sich einen Espresso und fuhr dann ins Präsidium. Auf dem Weg nahm er noch eine Butterbreze mit, die er im Büro mit einem – hoffentlich frischen – Maschinenkaffee zu verzehren gedachte.

Aber daraus wurde nichts, denn kaum dass er in der Teeküche die Glaskanne mit Wasser gefüllt hatte, erschien eine völlig aufgelöste Karina Welker, frischgebackene Kriminalkommissarin zur Anstellung, in der Tür und machte deutlich, dass sowohl Kriminaldirektor Göttler als auch Kriminalrätin Neumann ihn bereits um 7:30 Uhr beziehungsweise 8 Uhr gerne zu sich zitiert hätten.

Sein Ischias machte umgehend Meldung, und Alfred war klar, dass der Tag nicht so geruhsam weitergehen würde, wie er angefangen hatte. Er fand die beiden Vorgesetzten im Büro von Herbert Göttler vor, dem Chef der Kriminalpolizei. Die Bauarbeiten waren gerade nur aus der Ferne zu hören, und Alfred fragte sich, ob Herbert es irgendwie geschafft hatte, dass in seinem Umfeld nur nachts und am Wochenende gearbeitet wurde. Obwohl sie sich seit dreißig Jahren kannten und eigentlich auch duzten, verfiel der Kriminaldirektor vor Dritten und bei unangenehmen Anlässen zuverlässig ins Sie.

»Herr Albach«, rief Göttler, als Alfred nach knappem Klopfen die Tür geöffnet hatte, »wie schön, dass Sie uns mit Ihrer Anwesenheit beehren.«

»Womit kann ich dienen?« Alfred setzte sein süßestes Lächeln auf und ließ sich im Besucherstuhl neben Karla Neumann nieder, die sich bemühte, ihre Mundwinkel zumindest kurzzeitig in die Horizontale zu bringen.

»Wie wäre es als Erstes mit der Einhaltung der Regelarbeitszeit?«, fragte Göttler giftig.

»Der Wecker«, Alfred zuckte mit den Schultern, »ich werde mir aber heute noch einen neuen kaufen.«

»Herr Albach«, ergriff nun Kriminalrätin Neumann das Wort, »Sie sind ein zuverlässiger und gewissenhafter Beamter, deswegen wollen wir das jetzt auch nicht unnötig aufblasen. Aber leider war Frau Müller auch nicht im Dienst, und es können sich nun mal Situationen ergeben, wo wir zeitnah Rückmeldungen brauchen …«

»Frau Müller ist leider zurzeit öfter unpässlich«, Alfreds Beschützerinstinkt rührte sich, »und nachdem Sie ihr ja erst kürzlich diese … Auflage gemacht haben, könnte sie an unserem aktuellen Fall eigentlich gar nicht arbeiten.«

»Im Innendienst sehr wohl, Herr Albach.« Karla Neumanns Ton wurde scharf.

»Dann brauche ich aber einen Dritten für den Außendienst«, schoss Alfred zurück.

»Genug jetzt!« Göttler konnte sich mal wieder nicht beherrschen und haute mit der Faust auf den Tisch. »Warum arbeitet ihr nicht rund um die Uhr, um diesen Mordfall zu lösen?«

»Welchen speziell?«

»Die Brandleiche aus Konradshof!« Der Kriminaldirektor hatte Mühe, an sich zu halten. »Es wäre gut, wenn wir zumindest einen Verdacht hätten, nicht wahr?«

»Verdacht haben wir genug«, sagte Alfred.

»Und warum habe ich dann noch keinen Bericht auf dem Tisch?!«

»Ich bin nicht davon ausgegangen, dass Sie sich vorrangig für diesen Fall interessieren, *Herr Kriminaldirektor.*« Den Titel betonte Alfred etwas zu deutlich.

»Es geht immerhin um einen Mord«, schaltete sich Karla Neumann wieder ein.

»Das wissen wir noch nicht.« Alfred lehnte sich in seinem Stuhl zurück. »Ein tragischer Unfall erscheint momentan mindestens genauso wahrscheinlich. Und außerdem …«

»Was?« Göttler beugte sich vor.

»Außerdem handelt es sich um einen arbeitslosen Tagedieb mit einem zweifelhaften Verhältnis zum Rechtsstaat. Da komme ich nicht so schnell auf die Idee, dass der Fall unsere Chefetage interessiert …«

»Dieser Zynismus ist hier absolut fehl am Platz, Herr Albach«, erwiderte Karla Neumann. »Wir ermitteln ohne Ansehen der Person, falls Sie das vergessen haben sollten!«

»Ich habe mir nur erlaubt, den Herrn Kriminaldirektor zu zitieren …«

»Was fällt dir ein!« Göttler sprang aus seinem Sessel und machte Anstalten, Alfred über die Tischplatte hinweg am Kragen zu packen. In dem Moment tat es einen Schlag im Stockwerk über ihnen, und eine Portion Putz rieselte von der Decke.

»Das waren Ihre Worte im Fall Gutknecht vor zwei Jahren«, Alfred gab sich unschuldig und klopfte sich etwas Staub von der Schulter, »der Obdachlose vom Fuchsloch, da sollten wir ja auch nicht gerade …«

»Da wurden aber auch nicht vorsätzlich die Häuser und Autos von ehrbaren, unschuldigen Bürgern beschädigt. Von einer Gefahr für die Bewohner der Häuser ganz zu schweigen.« Göttler wollte sich mit einem Schluck Kaffee beruhigen. Als er jedoch feststellte, dass die Tasse bereits leer war, knallte er sie so auf die Untertasse zurück, dass diese tatsächlich zersprang.

»Es kommt da einiges zusammen, Herr Albach.« Karla Neumann versuchte, mäßigend einzugreifen. »Die Bewohner von Konradshof machen Druck, sowohl bei der Stadtverwaltung als auch bei uns. Und wir wollen doch nicht, dass die auf die Idee kommen, auch noch eine Bürgerwehr oder so was zu gründen, wie es beispielsweise in Würzburg schon geschehen ist. Der Oberbürgermeister hat sich bereits persönlich beim Polizeipräsidenten gemeldet.«

»Dann hätte der Herr Oberbürgermeister vielleicht einmal bedenken sollen, welche sozialen Auswirkungen das hat, wenn überall sündteure Neubauten hingestellt und Luxussanierungen durchgeführt werden.« Alfred fühlte, wie sein alter Revoluzzergeist wieder erwachte. »Da gibt es halt solche Gegenden, wo die alteingesessenen Bewohner das mit sich machen lassen – und andere nicht! Was das für ein Viertel wie Konradshof bedeutet, hätte den Herren an der Stadtspitze eigentlich schon klar sein müssen!«

»In unserer geschätzten Nachbarstadt bauen sie auch jeden freien Quadratmeter zu«, Göttler hatte die Scherben kurzerhand in seinem Papierkorb entsorgt und wischte sich mit einem Taschentuch die Hände ab, »und … da brennen keine Autos, im Gegenteil: Die sind schon wieder sicherste Großstadt von Bayern geworden!«

»Vielleicht sollten wir dann ein paar Kollegen aus der Nachbarstadt hinzuziehen«, schlug Alfred vor.

»Ach so, Sie spekulieren also darauf, dass wir Ihnen den Fall *ent*ziehen?« Karla Neumann schielte inquisitorisch über den Rand ihrer Brille.

»Das tue ich nicht«, Alfred hob die Arme, »ich habe mir nur erlaubt, sowohl auf unsere personelle Situation hinzuweisen als auch auf Entwicklungen, die diese Ereignisse erst herbeigeführt haben. Aber wenn Sie den Fall an andere Kollegen übertragen wollen, würden weder Frau Müller noch ich ...«

»Das könnte dir so passen«, entfuhr es Göttler.

»Wie Sie wissen, hatten wir in diesem Jahr zwei Pensionierungen und nur eine neue Nachwuchskraft dafür. Dazu kommt, dass der Herr Kommissariatsleiter Baier offenbar beschlossen hat, in diesem Berufsleben nicht mehr dienstfähig zu werden«, rief Alfred den Zustand der Personaldecke in Erinnerung.

»Sie sollten Ihren Ton mäßigen, Herr Albach«, mahnte Kriminalrätin Neumann.

»Nein, nein, Frau Kollegin«, Göttler setzte ein fieses Lächeln auf und lehnte sich erneut nach vorne, »Herr Albach hat ja recht. Wir können so ein wichtiges Kommissariat wie das K11 nicht noch länger ohne Leitung lassen. Immerhin geht es hier um höchstpersönliche Rechtsgüter und Straftaten wider Leib und Leben, Milieukriminalität und gemeingefährliche Delikte. Daher denke ich ernsthaft darüber nach, Herrn Albach hiermit zum neuen Kommissariatsleiter zu ernennen – kommissarisch!«

»Wie bitte?« Alfreds Blutdruck fuhr sturzflugartig nach unten.

»Meinen Sie nicht, dass wir das vorher hätten besprechen sollen, Herr Kriminaldirektor?« Auch Karla Neumann konnte ihr Erstaunen nicht verbergen. »Und dann gibt es ja noch die Personalvertretung und ...«

»Es wäre ja nur vorübergehend«, Göttler winkte ab, »und in schweren Zeiten müssen eben auch harte Entscheidungen getroffen werden!«

»Aber, aber, ich will doch gar nicht ...«, stammelte Alfred.

»Ich halte das für eine hervorragende Idee«, Göttler we-delte mit der Hand in Richtung Tür, »danke, Herr Albach!«

*

»Na, herzlichen Glückwunsch.« Renan grinste verschlagen, als sie zusammen mit Alfred und Karina in der Kantine saß und aus erster Hand vom bevorstehenden Karrieresprung ihres langjährigen Kollegen erfahren hatte.

»Danke.« Alfred stocherte in seinem Szegediner Gu-lasch. Eigentlich hätte er sich gar nichts zu essen holen dür-fen, der Appetit war ihm schon vor Stunden vergangen.

»Kann der das? Dich einfach so befördern?«, fragte Kari-na. Die junge Kollegin war kürzlich zur Kommissarin gewor-den und verdiente sich nun die ersten Sporen in der hiesigen Kriminaldirektion. Mit ihrer stets schwarzen Kleidung, eben-solchen Haaren, dem blassen Teint und dem manchmal et-was eigenwilligen Schmuck an eigenwilligen Stellen in ihrem Gesicht wirkte sie reichlich unkonform. Dennoch war sie eine fleißige und zuverlässige Mitarbeitern. Alfred hatte sie schon in einem ihrer letzten Fälle zu schätzen gelernt.

»Direkt befördern kann er ihn so ohne Weiteres nicht, aber vorübergehend mit der Leitung des Kommissariats beauftragen – warum nicht?!« Renan hatte immer noch Mühe, ihre Schadenfreude zu verbergen. Nicht dass sie Al-fred etwas Böses gewünscht hätte, aber irgendwie war er in all den Jahren immer so souverän gewesen und hatte sich meist ganz clever vor zu viel Arbeit gedrückt. Jetzt hatte Göttler ihn kalt erwischt, indem er ihm etwas androhte, das sich Alfred wohl das letzte Mal vor zwanzig Jahren ge-wünscht hatte.

»Dann würde ich wahrscheinlich auf der Stelle krank

werden«, folgerte Karina und legte das Besteck auf ihren komplett leer geputzten Teller.

»Du hast schon viel gelernt.« Renan zeigte mit der Gabel auf die junge Kollegin und nickte anerkennend.

»Jaja! Ich weiß schon auch, wie das geht. Aber Krankmachen liegt mir einfach nicht. Ich war in den letzten dreißig Jahren genau zwei Wochen krank – Virusgrippe!«

»Und das bei dem Lebenswandel«, lachte Renan.

»Dabei wäre das jetzt wirklich angebracht«, Alfred legte sein Besteck ebenfalls auf dem – seinerseits halb vollen – Teller ab, »habt ihr eine Ahnung, was sich da alles auf Baiers Schreibtisch angesammelt hat?«

»Vage«, sagte Renan, während Karina fragend die schwarzen Augenbrauen hochzog.

»Der zerstückelte Asiate aus dem Schließfach im Hauptbahnhof ...«

»Das war doch schon vor ...«, Renan blickte an die Decke, »zehn Jahren?«

»Zwölf, um genau zu sein«, seufzte Alfred. »Dann die zwei langjährig Vermissten aus Erlenbach, der mutmaßliche Mafiamord ...«

»Die Eisdiele in der Südstadt?«

»Exakt. Fünf Jahre her, mittlerweile«, Alfred brauchte einen Schluck Mineralwasser und fuhr fort, »zwei tote Prostituierte mit nicht geklärter Herkunft und dann immer noch das tote Baby aus dem Reichswald. Dazu kommen noch circa zwei Dutzend schwere und gefährliche Körperverletzungen von den Diskos hinterm Bahnhof, et cetera, et cetera ... Und das sind nur die Sachen von seinem Schreibtisch. Dahinter hat er noch einen Schrank ...«

»Wo arbeitest du denn gerade mit?«, wandte sich Renan an Karina.

»Zwei gefährliche Körperverletzungen.«

»Jetzt nicht mehr«, sagte Alfred.

»Nicht?«

»Nein, ab sofort kümmerst du dich mit Renan um unsere Brandleiche!«

»Echt?« Karina schien diese Veränderung alles andere als ungelegen zu kommen.

»Bin ich jetzt Kommissariatsleiter in spe oder nicht?«, Alfred erhob sich, »ihr macht da jetzt gleich weiter. Die Wohnung des Opfers muss noch durchsucht werden, Angehörige und Bekannte müssen befragt werden, und der Bericht der Rechtsmedizin steht auch noch aus. Ganz zu schweigen von dieser AFKO, über die wüsste ich auch gerne noch etwas mehr!«

»Und was machst du in der Zeit?«, bemerkte Renan kritisch.

»Ich suche ein gutes Versteck für Baiers Schrankschlüssel!«

*

»Wann ist es denn so weit?«, fragte die Redakteurin und deutete auf Renans Bauch.

»In zwei Monaten«, erwiderte Renan widerwillig.

»Na, dann toi, toi, toi. Ich habe auch drei davon. Ist nicht immer einfach, aber unter dem Strich lohnt es sich wirklich. Die Jüngste sind Sie aber auch nicht mehr, oder?«

»Frau Dennerlein-Kaiser …«

»Und lassen Sie sich von Ihrem Arzt auf keinen Fall dieses Folsäurezeug andrehen. Wie heißt das denn gleich noch … von wegen offener Rücken. Das ist reine Geschäftemacherei der Pharmaindustrie. Durch nichts belegt … auch wenn man schon im fortgeschrittenen Alter ist …«

»Frau Dennerlein-Kaiser«, Renan sah sich gezwungen, ihre Stimme zu erheben, »ich würde es vorziehen, wenn wir über andere Fragen reden könnten!«

Sie befanden sich in einem kleinen Büro mit vielen Grünpflanzen. Es war die Redaktion der örtlichen Obdachlosenzeitschrift. Renan sah deren Verkäufer häufig in der Fußgängerzone und nahm sich auch immer vor, ein Exemplar zu kaufen. Allerdings hatte sie oft kein Geld bei sich, und außerdem kaufte Markus jede Ausgabe, sodass sie das Blatt bei ihm lesen konnte. Zwei-, dreimal hatte sie auch eine erworben und dann ins Büro gelegt, wo Alfred sich immer intensiv damit beschäftigt hatte. Er äußerte sich dann jedes Mal sehr lobend über den Inhalt und den Stil. Renan konnte das nicht so recht beurteilen, musste aber zugeben, dass die Postille optisch immer gut gemacht war und ziemlich professionell aussah.

Trotzdem hatte sie, das musste sie zugeben, immer auch eine gewisse Abneigung gegen allzu übertriebenes soziales Engagement. Sie hatte in ihrer Jugend zu oft im elterlichen Raumausstatterbetrieb mitarbeiten müssen, um sich entsprechend politisieren zu können. Wenn es dort mal nichts zu tun gab, musste sie für die Schule lernen. Sonst hätte sie es als Migrantenkind wahrscheinlich nicht auf die FOS geschafft. Auf die soziale FOS, um genau zu sein. Und genau seit der Zeit hatte sie diese Abneigung. Daher wusste sie auch nicht, dass die Obdachlosenzeitschrift irgendwann im letzten Jahr einmal über den jungen Mann berichtet hatte, der sich – als kreative Form des Protests – hin und wieder in Konradshof in teure Autos zum Schlafen legte. Da traf es sich gut, dass Markus das Blatt immer aufmerksam studierte. Die Redakteurin kannte er auch um ein paar Ecken. Jedenfalls wollte Renan nichts unversucht lassen. Denn es hatte sich als äußerst schwierig erwiesen, der AFKO irgendwie auf die Spur zu kommen. Das war kein Verein, der öffentliche Sitzungen abhielt. Nicht einmal über regelmäßige Treffpunkte hatten sie von den bisher verhörten Zeugen etwas erfahren können.

»Und, welche Fragen wären das?«

»Es geht um den Brand vom Richter-Platz. Wie Sie wahrscheinlich schon wissen, ist dabei ein junger Mann ums Leben gekommen ...«

»Rocco. Ja, das ist ganz schlimm!«

»Richtig. Und wir haben Grund zu der Annahme, dass er einer Gruppe von Aktivisten angehörte, die sich AFKO oder AFK nennt. Leider ist diese Vereinigung ziemlich mysteriös ...«

»Wenn Sie von mir erwarten, dass ich hier Informanten nenne oder gar über persönliche Gespräche berichte, werde ich Sie enttäuschen müssen.«

»Sie kannten Rocco Baierlein?«

»Ja«, Frau Dennerlein-Kaiser wurde nachdenklich, »wir haben ja über ihn berichtet.«

»Ich, also wir, möchten die Umstände seines Todes aufklären«, Renan legte einen Notizblock auf den Tisch, »es ist immer noch unklar, ob es ein Unfall war oder vielleicht doch ein Mord ...«

»Interessiert Sie das wirklich, ein kleiner Loser wie Rocco?«

»Ja, das interessiert mich«, erwiderte Renan scharf, »ich will wissen, was mit dem armen Jungen passiert ist, und wenn es ein Mord war, dann will ich, dass der oder die Täter dafür geradestehen müssen. Können Sie mir so weit folgen?«

»Ich denke schon ...«

»Ausgezeichnet!«

»Aber wie kommen Sie denn da ausgerechnet auf mich?« Die Dennerlein-Kaiser griff zu einer Teetasse.

»Sie haben über ihn geschrieben.«

»Und Sie haben das damals gelesen?«

»Ehrlich gesagt nein. Ich habe einen Tipp erhalten, sagen wir es so.« Renan zog eine kleine Wasserflasche aus ihrem Rucksack und stellte sie auf den Tisch.

»Einen Tipp?«, die Sozialarbeiterin wurde wieder misstrauisch, »und von wem, wenn ich fragen darf?«

»Von ... Markus Richter«, seufzte Renan nach einigem Zögern.

»Der Markus von der Gewerkschaft?« Das Gesicht des Doppelnamens hellte sich auf.

»Ja.«

»Und woher kennen Sie ihn?«

»Er ist mein ... Lebensgefährte.« Renan war dieser Teil des Gespräches äußerst unangenehm, gleichwohl dachte sie, dass ihr Gegenüber wahrscheinlich redseliger werden würde, wenn sie ihren Leumund offen preisgab.

»Ach ...«, die Dennerlein-Kaiser schaute wieder auf Renans Bauch, »dann ist er wohl auch ...«

»Genau das«, beeilte sich Renan zu antworten, bevor es noch privater wurde.

»Warum sagen Sie das nicht gleich?« Die Redakteurin wurde plötzlich zugänglich.

»Normalerweise reicht es, wenn ich mich als Kriminalbeamtin ausweise«, Renan nahm noch einen Schluck Wasser, »aber lassen wir das jetzt. Wir sind dringend darauf angewiesen, mehr über das Opfer zu erfahren und über diese AFKO. Wissen Sie zum Beispiel etwas über nahe Angehörige von Rocco Baierlein?«

»Leider kaum«, die Rothaarige biss sich auf die Unter-lippe, »er muss wohl mit ein oder zwei Halbgeschwistern bei der Mutter aufgewachsen sein. Da hat's dann dauernd Stress gegeben, und deswegen ist er wohl auch abgehauen von daheim, vor ein paar Jahren. Aber ich könnte jetzt nicht einmal mit Sicherheit sagen, ob er von hier kommt oder nicht. Der Sprache nach war er ja kein Einheimischer ...«

»Das prüfen wir alles noch.« Renan bemühte sich um eine möglichst rückenschonende Sitzhaltung. »Hatte er eine Freundin oder Lebensgefährtin?«

»Na ja, das ist ja nicht immer so einfach zu definieren, vor allem in dem Alter«, die Dennerlein-Kaiser lächelte, »und es war ja auch nicht unser Thema. Aber es gab damals so eine ... Wie hieß sie gleich ... Sarah ...«

»Na, das ist doch mal was. Hat die auch was mit dieser AFKO zu tun?«

»Hören Sie, das ist kein Fußballverein. Ich kann Ihnen beim besten Willen nicht sagen, wer da genau dabei ist und wer nicht, oder wer nur sympathisiert oder mitläuft. Wir haben damals nur Rocco porträtiert, weil wir die ganze Situation in Konradshof schon lange kritisch beobachten.«

»Kennen Sie diese Gruppe? Wissen Sie, wo die sich viel-leicht treffen?«

»Da treffen sich verschiedene Gruppen immer im Stadt-teilhaus. Rocco war auch hin und wieder da. Aber ob das jetzt die Heimat dieser ...«

»AFKO.«

»... AFKO ist? Am besten, Sie fragen dort selbst nach.«

»Gut«, seufzte Renan, »haben Sie sonst irgendeine Idee, wo man Leute aus der Gruppe finden könnte?«

»Sie haben doch sicher die Adressen, da wurden ja fast alle schon mal verhaftet, oder zumindest sind deren

Personalien aufgenommen worden.« Die Redakteurin zuckte mit den Schultern.

»Ja, aber Meldeadressen abzuklappern ist in solchen Fällen oftmals vergebliche Liebesmüh. Wenn ich mehrere von ihnen auf einen Haufen hätte, ergäben sich auch gleich wichtige Einblicke in die Gruppe und womöglich Hinweise auf den Tathergang, verstehen Sie?«

»Wollen Sie damit sagen, dass jemand aus der AFKO am Tod von Rocco ...« Sie wusste offenbar nicht genau, ob sie entrüstet oder getroffen sein sollte.

»Können wir das ausschließen?«, fragte Renan.

Zwei grüne Augen musterten Renan. Frau Dennerlein-Kaiser hatte wohl bemerkt, dass sie in ein Dilemma geraten war. Würde sie jetzt ein flammendes Plädoyer dafür halten, dass sicher keiner dieser Aktivisten einen der ihren umbringen würde, dann wäre ihre eigene Aussage, die Gruppe nicht so gut zu kennen, als Lüge entlarvt. Bliebe sie dabei, müsste sie nun endlich einen Hinweis geben. Sie rührte eine Zeit lang in ihrer Teetasse und blickte schließlich suchend zu ihrem Schreibtisch hinüber. Schließlich stand sie auf und wühlte in mehreren Papierstapeln.

»Hier«, sagte sie und drückte Renan den Immobilienteil in die Hand.

»Was steht da?«

»Es ist nur eine Ahnung, aber wenn Sie mal mehrere Personen treffen wollen, die aktiv gegen die Gentrifizierung in Konradshof arbeiten ... Haben Sie schon mal was von *Fette-Miete-Partys* gehört?«

*

»Ah. Gut, dass wir uns gerade treffen«, sagte Alfred, als er unvermittelt Pit im Rauchereck des Präsidiumshofes auftauchen sah, die Zigarette schon zwischen den Lippen.

»In der Tat.« Pit klopfte sich auf die Hosentaschen. »Hast du Feuer?«

»Selbstverständlich.« Alfred händigte dem Chef der Spurensicherung sein Feuerzeug aus.

»Und«, fragte Pit nach zwei tiefen Zügen. »Was hättest du gerne?«

»Och.« Alfred zog den Schal etwas enger, es war wieder einmal kalt an diesem Herbstvormittag. »Nur ein paar Erläuterungen zu deinem Bericht.«

»Aber der ist doch glasklar – wie immer!«

»Selbstverständlich«, lächelte Alfred und nahm sein Feuerzeug wieder in Empfang. »Uns ist nur nicht ganz klar, was du uns mit diesen Spanngurten sagen willst.«

Nach Alfreds Erfahrung war es immer einfacher, solche Informationen in der Teeküche, der Kantine oder dem Rauchereck zu erhalten, als wenn man zum Telefonhörer griff und den Kollegen erst einmal wegen der vielen Fachbegriffe zurechtweisen musste. Das war Renans bevorzugte Vorgehensweise, und er hatte sich schon viel Mühe gegeben, ihr das abzutrainieren. Teilweise war ihm dies sogar gelungen, teilweise hatte sie aber auch Erfolg damit, wie zum Beispiel bei Pit. Dennoch konnte es passieren, dass Kollegen sich dadurch auf den Schlips getreten fühlten – und erst recht nicht das Gewünschte lieferten. So war das nun mal unter Beamten. Wenn man keine Angst um seinen Job haben musste, konnte man sich gewisse Befindlichkeiten leisten.

»Du hast geschrieben, dass diese Gurte hinsichtlich des Tathergangs von Bedeutung gewesen sein könnten, weil sie ein Verlassen des brennenden Fahrzeugs unter Umständen verhindert haben ... Habe ich das richtig wiedergegeben?«

»Glaube schon«, grinste Pit und zog den Reißverschluss seiner Funktionsjacke bis unters Kinn.

»Aber was willst du uns damit sagen?«

»Wir haben diese Ratschenteile aus Metall in der Asche gefunden.« Er machte Handbewegungen wie beim Führen einer Heckenschere. »Du weißt schon, die gehören zu solchen Gurten, mit denen man Ladung sichern kann ...«

»Auf einem Lkw?«

»Ja, aber nicht nur. Für Lkws gibt es eine breitere Variante. Diese hier verwendet man zum Beispiel für einen Dachgepäckträger oder wenn man die Kofferraumklappe bei überlangem Transportgut zuziehen will.«

»Verstehe.« Alfred überlegte, ob er so einen Gurt jemals besessen hatte.

»Und mit so einem Metallverschluss kannst du den Gurt bis ultimo festziehen, bis sich nichts mehr rührt ... Klar so weit?«

»Klar!«

»Und weil wir eben nur noch die Ratschen gefunden haben, halten wir es für möglich, dass die Türen des Fahrzeugs mit später entfernten Gurten blockiert wurden. Das wäre eine Erklärung dafür, warum das Opfer nicht mehr aus dem Auto rausgekommen ist, vorausgesetzt, es ist irgendwann von der Hitze und dem Rauch aufgewacht, was ziemlich wahrscheinlich ist.«

»Zwei Gurte – und dann bleiben die Türen zu?« Alfred konnte noch nicht ganz folgen.

»Pass auf.« Pit gestikulierte wild, ballte die linke Hand zur Faust und kreiste mit der Zigarette in der Rechten darum herum. »Du führst je einen Gurt einmal komplett um das Auto herum. Über das Dach und unter dem Boden durch. Und das einmal auf Höhe der Vordertüren und einmal über die Hintertüren. Spannst die Gurte fest, und dann kriegt niemand mehr von innen die Türen auf. Capito?«

»Ah ja.« Alfred warf die Kippe auf den Boden und trat sie aus. »Und warum ist das jetzt kein eindeutiger Beweis?«

»Weil wir nicht mit Sicherheit sagen können, wo sich diese Gurte befanden, als das Feuer ausbrach. Vielleicht hat der Hausherr solche Teile in seinem Carport aufbewahrt und schnell zum Einsatz gebracht. Dann wäre zwar die Wahrscheinlichkeit geringer, dass der Stoff komplett verbrennt, aber ausschließen können wir es nicht. Am Fahrzeug selbst lassen sich nach dem Brand keine Spuren mehr feststellen.«

»Dann werden wir den Fahrzeughalter in der Sache noch einmal befragen müssen«, folgerte Alfred.

»Geht das aus meinem Bericht nicht deutlich hervor?« Pit zog die Augenbrauen zusammen.

»Du hättest Lehrer werden sollen.« Alfred klopfte dem Kollegen auf die Schulter und wandte sich wieder dem Präsidium zu.

Am Nachmittag machte Alfred sich noch einmal auf nach Konradshof, um der Frage mit den Spanngurten nachzugehen. Er zog in Betracht, dass der Hausherr womöglich noch nicht daheim sein würde, da Burgstätter Wirtschaftsprüfer in einer größeren Steuerberatungsgesellschaft war. Doch zu seiner Überraschung fand Alfred ihn zusammen mit einem großen, kahlköpfigen Herrn im Wohnzimmer vor, der ihm als Herr Postler vorgestellt wurde. Frau und Tochter waren gerade unterwegs. Man hatte sich soeben ein Bier aufgemacht, und Alfred spürte deutlich, dass den Männern sein Kommen nicht gerade angenehm war.

»Was kann ich noch für Sie tun, Herr Albach?«, fragte Burgstätter, nachdem Alfred den angebotenen Platz auf dem Sofa angenommen und sich gutsherrenartig neben Postler platziert hatte.

»Kann es sein, dass ich Ihren Namen schon einmal irgendwo gehört habe?«, fragte er den Kahlen.

»Ja, womöglich.« Postler versuchte, sich etwas weiter auszubreiten. »Ich bin der Vorsitzende von *AufRecht*. Wir sind eine Bürgervereinigung, die etwas gegen die Zustände in diesem Viertel unternimmt.«

»Ah, ja.« Alfred lächelte und zog seinen Notizblock aus der Sakkotasche. »Stimmt, meine Kollegin war gestern bei dieser Versammlung ...«

»Tja«, in Postlers Tonlage mischte sich eine große Spur Verachtung, »da hat man ja wieder einmal gesehen, wie es um die Gerechtigkeit bestellt ist in unserem Land.«

»Dann stimmt das also, dass Sie mit Ihren ... Mitstreitern hier nachts auf Streife gehen?« Alfred lehnte sich nach vorne und sah den Mann neugierig an.

»Wir unternehmen Spaziergänge.« Der Vorsitzende wandte sich nun leicht von Alfred ab. »Ich habe zum Beispiel einen Hund, und der muss eben auch am späteren Abend noch mal raus. Das ist ja noch nicht verboten, oder?«

»Keineswegs.« Alfred hob die Hände. »Ich frage nur, weil es ja sein könnte, dass Sie dann in der Nacht auf vorgestern auch einen Spaziergang gemacht haben – und zwar zwischen 1 und 2 Uhr – und hier in der Nähe dieses Tatorts waren. Dann haben Sie möglicherweise Beobachtungen gemacht, die uns bei der Lösung dieses Falles hilfreich sein könnten.«

»Nein, so spät bin ich normalerweise nicht mehr unterwegs.« Postler griff zum Bierglas und nahm einen Schluck.

»Und vorgestern auch nicht?«

»Nein, da auch nicht. Ich kann Ihnen da leider nicht weiterhelfen, Herr Kommissar.«

»Schade.« Alfred blickte zur Decke und dachte einige Sekunden lang nach.

»Aber es ist doch ziemlich klar, wie das alles passiert ist«, schaltete sich nun Burgstätter in das Gespräch ein.

»Ja?« Alfred blickte dem Hausherrn scharf in die Augen.

»Diese Chaoten haben mein Auto angezündet und dabei übersehen, dass einer von ihnen drinnen war. Das ist doch offensichtlich.«

»Das ist *eine* Möglichkeit.« Alfred blätterte in seinem Block. »Das wirft aber auch einige Fragen auf ...«

»Welche denn?«, fragte nun Postler.

»Zum Beispiel die, warum das Opfer nicht aus dem Fahrzeug herausgekommen ist. Es muss ja früher oder später von der Hitze und dem Rauch aufgewacht sein ...«

»Vielleicht auch nicht«, unterbrach Postler etwas vorschnell. »Diese Burschen werfen doch weiß Gott was für Drogen ein. Sonst würde man sich ja auch nicht in fremde Autos zum Schlafen legen!«

»Uns scheinen die Reste von zwei Spanngurten interessanter zu sein«, sagte Alfred.

»Welche Spanngurte?«, fragte Burgstätter.

»Solche Bänder, mit denen man Gegenstände fixieren kann, auf einem Dachträger oder so. Als Verschlüsse dienen ...«, er blätterte kurz, »sogenannte Ratschen. Mit denen man den Gurt so festziehen kann, dass sich absolut nichts mehr rührt.«

»Ich weiß schon, was ein Ratschengurt ist«, erwiderte Postler etwas abfällig.

»Wissen Sie das auch, Herr Burgstätter?«

»Ja, ja, ich glaube, so was habe ich schon einmal gesehen.«

»Besitzen Sie solche Gurte?«

»Nein, nicht dass ich wüsste.«

»Und Sie hatten auch keine davon in Ihrem Carport gelagert?«

»Nein, da lagere ich überhaupt nichts. Würde ja nur geklaut werden!«

»Was hat es denn mit diesen Gurten auf sich, wenn man fragen darf?« Postler tat möglichst unbeteiligt und nahm einen weiteren Schluck Bier.

»Unsere KTU hält es für möglich, dass der Tote mit Hilfe dieser Gurte am Verlassen des brennenden Fahrzeugs gehindert wurde.« Alfred zuckte mit den Schultern. »Deswegen muss ich nachfragen, Sie verstehen!«

»Tatsächlich?«

»Ja, und wenn sie sich nicht schon vorher am Tatort befunden haben, müssen wir davon ausgehen, dass sie vom Täter am Fahrzeug angebracht wurden, und damit hätten wir keinen Unfall mehr, sondern einen vorsätzlichen Mord.«

»Dann ist es jetzt schon so weit, dass diese Burschen sich gegenseitig ermorden.« Postler schüttelte den Kopf.

»Oder es war jemand anderes, der mit dieser AFKO gar nichts zu tun hat.« Alfred erhob sich ächzend.

»Was wollen Sie denn damit sagen?« Postler stand ebenfalls auf.

»Wir müssen alle Möglichkeiten in Betracht ziehen«, lächelte Alfred, »sonst machen wir unseren Job schlecht.«

»Was den Job der Polizei in diesem Viertel angeht, da gäbe es in der Tat noch einiges in Betracht zu ziehen«, stänkerte Postler, während der Hausherr Alfred sanft in Richtung Haustür schob.

»Sind Sie eigentlich auch Mitglied in dieser Bürgervereinigung?«, fragte er Burgstätter zum Abschied.

»Noch nicht. Aber ich spiele ernsthaft mit dem Gedanken beizutreten.«

*

Stefan Meßthaler prüfte noch einmal den Sitz seiner Krawatte und den der Frisur im Spiegel des Badezimmers. Jeden Moment mussten die ersten Kandidaten aufkreuzen. Er fühlte, wie das Adrenalin in seinen Adern langsam die Oberhand gewann. Zurzeit war es keine Kunst mehr, sündhaft teure Wohnungen an Menschen zu verhökern, die von Immobilien nicht das Geringste verstanden. Daher hatte er sich eine neue Herausforderung ausgedacht: Er wollte möglichst nicht länger als einen Tag brauchen, bis ein Verkauf unter Dach und Fach war. Das erschien ihm vor ein paar Monaten noch ehrgeizig, aber es hatte sich gezeigt, dass diese Idioten mittlerweile so panisch waren, dass manche tatsächlich dazu bereit waren, einen Kaufvertrag nach fünf Minuten Besichtigung sofort auf seinem Rücken zu unterschreiben. Natürlich gab man sich da erst einmal ganz seriös. Nein, nein, man wolle ja niemanden zu voreiligen Entscheidungen drängen. Es reiche ja auch erst einmal aus, einen Vorvertrag abzuschließen. Der war zwar im Prinzip genauso verbindlich und legte die Interessenten genauso auf den genannten Kaufpreis fest, aber es wirkte doch wesentlich menschlicher, als gleich Nägel mit Köpfen zu machen.

»Wissen Sie, es gehört nicht zu unserem Geschäftsgebaren, Menschen zu vorschnellen Entscheidungen zu drängen«, war eine der Standardfloskeln. Genauso wie: »Schlafen Sie eine Nacht darüber, oder auch zwei ... Ich halte Ihnen das Objekt so lange frei ... Kein Problem. Dafür wäre nur eine kleine Reservierungsgebühr ... Nein, keine große Summe, nur eine minimale Absicherung für uns, Sie verstehen ...« Seit einem Jahr war Stefan Meßthaler dazu übergegangen, diese Reservierungsgebühren etwas anzuheben und auf sein Privatkonto zu lenken. Die *Wohntraum AG* wusste ohnehin schon nicht mehr, wohin mit den ganzen Millionen.

Und es fing auch an diesem Tag alles wieder sehr gut an. Ein nicht mehr ganz so junges Ehepaar, das in einem halben Jahr das erste Kind erwartete und nun die gesammelten Ersparnisse in ein trautes Heim für die Familie investieren wollte. Beide Akademiker. Meßthaler tippte auf Ingenieur und Lehrerin, vielleicht auch Ärztin, aber eher nicht. Er wahrscheinlich bei Siemens mit rund viertausend netto im Monat, sie nicht viel weniger. Da konnte man schon mal eine halbe Million für 120 Quadratmeter luxussanierten Altbau in bester Citylage ausgeben. Meßthaler brachte auch gleich den Waldorfkindergarten ins Spiel, der sich verkehrsgünstig in zehn Minuten erreichen ließ, den morgendlichen Stau auf der Stadtautobahn mal nicht mitgerechnet, und die Privatschule, die sich tatsächlich nur in eineinhalb Kilometern Luftlinie befand. Freizeitmöglichkeiten gab es für Familien im nahen Wiesengrund quasi frei Haus dazu.

»Wo ist denn der Balkon?«, fragte die werdende Mutter, nachdem Meßthaler die Standardführung durch die Räume beendet hatte.

»Ja, die Balkone werden noch angebaut. Die beauftragte Firma ist leider etwas im Verzug, aber das wird bis zum geplanten Fertigstellungstermin erledigt. Kein Problem, das legen wir auch gerne vertraglich fest.« Dabei blickte er den Gatten leutselig an. Mittlerweile war er sicher, dass sie Lehrerin war.

»Sind die dann auch wirklich so groß wie auf den Plänen?«, fragte der Mann.

»Selbstverständlich. In dieser Preisklasse sind das ja eigentlich auch keine Balkone mehr, sondern Terrassen, so 15 Quadratmeter, plus-minus. Zugänglich sowohl von der Küche als auch vom Schlafzimmer.«

»Was heißt *plus-minus*?« Aha, da versuchte sich einer wichtigzumachen.

»Die Terrassen werden pro höherem Stockwerk ganz leicht zurückversetzt«, Meßthaler schüttelte dezent den Kopf, »zehn, vielleicht 15 Zentimeter. Das ist nur wegen des Lichteinfalls auf die darunterliegende Einheit, Sie verstehen?«

»Nicht direkt.«

Meßthaler tat so, als lächelte er verlegen. »Die oberen Stockwerke haben ja ohnehin mehr Licht, und mit dem Aufzug haben Sie auch sonst keine Nachteile durch die höhere Lage. Hier im obersten Stock ist es sogar so, dass Sie sich sicher sein können, dass Ihnen niemand auf dem Kopf rumläuft, nicht wahr?«

»Und Bad und Küche ...«, fragte nun die werdende Mutter, »die Einbaumöbel, die Sie angegeben haben ...?«

»Werden installiert, sobald der Vertrag unterschrieben ist und Sie sich bezüglich der Optik der Fronten entschieden haben.« Meßthaler zog die Mustermappe aus seinem Pilotenkoffer. »Wir haben uns ja hier dafür entschieden, den historischen Eiche-Parkettboden zu erhalten und zu restaurieren. Daher haben wir in den Musterzeichnungen Fronten aus Nussbaum vorgesehen, die optimal mit dem

Boden harmonieren. Aber es steht Ihnen natürlich frei, andere Holzarten zu wählen – oder auch farbige Hochglanzoberflächen, da wollen wir Sie natürlich nicht bevormunden. Wenn Sie es gerne heller hätten, haben wir hier auch eine gekalkte Esche im Angebot – oder Glanzweiß, das wäre ja eher meine Wahl, wenn ich das sagen darf.«

»Und preislich macht das ...?«

»Keinen Unterschied«, versicherte Meßthaler, als es bereits wieder an der Tür klingelte. Jetzt schon? Er hatte die nächsten Interessenten doch erst für eine halbe Stunde bestellt. Na ja, da konnten es mal wieder welche nicht erwarten. Umso besser, das erhöhte den Druck auf die bereits Anwesenden. »Sie entschuldigen kurz«, lächelte er scheinbar peinlich berührt und ging zur Eingangstür, »... eine Videogegensprechanlage ist in dieser Kategorie selbstverständlich Standard. Die wird auch nächste Woche schon installiert ...«

Als Meßthaler die Tür öffnete, wunderte er sich, weil das ziemlich viele Füße zu sein schienen, die da die Treppe heraufttrampelten, aber er dachte sich weiter nichts dabei. Er ging wieder in die Wohnung und erkannte die Gefahr erst, als sie schon im Türrahmen stand. Ihn packte die kalte Angst.

*

»Also gut, Frau Fäustel«, Alfred blätterte in seinem Block zurück, »dann fasse ich noch mal zusammen: Herr Baierlein war seit zwei Jahren Ihr Mieter, die Miete hat er immer brav bezahlt – und zwar in bar. Was er beruflich gemacht hat, wissen Sie nicht. Sie gehen aber davon aus, dass er arbeitslos war und sich mit Gelegenheitsjobs durchgeschlagen hat.«

»Ja.« Die Stimme der alten Dame war schwach, was aber auch an dem Beruhigungsmittel liegen konnte, das ihr Schwester Manuela rechtzeitig vor Alfreds Erscheinen verabreicht hatte. Das war wahrscheinlich auch der Grund, warum sie etwas apathisch wirkte, aber immerhin konnte sie Ja und Nein sagen.

Zwischendurch waren noch die Kollegen von der Kriminaltechnik erschienen und hatten mit der Arbeit in der Dachkammer begonnen. Alfred hatte nur kurz hineingesehen. Dabei war ihm aufgefallen, dass es unerwartet ordentlich aussah und dass Baierlein zwar viele Bücher, aber keinen Fernseher besessen hatte. Lediglich ein altes Röhrenradio und ein alter Plattenspieler standen auf einer Kommode neben dem Bett, und ein Plakat der lange vergessenen Gruppe *Ton, Steine, Scherben* hing an der Wand. Auch einige Vinylscheiben dieser Combo fanden sich im Plattenregal, neben *The Clash*, den *Sex Pistols* und *Nirvana*. Alfred fragte sich, ob sich in dieser Hinsicht populärmusikalisch in den letzten 25 Jahren gar nichts mehr getan hatte. Nachdem auf den ersten Blick nichts Aufschlussreiches wie ein Computer, Terminkalender oder Tagebuch zu finden gewesen war, hatte er Pit, den Feldwebel der Truppe, gebeten, ihm Fotos oder ähnliche Unterlagen, die Hinweise auf nähere Bezugspersonen liefern konnten, sofort hinunterbringen zu lassen. Doch bislang war noch nichts passiert. Irgendwie schien dieser Rocco ein ziemliches Phantom gewesen zu sein. Im Internet tauchte er gar nicht auf. Kein Twitter, kein Facebook, keine Fotos, keine Mailadresse. Das war für eine Person seines Alters hochgradig ungewöhnlich, doch nicht unmöglich, zumal es ja auch Bewegungen gegen den gläsernen Menschen im Netz gab. Aber auch andere Standards fehlten. So schien er kein Konto gehabt zu haben,

beim Jobcenter war er ebenso unbekannt wie beim Sozial-
amt und Jugendamt. Ja nicht einmal die GEZ hatte ihn erfasst. Die Einzigen, die spärliche Daten hatten, waren die
Polizei und die Justiz. Aber die paar Ordnungswidrigkeiten
und anderer Kleinkram brachten leider so gut wie keine Erkenntnisse. Umso wichtiger war es nun, noch etwas aus der
armen Frau Fäustel herauszukriegen.

»Hat der Herr Baierlein denn öfter mal Besuch gehabt?«,
fragte Alfred.

»Besuch?«, wiederholte sie.

»Ja, andere junge Leute?«

»Nein, eigentlich nicht.« Sie ließ die Hand der Schwester
los und deutete auf den Kühlschrank.

»Sagen Sie bloß, Sie wollen jetzt schon ...« Die Schwester
legte missbilligend die Stirn in Falten.

»Ach kommen S', Fräulein Manuela.« Die Fäustel nickte
aufmunternd. So langsam schien wieder mehr Leben in die
zierliche Person zu kommen. »Bei der ganzen Aufregung
brauch ich jetzt eins ...«

»Also von mir aus«, seufzte die Pflegerin, ging zum
Kühlschrank und nahm eine Flasche Bier heraus, die sie
öffnete. Sodann griff sie sich ein Glas von der Trockenflä-
che neben der Spüle und schenkte ihrer Patientin einen
Schluck ein.

»Auch keine jungen Damen vielleicht?« Alfred war etwas
verwirrt, weil er nicht erwartet hatte, dass die Frau jetzt ein
Bier zu sich nehmen würde. »Das wäre doch normal in dem
Alter. Der kann doch nicht die ganze Zeit da oben gesessen
und Bücher gelesen haben.«

»Ja, ja, da war schon manchmal ein Madla dabei ...«,
Frau Fäustel trank das Bier in einem Zug und blickte versonnen auf das leere Glas in der leicht zittrigen Hand, »aber

wissen S', Herr Inspektor, ich spioniere den Leuten nicht nach ...«

»Natürlich nicht«, beeilte sich Alfred zu beschwichtigen, »aber manchmal trifft man sich doch im Treppenhaus oder im Hof, nicht wahr?«

»Jaja, freilich. Da habe ich ja auch ein paar Mal eine gesehen ...«

»War das immer dieselbe?« Alfred hoffte inständig, dass die Spusis noch irgendwo ein paar Fotos finden würden.

»Ach Gott, Herr Inspektor«, seufzte die Alte, »eine Zeit lang war es eine mit roten Haaren und dann eine mit schwarzen. Aber die jungen Dinger färben sich doch heute jeden Tag die Haare anders.«

»Aber das Gesicht, haben Sie das nicht gesehen?«

»Ja schon, aber manchmal war's halt dunkel und manchmal hat das Madla eine Sonnenbrille aufgehabt ...«

»Hat er sie Ihnen mal vorgestellt?«

»Ja, beim ersten Mal, da hat er gesagt, das ist die Lara ... oder Jana ... oder Dana ...«

*

»Das ist Hausfriedensbruch«, echauffierte sich Stefan Meßthaler, »und Nötigung und Bedrohung und ... und Körperverletzung ...«

»Wenn du willst, kann ich dir mal wirklich wehtun, du Schlipsträger«, rief einer der ungebetenen Gäste aus der Ecke.

»Pssst«, Karina legte den Zeigefinger an die Lippen, schüttelte leicht den Kopf und sah dem jungen Mann eindringlich in die Augen, woraufhin dieser tatsächlich verstummte. Die schwarzen Klamotten und das blasse Gesicht schienen doch eine gewisse Wirkung zu haben, die im Polizeialltag von Nutzen sein konnte.

»So verletzt sehen Sie gar nicht aus«, sagte Renan und ließ sich auf einen der Klappstühle nieder, die die bunte Truppe mitgebracht hatte.

»Die haben mir die Tür voll ins Kreuz gerammt!«

»Aber es konnte ja keiner sehen, dass Sie dahinterstehen, oder?«

»Die hätten hier gar nicht reinkommen dürfen, so sieht's aus!«

»Sie haben zu einer offenen Besichtigung eingeladen.« Renan hielt den Immobilienteil der Zeitung hoch.

Sie waren gerade noch rechtzeitig gekommen. Kurz vorher hatten die Aktivisten mit fünf Leuten die Wohnung gestürmt, Luftschlangen und Konfetti ausgepackt, Stühle und sogar einen Klapptisch aufgestellt, Sektflaschen entkorkt, Pappbecher gefüllt, Brezel- und Chipstüten geöffnet und das gefeiert, was sie eine *Fette-Miete-Party* nannten. Die echten Kaufinteressenten hatten daraufhin panisch die Flucht ergriffen, und Meßthaler hatte versucht, mit seinem Handy die Polizei zu rufen. Dummerweise war es ihm aber vor Zustandekommen der Verbindung von einem der Partygäste entwendet worden, der es sogleich in seine Hose, genauer gesagt in die Unterhose packte. Zum Glück waren in dem Moment Renan und Karina in Begleitung von zwei Uniformierten erschienen, sodass die Party ein vorzeitiges Ende nahm.

Nun saßen beziehungsweise standen die Partymacher – vier Jungs und ein Mädel – um den Klapptisch herum und konsumierten trotzig ihren billigen Schaumwein.

»Wir haben nichts Verbotenes getan«, meldete sich nun einer der Aktivisten, ein smarter Bursche mit dünnem

Bartwuchs und rotem Lockenkopf, »die *Wohntraum AG* hat hier zu einer Besichtigung eingeladen, wie Sie ganz richtig gesagt haben, Frau Polizeipräsidentin ...«

»Kommissarin reicht fürs Erste«, erwiderte Renan, »und es steht Herrn, äh ...«

»Meßthaler.«

»... Meßthaler frei, gegen einen oder alle von Ihnen Anzeige zu erstatten. Was dabei herauskommt, kann ich natürlich jetzt nicht beurteilen.«

»Und ob ich Anzeige erstatte«, rief Meßthaler, »und mein Arbeitgeber auch, darauf können Sie sich verlassen!«

»Wunderbar«, Renan drückte den schmerzenden Rücken durch, »dann darf ich Sie jetzt alle um Ihre Personalien bitten.«

»Was wollen Sie uns denn jetzt wieder in die Schuhe schieben«, ereiferte sich einer der Partylöwen, in dem Renan die Lederjacke von vorgestern wiederzuerkennen glaubte, vielleicht war es aber auch nur sein Bruder.

»Ich wüsste nur gerne Ihre Namen, das ist alles!«

»Und wenn ich jetzt einfach aufstehe und gehe?«

»Wenn Sie das 16. Lebensjahr vollendet haben, sind Sie verpflichtet, einen Personalausweis zu besitzen und auf Verlangen einer zur Überprüfung berechtigten Stelle vorzulegen«, belehrte Karina den Burschen.

»Das hast du aber gut gelernt ...«, grinste er. »Leider habe ich meinen Perso aber daheim vergessen.«

»Dann müssen wir Sie festhalten und zu einer Dienststelle bringen, um Ihre Identität festzustellen«, fuhr Karina fort.

»Oh Mann, du musst ja 'ne echte Streberin gewesen sein auf der Polizeischule ...«

»Sie!«, fuhr Renan scharf dazwischen.

»Ja, klar. *Sie*«, sagte der Vorlaute und deutete auf Karina.

»Sie werden meine Kollegen respektvoll mit Sie ansprechen, oder wir bringen Sie alle gleich ins Präsidium, verstanden?!«

»Jaja, schon gut«, der Kerl hob abwehrend die Hände, »mach dich ... äh, machen Sie sich locker, Frau Kommissarin.«

»Mit Schwangeren ist nicht zu spaßen«, flüsterte ihm sein Kollege zur Rechten ins Ohr.

»Hören Sie, Frau ... Müller«, meldete sich Meßthaler, als die Streifenkollegen endlich dabei waren, die Ausweise der Aktivisten zu prüfen, »ich habe jetzt schon wieder zwei Interessenten wegschicken müssen. Könnten Sie nicht woanders weitermachen?«

»Wo sollen wir denn hin?«, fragte Renan.

»Auf Ihre Polizeiwache am besten.«

»Es ist aber wesentlich einfacher, wenn wir sie hier noch befragen«, Renan hatte Mühe, sich zu beherrschen, »um sieben Personen abzutransportieren, bräuchten wir vier Streifenwagen, und die werden gerade woanders dringender gebraucht, das können Sie mir glauben.«

»Das ist aber doch geschäftsschädigend, wenn hier stundenlang diese Asozialen rumlungern, verstehen Sie das nicht?«

»Entweder wollen Sie die Hilfe der Polizei – oder nicht«, sagte Renan unwirsch. »Rufen Sie halt einen Kollegen an, dass er sich unten hinstellt und die Leute wegschickt.«

»Aber mein Handy ist doch ...«

»Ach so ...« Renan konnte nicht verhindern, dass ihre Mundwinkel leicht nach oben zuckten. »Kollegen, hat mal jemand einen Gummihandschuh für Herrn Meßthaler?«

»Oh Gott«, stöhnte Meßthaler.

»So«, seufzte Renan, als Meßthaler das Gerät mit spitzen Fingern geborgen und die Wohnung kurzzeitig verlassen hatte, »können wir davon ausgehen, dass Sie alle Mitglieder der sogenannten *Aktionsfront Konradshof* sind, kurz AFKO?«

»AFKO?«, tönte es aus mehreren Kehlen, »nie gehört.«

»Sie sind also nicht gegen die Luxussanierungen und die Aufwertung des Viertels, die dazu führt, dass hier nur noch Reiche leben können?«

»Doch, natürlich«, sagte der Vorlaute und leerte den Rest seines Pappbechers, »aber wir sind nur eine Clique von Gleichgesinnten, wir kennen uns mehr ... so flüchtig, Sie verstehen?«

»Kannten Sie Rocco Baierlein auch nur *so flüchtig*?«, fragte Karina.

»Rocco Baierlein«, wiederholte der junge Mann, der nach seinem Personalausweis Karl Engelbrecht hieß, »nein, der Name sagt mir nichts ...«

»Jetzt hör doch auf mit dem Scheiß, Charlie«, der Rothaarige sprang von seinem Klappstuhl auf, »was soll denn das bringen?«

Der junge Rothaarige hieß Tobias Herrmann. Er schien bislang der Einzige aus der Gruppe zu sein, der einen halbwegs bürgerlichen Lebenswandel aufwies. 23 Jahre, Student der Politikwissenschaft, mit Nebenjob als Fahrradkurier. Renan hatte ihn unter dem Vorwand, dass mit seinen Personalien etwas nicht stimmte, in einen Streifenwagen gesetzt und sie in Richtung Präsidium chauffieren lassen. Allerdings waren sie schon vor dem vermeintlichen Ziel am Rande eines kleinen Parks wieder ausgestiegen.

»Gehen wir ein paar Schritte«, sagte Renan und marschierte voraus.

»Wenn Sie das nicht zu sehr anstrengt.« Herrmann folgte bereitwillig.

»Gehen ist kein Problem, nur sitzen ...«

Nun, zum späteren Nachmittag, hatte die Herbstsonne es geschafft, ein paar Löcher in die Wolkendecke zu reißen, sodass die Umgebung zeitweise fast freundlich wirkte. Das Café am hinteren Ende des Parks hatte die Außenbestuhlung wieder in Betrieb genommen und tatsächlich mehrere Gäste angelockt. Renan bog jedoch vorher ab und ging in Richtung des Brunnens, der schon lange kein Wasser mehr spuckte.

»Es wäre nur vernünftig, wenn Sie uns nähere Angaben zur AFKO und vor allem zu Rocco Baierlein machen würden«, setzte Renan das Gespräch schließlich fort. »Ich kann verstehen, dass Sie vor den anderen nichts sagen wollen, aber ich hatte doch das Gefühl, dass Sie der Tod dieses Jungen nicht so kalt lässt wie die.«

»*Kalt* lässt der sicherlich keinen«, erwiderte der Rothaarige, »aber ich halte es einfach für Unsinn, die offensichtlichsten Tatsachen zu leugnen.«

»Gut«, seufzte Renan und blieb stehen, »dann reden wir jetzt mal offen. Sie brauchen keine Angst zu haben, ich schreibe nichts mit und habe auch kein Mikro am Körper. Was Sie jetzt sagen, bleibt inoffiziell.«

»Wirklich?« Herrmann sah sie prüfend an.

»Wer gehört denn jetzt zu dieser AFKO? Die Verbindung zwischen der Gruppe und dem Toten liegt doch auf der Hand.«

»Ich weiß nicht, wie Sie auf den Begriff AFKO kommen«, er setzte sich auf den Rand des Brunnens und sah zu Renan hinauf, »es gibt in dem Sinn keine Gruppe, es gibt oder gab nur mal eine WG in Konradshof ...«

»Davon gibt's viele.« Renan machte ein paar seitliche Rumpfbeugen, in der Hoffnung, dass irgendein Wirbel seine Position veränderte.

»Ja, und in der waren Charlie, Bert und Sarah ...«

»Waren?«

»Das war eines der Häuser am Richter-Platz, die sie für diese neuen Reihenhäuser abgerissen haben ... vor zwei Jahren oder so«, Herrmann setzte sich auf den Rand des Brunnens und zog Drehtabak aus einer Tasche seines Parkas.

»Okay, und dann sind die drei also da rausgeflogen und wollten das nicht mit sich machen lassen?« Renan überlegte, ob da nicht irgendwelche Protestaktionen bei ihnen aktenkundig sein müssten.

»Die waren ganz korrekt am Anfang«, der junge Mann hatte die Kippe nun fertigproduziert und zündete sie an, »haben Protestbriefe geschrieben, Unterschriften gesammelt, sich an Stadträte aus Konradshof gewandt ...«

Nicht aktenkundig, dachte Renan.

»Dann haben sie versucht, die Presse dafür zu interessieren, aber nur die Obdachlosenzeitung hat einen größeren Artikel darüber gebracht. Und dann haben sie halt ein paar andere gesucht, die auch kurz davorstanden, ihre Wohnungen zu verlieren.«

»Verstehe.« Renan kramte in ihrem Rucksack nach einem Stift und ihrem Notizblock.

»Das Letzte, was sie dann versucht haben, war, das Haus selbst zu kaufen ...«

»Echt?« Sie hatte das Gesuchte gefunden, erinnerte sich aber an ihr Versprechen und verstaute die Utensilien wieder. »War wahrscheinlich nicht viel drin bei denen, oder?«

»Na ja, fünfzigtausend oder so hätten sie wohl zusammengekriegt, wie auch immer. Aber da hat dieser Bauträger natürlich das Zehnfache hingelegt.« Herrmann nahm einen tiefen Zug und sah Renan prüfend an.

»Waren Sie auch dabei?«

»Ich hätte ihnen auch meine letzten zweitausend Steine gegeben, ja. Wenn ich dann einen Schlafplatz dafür bekommen hätte …«

»Hm«, Renan kaute auf einer Locke herum, »und kam es zu keinen … Aktionen? Also Besetzen, Blockieren, Anketten, was weiß ich?«

»Nein, das wurde diskutiert, aber Bert und Charlie haben ziemlich genau vorhergesehen, dass das nichts als Ärger bringen und außerdem auch nichts an der Gentrifizierung des Viertels ändern würde … Und dann …«

»… haben sie sich radikalisiert und diese Gruppe gegründet«, folgerte Renan.

»Nein, das habe ich doch schon gesagt«, Herrmann sprang auf, »zumindest habe ich nichts davon mitbekommen, dass eine *Gruppe* oder was auch immer gegründet wurde. Klar hat Charlie immer wieder gesagt, dass eben mal ein paar der teuren Autos brennen müssten, die hier immer öfter rumstehen, dann würden sich die Preise ganz schnell anders entwickeln. Aber das haben lange nicht alle so gesehen. Und außerdem waren da auch immer wieder andere Leute da.«

»Was wollte denn Rocco Baierlein?« Renan machte Anstalten, den Weg in Richtung Spielplatz wieder zurückzugehen, und der Rothaarige folgte bereitwillig.

»Rocco hat das meistens so beurteilt wie ich auch. Der wollte natürlich was gegen diese Entwicklung tun, aber möglichst ohne Gewalt. Kreativer Widerstand halt. Der wollte keine Autos anzünden, sondern …«

»… sich reinlegen, in der Nacht.« Renan blieb stehen und

musste sich einige Haare von den Augen wegschaffen. Der Wind hatte wieder aufgefrischt.

»Ja, zum Beispiel. Ist doch eine coole Botschaft: Wenn ihr uns die Wohnungen wegnehmt, schlafen wir eben in euren SUVs.«

»Also, der Baierlein wollte in den Autos schlafen, der Charlie wollte sie anzünden ...«

»Jetzt drehen Sie mir nicht das Wort im Mund um.« In seinen Blick mischte sich Wut. »Das kommt davon, wenn man mal mit der Polizei redet!«

»Ich habe gesagt, dass unser Gespräch vertraulich ist, und dabei bleibt es auch«, schoss Renan zurück, »aber erzählen Sie mir nicht, dass Sie diesen Verdacht nicht auch schon hatten!«

»Hmpf«, schnaubte Herrmann und setzte den Weg schnellen Schrittes fort. Renan blieb schweigend gleich auf.

»Haben Sie eigentlich auch in Konradshof gewohnt damals?«, fragte sie, als sie schon fast an der nächstgelegenen U-Bahnstation angekommen waren.

»Nein.« Er fingerte in seinen Hosentaschen herum.

»Warum nicht?«

»War mir damals schon zu selbstgefällig geworden das Viertel. Zu viele Alt-Alternative, zu viel Bio-Chianti, zu viel Latte-Macchiato, zu viel leere Ideologie. Zu aufgesetzt für mich!«

»Interessant«, sagte Renan.

»Jetzt habe ich nicht einmal mehr genug Geld für die U-Bahn«, maulte er.

»Hier«, Renan drückte ihm eine Dienstfahrkarte in die Hand, »geht auf Staatskosten.«

III. Warum geht es mir so dreckig?

Die psychiatrische Abteilung des städtischen Klinikums lag außerhalb der Mauer in einem historischen Gebäude, das womöglich mal eine Schule gewesen war. Das Klinikum war mehr oder weniger ein ganzer Stadtteil für sich, und wie es in dieser Stadt üblich war, hatte man darum eine Mauer gebaut. Nur für einen Graben hatte es offenbar nicht mehr gereicht. Renan kannte die forensischen Abteilungen der Bezirkskliniken, konnte sich aber nicht erinnern, schon mal im Zuge einer Ermittlung hier gewesen zu sein. Sie war auf jeden Fall erstaunt, dass es anscheinend keine Sicherungsmaßnahmen gab, ganz so, als ob hier jeder nach Belieben rein- und rausspazieren könnte.

Vor der Station im zweiten Obergeschoss befand sich dann aber doch ein Kasten, der die zwei Türflügel nur aufschwingen ließ, wenn man eine passende Karte davorhielt. Renan hatte sich sofort unwohl gefühlt. Wie immer, wenn sie Krankenhäuser betrat. Der Geruch nach Desinfektionsmitteln, Pfefferminztee und aufgewärmtem Essen verursachte ihr zuverlässig Übelkeit. Komischerweise war das auch hier so, obwohl diese Gerüche gar nicht wahrzunehmen waren. Hier roch es tatsächlich mehr nach Kaffee und Zigarettenrauch. Dazu war es ruhig, um nicht zu sagen: unheimlich still. Sollte man nicht annehmen, dass in der geschlossenen Abteilung einer Psychiatrie irgendwelche Hitlers oder Napoleons flammende Reden an ihre Truppen hielten? Oder ein Jesus noch mal die Bergpredigt wiederholte? Oder zumindest ein aggressiver Psychopath Kleinholz aus dem Mobiliar seines Zimmers machte? Gut, dem Pfleger nach zu urteilen, der Renan hereingelassen und in das Sprechzimmer des Arztes begleitet hatte, sollte man hier so was lieber bleiben lassen, aber Verrückte waren doch nicht umsonst verrückt ...

Renan spürte einen ziehenden Schmerz im Rücken und stand von ihrem Besucherstuhl auf. Sie ging zum Fenster und blickte durch die Gitterstäbe auf die Nordseite des Klinikums. Der Quacksalber ließ nun schon seit einer halben Stunde auf sich warten. Renan beugte den Oberkörper etwas nach links und rechts, in der Hoffnung, die Schmerzen etwas zu lindern. Das gelang nicht, dafür veranlasste es ihr Kind zu einem saftigen Tritt gegen die Bauchdecke. Was soll's, dachte sie, wenn ich hier bis zur Geburt warten muss, bin ich wenigstens schon ziemlich nahe am Kreißsaal ...

»So, entschuldigen Sie vielmals, dass ich Sie warten ließ, Frau äh ...« Ein Herr mit Brille, hoher Stirn und weißem Kittel hatte das Zimmer betreten und streckte Renan die rechte Hand hin. In der linken trug er einen Pappbecher mit Kaffee, und unterm Arm klemmte eine Krankenakte.

»Müller, Kriminalkommissarin. Ich hatte angerufen ...« Renan fand, dass der Arzt ihre Hand nun langsam wieder loslassen konnte. Jedoch schien ihr Bauchumfang ihn abzulenken.

»Kerner, Oberarzt. Ja, ja, wegen der Patientin Palmer.« Er ließ nun doch los, setzte sich an die Rückseite des Schreibtisches, nahm einen Schluck aus dem Becher und schlug die Mappe auf.

»Sie hätte sich heute Vormittag bei uns zu einer Befragung auf dem Präsidium melden sollen.« Renan versuchte das Alter des Mannes zu schätzen, konnte sich aber auf keinen Wert zwischen 35 und 55 festlegen. »Da haben wir die üblichen Nachfragen veranlasst und ... nun haben wir sie ja gefunden.«

»Ja, das ist auch gut so.« Dr. Kerner nahm die Brille ab und zog die Stirn in Falten. »Wir haben nämlich auch nur wenige Informationen über die Umstände der Tat und können momentan nicht mehr tun, als die akute Symptomatik zu behandeln. Eltern oder andere Angehörige konnten wir noch nicht ausfindig machen, aber da haben Sie ja ganz andere Möglichkeiten, nicht wahr?«

»Wenn es Angehörige gibt, finden wir sie, zumindest in Europa.« Renan versuchte immer noch, die rückenschonendste Sitzposition zu finden. »Aber jetzt wüsste ich zunächst gerne, warum sie überhaupt hier drin ist.«

»Ach so, das hat man Ihnen noch gar nicht mitgeteilt?« Kerner setzte die Brille wieder auf und räusperte sich. »Frau Palmer hat letzte Nacht versucht, sich zu suizidieren ...«

»Selbstmord?«

»Ein Versuch, höchstwahrscheinlich, ja.«

»Und wie?« Renan beeilte sich, Stift und Block aus ihrer Jackentasche zu holen.

»Sie wurde mit Schnittwunden in den Unterarmen gefunden, in der ...«, er blätterte in der Akte, »Kleinstraße. Nachts um 1 Uhr, was wohl ihr Glück war, denn um diese Zeit machen die Kneipen zu, und es befinden sich viele Leute auf dem Heimweg ...«

»Kleinstraße«, Renan kaute auf ihrer Unterlippe, »die ist doch in Konradshof ...«

»Das meinte ich ja«, Dr. Kerner lehnte sich zurück, »Konradshof heißt viele Kneipen, also auch viele Leute auf der Straße gegen 1 Uhr. In Weidengrün wäre sie wahrscheinlich verblutet.«

»Aber man bringt sich doch nicht auf der Straße um«, wandte Renan ein.

»Nun ja, wenn Sie von einer Brücke springen wollen oder

einem Gebäude, dann kommen sie um eine Straße fast nicht drum herum«, dozierte der Psychiater, »aber Sie haben recht. Wenn es ein ernstgemeinter Suizid sein soll, dann sollte man zusehen, dass einem keiner dabei in die Quere kommt.«

»Also meinen Sie, dass Frau Palmer sich gar nicht wirklich umbringen wollte?«

»Leider ist die Patientin bislang nicht sehr gesprächig.« Er nahm den Kaffeebecher und nippte ohne große Begeisterung daran. »Ein sogenannter *Parasuizid* scheint mir aber unwahrscheinlich. Es ist durchaus möglich, dass sie sich zum Beispiel die Adern in ihrer Wohnung aufgeschnitten hat und dann doch in Panik geraten und auf die Straße gelaufen ist.«

»Und wie geht es ihr jetzt?«

»Physisch gut. Sie ist jung und weitgehend gesund. Aber psychisch ...«, Kerner blätterte etwas hilflos in der Akte, »sie hat schon ältere Schnittwunden an den Unterarmen. Das könnte auf eine Borderline-Störung hinweisen. Eine posttraumatische Reaktion wäre dazu auch gut denkbar. Deswegen hoffe ich ja, dass Sie etwas zu unserer Diagnostik beitragen können, Frau Kommissarin.«

»Ja, klar«, Renan hatte keine Akte, in der sie blättern konnte, und blies sich eine Locke aus der Stirn, um nachzudenken, »wissen tun wir bislang eigentlich so gut wie nichts. Sie ist aber wohl Mitglied einer Gruppierung, die in Konradshof gegen die Luxussanierungen von Wohnungen und die Errichtung von teuren Neubauten aktiv ist. Vorgestern kam eines der mutmaßlichen Mitglieder dieser Gruppe beim Brand eines Autos ums Leben. Als der Leichnam am Tag danach gefunden wurde, befanden sich mehrere seiner ... Kameraden in der Nähe – und so auch Frau Palmer.

Sie schien etwas mitgenommen, daher haben wir sie für heute ins Präsidium bestellt, um ihr einige Fragen zum Opfer und zur Tat zu stellen.«

»Handelte es sich dabei auch um einen Suizid?« Kerner nahm die Brille ab und rieb sich die Augen.

»Das können wir nicht mit Sicherheit sagen.« Renan ertappte sich dabei, dass sie über diese Variante noch gar nicht ernsthaft nachgedacht hatte. »Wir wissen noch zu wenig über die genauen Umstände und auch über das Opfer. Es könnte Mord gewesen sein, womöglich der Racheakt eines Anwohners, oder ein tragisches Versehen. Auch das können wir nicht mit Sicherheit sagen.«

»Was für ein *Versehen*?« Kerner setzte die Brille wieder auf und blickte Renan interessiert an.

»Das Opfer hat sich wohl öfter mal zum Schlafen in teure Autos gelegt. Das war seine Form des Protests. Gleichzeitig haben andere – ob Mitglieder dieser Gruppe oder nicht – hin und wieder mal so ein großes Auto angezündet. Es wäre also auch möglich, dass es sich hier nur um einen … Unfall handelt.«

»Einen tragischen Unfall«, ergänzte Kerner.

»Mitunter auch das«, stimmte Renan zu.

»Hhmm.« Kerner stützte das Kinn in die Hände und blickte eine Zeit lang schweigend in die Akte. »Das wäre natürlich ein handfestes Trauma, wenn …«

»Was meinen Sie genau?«

»Ach«, der Arzt machte eine wegwerfende Handbewegung, »das sind auch alles nur Mutmaßungen, die uns nicht weiterbringen. Solange die Patientin sich nicht über die Sache äußert, kommen wir hier nicht weiter, fürchte ich.«

»Kann ich sie mal sprechen?«

»Sie können es gerne versuchen.«

»Also«, eröffnete Annette Krüger, Leiterin des ambulanten Pflegedienstes *Sozius* um halb 8 die wöchentliche Teamsitzung, »freut mich, dass diese Woche keine von euch krank ist. Wir haben wie immer nicht viel Zeit, also gleich zur Sache ...«

Ihre Mitarbeiterinnen hielten sich müde an den Kaffeetassen fest und blickten ausdruckslos auf die Tischplatte. Nur Manuela und Katrin wechselten genervte Blicke.

»Gestern ist die Frau Schleich gestorben, glücklicherweise im Krankenhaus. Die können wir also ab sofort aus der Planung rausnehmen. Die Tochter von der Angermeier hat sich gestern telefonisch beschwert, dass ihre Mutter viel zu wenig trinkt ... Wer war da bis zum Wochenende?«

»Ich«, meldete sich Katrin.

»Und?!«, fragte die Krüger.

»Was und?« Katrins Laune wurde zusehends schlechter.

»Warum hast du nicht dafür gesorgt, dass die Patientin ausreichend trinkt?«

»Was kann ich denn noch mehr tun, als ihr ein großes Glas Wasser hinzustellen?«

»Du kannst dafür Sorge tragen, dass sie das Wasser auch zu sich nimmt«, die Stimme der ohnehin dynamischen Chefin würde noch dynamischer, »Wasser verhindert Dehydration nur, wenn es sich im Körper befindet!«

»Danke für den Hinweis«, Katrin knallte ihre Kaffeetasse auf den Tisch, »die Angermeier braucht aber leider schon eine halbe Stunde, bis sie drei Tabletten geschluckt hat. Wenn ich dabeibleiben soll, bis ein halber Liter Wasser weg ist, brauche ich mindestens zwei Stunden. Habe ich die?«

»Soll ich es dir vielleicht vormachen?«, fragte Annette Krüger.

»Du kannst gerne das nächste Mal mitkommen und mir zeigen, wie man in zehn Minuten ein Glas Wasser in diese Patientin reinkriegt«, Katrins Oberpfälzer Akzent kam nun deutlich zum Vorschein, »bin sehr gespannt.«

»Wenn sie zu dehydrieren droht, muss sie halt ein paar Tage ins Krankenhaus an den Tropf«, meldete sich Manuela, »wir können eben nicht hexen!«

»Na klar, dann müssen wir sie weiter einplanen und kriegen aber keine Leistungen bezahlt.« Annette Krüger tippte sich an die Stirn.

»Na ja«, Katrin hob die Schultern, »entweder soll es um die Menschen gehen oder ums Geld ...«

»Ja«, ereiferte sich die Chefin, »es geht ums Geld. Es geht um das Geld, dass ich dir jeden Monat auf dein Konto überweise ... Trinkst du halt mit ihr um die Wette oder sagst, dass die Ärzte jetzt herausgefunden haben, dass man 150 wird, wenn man jeden Tag zwei Gläser Wasser auf ex trinkt. Mädels, ich zahle euch über Tarif. Wir müssen besser sein als die anderen, wenn wir in diesem Geschäft überleben wollen. Und das sind wir doch auch, verdammt noch mal!«

»Sind wir besser oder nicht?«, fragte Annette Krüger nochmals in die Runde, als sich keine ihrer Fachkräfte weiter äußern wollte.

»Ja ...«

»Schon ...«

»Klar ...«, murmelten die Pflegerinnen, und die Dienstleiterin fuhr nach einem kritischen Blick auf ihre Mitarbeiterinnen mit dem nächsten Fall fort.

»Die Frau Fäustel ... Manuela, wie sieht's denn da aus?«

»Was genau?«

»Kriegen wir die nächste Woche in die Pflegestufe 2 oder nicht?«

»Schwer zu sagen«, Manuela kaute an ihren Fingernägeln, »die schwankt so stark. Eigentlich habe ich gedacht, dass sie jetzt total abbaut, wo ihr Untermieter tot ist. Aber gestern war so ein Kommissar da, und da hat sie gleich ein Fass aufgemacht. Ein Bier getrunken und so ...«

»Ja, aber wenn dieser Untermieter nicht mehr da ist«, meldete sich wieder Katrin zu Wort, »also, der hat schon viel für die Fäustel gemacht. Ohne den können wir die auch in der 2er nicht vernünftig versorgen.«

»Wenn sie ins Heim muss, dann je schneller, desto besser«, sagte Annette Krüger.

»Wie soll die das denn bezahlen?«, fragte Manuela. »Die hat so gut wie keine Rente ...«

»Gehört der nicht das Haus?«, fragte die Chefin.

»Ja, ich glaube schon. Aber ob sie das verkaufen will? Und abgesehen davon, wie soll die alte Frau das denn anstellen?«

»Ich fahre heute oder morgen selbst mal vorbei und rede mit ihr«, sagte die Krüger und machte sich eine Notiz.

*

Sie trug eines jener weiß-gemusterten Flügelhemden, die Krankenhäuser ihren Insassen gerne verpassten, wenn sie operiert wurden. Die Patientin hatte ein Einzelzimmer und saß mit angezogenen Beinen auf ihrem Bett. Sie nahm Notiz davon, dass Renan mit Dr. Kerner das Zimmer betrat, reagierte aber nicht auf die Begrüßung, sondern wandte den Blick wieder dem vergitterten Fenster zu. Auf dem Nachttisch neben dem Bett stand ein Tablett mit einem abgedeckten Teller, einem Becher Joghurt und einer Tasse, die Pfefferminztee enthielt – dem Geruch nach zu schließen.

Ihre Unterarme waren verbunden und im rechten Handrücken steckte ein Venenkatheter, an den aber kein Tropfer angeschlossen war. Ihre Gesichtsfarbe hob sich kaum von der weißen Bettwäsche ab und bildete einen scharfen Kontrast zu den schwarz gefärbten Haaren, die einen ziemlich ungepflegten Eindruck machten. Kurz bevor Kerner die Tür geöffnet hatte, war es Renan so vorgekommen, als hörte sie ein leises Summen, eine vage Melodie, die ihr aber nicht bekannt war.

»Frau Palmer, das hier ist Kommissarin Müller von der Kripo. Sie würde gerne ein paar Worte mit Ihnen wechseln«, hatte der Psychiater das Gespräch eröffnet, was aber außer einem kurzen Blickkontakt keine Reaktion bei ihr hervorrief.

»Vielleicht haben Sie ja Lust, mit ihr zu sprechen«, fuhr Kerner fort, »die Polizei ermittelt in einem Todesfall in Konradshof ...« Er machte eine Pause und beobachtete die Patientin, deren Augen sich nun ein paar Mal sachte nach links und rechts bewegten. Als keine weitere Reaktion erfolgte, wandte er sich von ihr ab und Renan zu. »Dann lasse ich Sie jetzt mal alleine. Von Frau Palmer geht bislang keine Gefahr aus. Sie wurde weder fixiert noch irgendwie sediert. Es ist also quasi der unverfälschte Zustand, in dem Sie sie hier antreffen.«

»Verstehe.«

»Bitte kommen Sie noch mal kurz zu mir, bevor Sie gehen«, sagte der Arzt, bevor er das Zimmer verließ.

Aus irgendeiner Intuition heraus machte Renan erst gar keine Anstalten, eine Befragung zu beginnen. Die junge Frau wollte ganz offensichtlich nicht reden, und warum sollte sie ausgerechnet jetzt, gegenüber einer Kriminalbeamtin, damit anfangen. Renan stellte sich neben das Kopfende des Bettes und folgte dem Blick der anderen aus dem Fenster. Es war nicht viel mehr zu sehen als die oberen Stockwerke eines gegenüberliegenden Gebäudes, darüber ein grauer Himmel. Von rechts ragten einige Äste einer Birke herein.

»Sie brauchen nicht mit mir reden«, sagte Renan schließlich. »Aber wenn Sie nichts dagegen haben, dann werde ich was sagen. Wir haben da einen toten jungen Mann. Sie wissen, von wem ich rede. Und es könnte sein, dass er einem Mord zum Opfer gefallen ist oder zumindest einer anderen Straftat. Und jetzt gibt es da diese Gruppe, die AFKO, der Sie vielleicht auch angehören, und wir kommen nicht weiter, wenn wir nicht rauskriegen, ob jemand von dieser Gruppe in letzter Zeit die ganzen Autos angezündet hat oder ob das vielleicht andere waren ...«

Renan beobachtete Sarah Palmer genau, aber sie zeigte keine Regung. Wäre ja auch zu schön gewesen.

»Wollen Sie nicht wissen, wer dafür verantwortlich ist, dass Rocco Baierlein nun nicht mehr lebt?« Renan kam es so vor, als ob ihr Gegenüber leichte Bewegungen mit den Händen machte, als würde sie etwas schreiben.

»Oder wissen Sie es schon?«, fuhr sie fort. »Wenn Sie wissen, wer da gezündelt hat, dann sagen Sie es mir bitte. Das heißt ja noch lange nicht, dass der- oder diejenige einen Mord begangen hat. Könnte genauso gut auf fahrlässige Tötung hinauslaufen ...«

Kurz wandte das Mädchen Renan den Kopf zu. Ihre Augen bewegten sich einmal von links nach rechts und wieder zurück. Dann wieder dieses Zucken mit den Händen.

»Wollen Sie was zum Schreiben?« Renan kramte in ihrer Tasche, vielleicht brauchte Sarah ja nur Papier und Stift.

*

»Also stimmt es wirklich«, stellte Sophie Sebald fest, als sie Hauptkommissar Albach im Tagescafé *RasselRassel* wie vereinbart vorgefunden hatte.

»Was?«, fragte Alfred, während er sich erhob, um der Kollegin einen Platz anzubieten.

»Dass Sie Ihren Dienst am liebsten von dieser Kneipe aus versehen«, sie setzte sich, »stammt aber nicht von mir ...«

»Wer sagt das denn?«

»So ziemlich jeder, den man fragt«, Sophie musterte den älteren Kollegen eingehend, »*Kaffeehausdetektiv* heißt es dann immer.«

»Ich habe diesen Titel immer als Ehre betrachtet«, lächelte Alfred, »aber jetzt sagen Sie mal lieber, was Sie trinken wollen, dann gehe ich vor ... Hier ist Selbstbedienung.«

»Ich möchte nichts, danke.«

»Na ja«, er erhob sich etwas umständlich, »dann bringe ich halt mal einen zweiten Cappuccino mit.«

Sophie widersprach nicht. Sie lehnte sich zurück und lockerte den Krawattenknoten. Irgendwie kam sie sich hier deplatziert vor in der Uniform. Gut, dass eine Polizistin in einem gastronomischen Betrieb immer Aufsehen erregte, war klar. Aber hier schien ihr das Publikum eher aus ideologischen Gründen distanziert gegenüberzustehen. Neben zahlreichen Alt-Alternativen befanden sich noch einige Schüler – wahrscheinlich schwänzende Schüler – und alleinerziehende Mütter mit Kleinkindern in dem Altbau-Erdgeschoss. Weiter vorne war auch ein Tisch mit drei Anzugträgern, die sie ebenfalls verwundert angesehen hatten. Die Plakate an der Tür mit Aufrufen zu Spenden für den *Nicaragua-Verein* oder zu Demos der *Roten Brigaden* ließen stark vermuten, dass man die Polizei hier drin nicht unbedingt als Freund und Helfer betrachtete.

Sophie hatte wirklich nicht den blassesten Schimmer, was Albach von ihr wollte, und erst recht war ihr schleierhaft, warum er sie zu einem Gespräch hierherbestellt hatte und nicht einfach in sein Büro. Die Erkundigungen, die sie schnell über ihn eingeholt hatte, ergaben kein eindeutiges Bild. Er war wohl einer der dienstältesten Beamten in der Kriminaldirektion, musste also mindestens Ende fünfzig sein, obwohl er gut zehn Jahre jünger aussah. So der Typ smarter Lebemann mit grauem Kurzhaarschnitt. Seine Sonnenbräune stammte nicht aus einem Solarium, sie war wohl das Ergebnis ausgedehnter Urlaube am Meer oder in den Bergen. Offenbar war seine gute Optik aber auch darin begründet, dass er immer darauf bedacht war, sich bei der Arbeit kein Bein auszureißen. Gleichzeitig galt er als sehr kollegial. Früher musste er lange in der Gewerkschaft engagiert gewesen sein, und seine Darbietungen mit Loriot-Sketchen auf diversen Polizeibällen in den Neunzigerjahren waren heute noch legendär. Laut neuester Gerüchte war er gestern zum Leiter des K11 ernannt worden – gegen seinen Willen.

»Wie geht es Ihnen denn«, fragte Alfred, nachdem er mit zwei Cappuccinotassen zurückgekehrt war und sich wieder auf seinem Sofa eingerichtet hatte.

»Ich wüsste gerne, warum ich hier bin«, erwiderte Sophie ohne Umschweife.

»Sie sehen etwas müde aus.«

»Nun ja, wie Sie wissen, haben wir Schichtdienste.«

»Natürlich«, er nahm einen Schluck Cappuccino, »aber glauben Sie mir, auch ohne Schichtdienst kann man sich ziemlich müde fühlen.«

»*Amtsmüde* vielleicht?« Sophie beschloss, noch weiter in die Offensive zu gehen.

»Sind wir das nicht alle?«, fragte Alfred mit einem gequälten Lächeln zurück.

»Wahrscheinlich«, seufzte Sophie.

»Mir braucht keiner was vorzumachen«, er lehnte sich nach vorne, »und ich will Sie hier auch nicht auf die Probe stellen oder so was. Ich dachte einfach, wir könnten ebenso hier miteinander sprechen, weil, so lauschig ist es ja in unserem Präsidium auch nicht, vor allem seit den Umbaumaßnahmen.«

»Da haben Sie recht.« Sophie traute ihm noch immer nicht so ganz.

»Genau«, er rührte in seiner Tasse, »also, es geht um diese AFKO ...«

»Die Bande da in Konradshof.« Sophie verspürte so etwas wie Erleichterung.

»Ja«, er zog ein Notizbuch aus der Sakkotasche und blätterte darin, »Sie sind eine der Streifenkolleginnen, die im letzten halben Jahr überwiegend dort im Einsatz waren.«

»Wobei ich auch erst seit einem halben Jahr hier bin«, ergänzte Sophie.

»Weiß ich«, er musterte sie kurz, »Neu-Kollegen kommen ja selten gleich in bequeme Gegenden.«

»Ich wollte mich auch nicht beschweren!«

»Auf jeden Fall sind Sie sicher eine der Kolleginnen, die am meisten über die AFKO mitbekommen hat. Und deswegen wollte ich mit Ihnen reden.«

»Mit mir?«

»Ja, wie Sie wissen, muss in solchen Fällen, wo wir uns in der Nähe von Terrorismusanschuldigungen bewegen, der Staatsschutz hinzugezogen werden ...«

»Ja ...«, Sophie fragte sich, wo das jetzt hinführen sollte. Der Staatsschutz war eine Einheit des hiesigen Präsidiums und kümmerte sich um Taten, die gegen die verfassungsmäßige Ordnung der Republik gerichtet waren.

»Um es kurz zu machen«, Alfred nahm einen Schluck Kaffee, »die Kollegen haben gerade mit mutmaßlichen Islamisten ziemlich viel um die Ohren. Seit den Anschlägen in Ansbach und Würzburg hat das oberste Priorität.«

»Kein Wunder!«

»Eben. Und der Leiter hat uns unmissverständlich mitgeteilt, dass sie sich jetzt nicht auch noch um ein paar Kleinganoven in Konradshof kümmern können. Die spärlichen Informationen stellt er gerne zur Verfügung, zusätzliches Personal nicht.«

»Und das heißt?«

»Das heißt, dass ich zusehen muss, diejenigen Kollegen anzuzapfen, die sozusagen auf natürlichem Weg viel über die Verhältnisse in Konradshof wissen, und das sind die Streifenbeamten von der Wache West.«

»Dann sind wir jetzt der Staatsschutz?« Sophie musste lachen.

»Es sieht ganz so aus«, antwortete Alfred, ohne eine Miene zu verziehen.

»Gut«, sagte Sophie nach einer Minute heftigen Nachdenkens, »was wollen Sie wissen?«

»Zunächst wüsste ich gerne, wer alles zu dieser Gruppe gehört.« Er zog einen Umschlag mit Fotos aus der Tasche und breitete sie auf dem Tisch aus.

»Das weiß eigentlich keiner so genau«, Sophie beugte sich wieder nach vorne, »der hier, das Todesopfer von vorgestern ...«

»Baierlein.«

»Genau, bei dem sind wir davon ausgegangen, weil der schon viel in dem Zusammenhang getrieben hat. Der da«, sie deutete auf ein weiteres Bild, »war für mich immer so was wie ein Wortführer. Hat halt immer das Maul am weitesten aufgerissen. Ob er deswegen aber was zu sagen hat, kann ich natürlich nicht beurteilen.«

»Karl Engelbrecht«, Alfred hielt das Foto hoch und entzifferte den Namen auf der Rückseite, »den haben wir doch vorgestern schon kennengelernt.«

»Ja, Widerstand gegen Vollstreckungsbeamte und Beamtenbeleidigung«, nickte Sophie, »wohlgemerkt im wiederholten Fall, und außerdem ist er nur auf Bewährung draußen ... Ihre schwangere Kollegin war übrigens dabei.«

»Gut, den können wir uns ja noch mal eingehender zur Brust nehmen.« Alfred machte ein paar Notizen in sein Buch. »Vielleicht sitzt er ja schon in der JVA, wenn er gegen seine Bewährung verstoßen hat.«

»Der da ...«, Sophie runzelte die Stirn, »Krauß heißt er, glaub ich. Den hatten wir auch schon oft, vor allem in Verbindung mit Baierlein. Das ist so ein Schlaukopf. Beleidigt nicht, gibt sich immer korrekt und kennt die einschlägigen Gesetze ganz genau. Den hatte ich zuerst für einen Jurastudenten gehalten, aber offiziell ist er auch nur arbeitslos, wenn ich mich richtig erinnere.«

»Dann noch dieses Mädel da«, Sophie nahm ein weiteres Foto und sah es sich genauer an, »Sarah Palmer. Die war ja vorgestern auch in der Nähe. Bei der bin ich mir ziemlich sicher, dass sie dazugehört. Die hängt dauernd mit den anderen Dreien herum ...«

»Aktuell scheint sie in der Geschlossenen der Psychiatrie zu sein.«

»Tatsächlich?«

»Ja, Selbstmordversuch. Renan ist grad oben im Klinikum und versucht, Näheres herauszukriegen.«

»Schlimm«, Sophie musterte das Foto noch eine Zeit lang und legte es dann wieder hin.

»Allerdings«, pflichtete Alfred bei, »*ein* toter junger Mensch ist da ja schon einer zu viel.«

Er zog Drehtabak aus seinem Jackett und begann, eine Kippe mit Filter zu drehen. Sophie rührte in ihrem Kaffee herum und entschied sich dann, doch einen Schluck davon zu nehmen. Es nützte ja auch keinem was, wenn er kalt wurde.

»Und die anderen?« Alfred war mit der Produktion der dritten Zigarette fertig und schnippte sich einen Tabakbrösel von seinem blütenweißen Hemd.

»Die anderen Gesichter kenne ich alle aus Konradshof«, sie verschob manche der Fotos und drehte sie herum wie Memorykarten, »sind auch durch einzelne Delikte aufgefallen, wie Farbbeutel oder Graffiti oder Verstoß gegen das Alkoholverbot in Grünanlagen, Schwarzfahren, Betäubungsmittel … Aber ob die jetzt zu dieser Gruppe gehören oder nur sympathisieren oder ganz unabhängig davon sind, das weiß ich auch nicht. Zumal es ja auch noch andere linke Gruppen gibt, denen die Entwicklung in Konradshof nicht gefällt.«

»Das stimmt natürlich. Glauben Sie, dass unser Mordopfer vielleicht einer anderen dieser Gruppen angehört haben könnte?«

»Möglich, aber irgendwie war für uns immer klar, dass er zur AFKO gehört … Wobei wir keine Ahnung haben, ob die sich selbst wirklich so nennen …«

»Gibt's vielleicht noch weitere, die jetzt hier nicht dabei sind?« Er deutete auf die Tischplatte.

»Ein, zwei Gesichter«, Sophie zog die Augenbrauen zusammen, »aber da müsste ich mir die Anzeigen und Protokolle der letzten Monate alle noch mal anschauen ... Für so was haben wir ja normalerweise auch andere Behörden, oder?«

»Na ja«, Alfred kratzte sich am Kinn, »für den Verfassungsschutz sind sie halt bislang zu unbedeutend – und zu ungefährlich. Die kümmern sich momentan lieber um Islamisten, wie gesagt.«

»Schon klar«, Sophie winkte ab, »dann machen wir das eben auch noch mit!«

»Rauchen Sie?«, fragte Alfred und hielt eine seiner Selbstgedrehten hoch.

»Gegen meinen Willen, ja«, Sophie musste ebenfalls gegen ihren Willen lächeln, »aber nicht so was!«

»Wo waren Sie denn, bevor Sie Streife in Konradshof fahren mussten?«, fragte Alfred, als sie draußen im Raucherpavillon ihre Zigaretten angezündet hatten. Sophie Sebald hatte eine Schachtel Gauloises aus ihrer Uniformjacke genommen und glücklicherweise auch ein Feuerzeug dabei. Der *Rassel*-Hinterhof war wegen des nass-grauen Wetters verwaist. Nicht einmal andere Raucher waren gerade draußen, sodass ihnen nur ein paar kaputte Fahrräder sowie leere Bier- und Saftkästen Gesellschaft leisteten.

»Landkreis Hof. Bayerisch Sibirien«, antwortete sie zögernd.

»Verbannung?«

»Nein ... nein, eigentlich komme ich ja von da, aber ...«

»Aber?«

»Ich will da jetzt nicht drüber reden!«

»Warum sind Sie denn so misstrauisch?«, fragte Alfred und sah der Streifenkollegin gerade in die Augen.

»Weil ich glaube, dass Sie meine Personalakte haben und meine Geschichte schon kennen.« Sie blickte gerade aus braunen Augen zurück. Bei Tageslicht fielen Alfred leichte Augenringe auf, die sie mit Make-up abgedeckt hatte.

»Nun, ganz so ist es nicht«, Alfred versuchte ein unschuldiges Gesicht zu machen, »ich habe nur mal kurz mit dem Kollegen Hirschmann telefoniert.«

»Und ... was haben Sie da Wichtiges erfahren?« Sie schien über diese Information nicht gerade erfreut.

»Ich habe mir eine Empfehlung geholt, um genau zu sein.«

»Hirschmann hat mich ... *empfohlen*?!«, rief sie ungläubig.

»Ja ... gewissermaßen«, Alfred lächelte verlegen, »und er meinte, Sie wüssten es vielleicht zu schätzen, wenn Sie mal eine Zeit lang aus dem Schichtdienst rauskämen.«

»Jetzt verstehe ich gar nichts mehr«, Sophie musste sich auf einen der Gartenstühle setzen, »was ist denn das für ein Spiel, das Sie hier treiben?«

»Hören Sie, Sophie«, Alfred setzte sich nun auch, »ich weiß nicht, was Sie da für ein Disziplinarverfahren hatten in Hof, und es ist mir auch egal – unter uns, ich bin schon mehrmals nur knapp dran vorbeigeschrammt. Und ich kann verstehen, wenn Sie Ressentiments gegen Führungskräfte bei der Polizei haben, aber das bin ich nicht ...«

»Ich dachte, Sie sind Kommissariatsleiter ...«

»Da ist das letzte Wort noch nicht gesprochen! Ich will Ihnen nichts Böses, aber ich brauche jetzt dringend jemanden, der sich in Konradshof und mit dieser AFKO auskennt und auf den ich mich verlassen kann. Ich brauche mehr Leute, wenn wir diesen Fall schnellstmöglich aufklären sollen. Aber ich brauche keine Anfänger und auch keine Ausgebrannten ...«

»Wer sagt Ihnen denn, dass ich nicht ausgebrannt bin?«

»Meine Menschenkenntnis«, konterte Alfred, »kommen Sie zu mir, und Sie sind raus aus dem Schichtdienst und haben jedes Wochenende frei!«

»Jedes?« Sie schaute ihn an, als hätte er gerade die Existenz von Außerirdischen bewiesen.

»Jedes!«

»Obwohl dieser Fall so schnell wie möglich aufgeklärt werden soll?«

»Sie haben mein Wort!«

»Das wäre ...«, sie trat ihre Zigarette aus und schüttelte den Kopf, »zu schön, um wahr zu sein.«

»Sie werden Ihren Sohn wieder regelmäßig sehen«, Alfred legte seiner neuen Kollegin die Hand auf den Arm, »versprochen! Oder war es eine Tochter?«

»Nein, Sohn stimmt schon ...«

»Haben Sie was im Auge?«

»Nein ... das war nur ... der Rauch!«

*

Als Renan am Spätnachmittag ins Präsidium zurückkam und sich gerade mit einer Tasse Roibuschtee an ihrem Schreibtisch niedergelassen hatte, fuhren ihr die Schmerzen dermaßen ins Kreuz, dass sie die Packung Paracetamol aus der obersten Schublade nahm. Der Frauenarzt hatte ihr davon ein paar zugestanden, wenn die Beschwerden zu stark werden sollten. Sie drehte den Blisterstreifen einige Male hin und her, schließlich drückte sie beherzt zwei Pillen heraus und schluckte sie schwungvoll mit einem Quantum Tee hinunter, als überfallartig Kriminalrätin Neumann in der Tür stand.

»Sie halten sich doch hoffentlich an Ihre Auflagen, Frau Müller«, sagte die Dezernatsleiterin, anstatt zu grüßen.

»Selbstverständlich, Frau Neumann.« Renan versuchte, ein unschuldiges Gesicht zu machen, obwohl sie genau wusste, dass sie eigentlich überhaupt nicht lügen konnte.

»Dann ist es aber komisch, dass ich Sie hier in den letzten drei Stunden nicht antreffen konnte.« Die Neumann betrat nun das Büro und schloss die Tür hinter sich.

»Sie haben ja nicht angeordnet, dass ich acht Stunden am Tag hier in diesem Stuhl sitzen muss, oder?« Renan versuchte, die in ihr aufsteigende Hitze zu kühlen.

»Aber dass Sie ausschließlich Innendienst versehen ...« In diesem Moment setzte wieder das Rattern eines Schlagbohrers ein.

»Ich war ja auch *innen*, ziemlich sogar ...«

»Und wo, wenn ich mir die dienstliche Frage erlauben darf?« Es war offensichtlich, dass nun auch die Kriminalrätin um ihre Geschmeidigkeit ringen musste.

»Im ... äh ... bei ... also ... in der Psychiatrie. Geschlossene Abteilung, um genau zu sein.« Renan gab auf, Ausreden lagen ihr einfach nicht.

»Wie bitte?« Die Neumann kam zwei Schritte auf Renan zu und stemmte die Hände auf Alfreds Schreibtischplatte. »Habe ich gerade richtig gehört?!«

»Eine wichtige Zeugin ist gestern dort eingeliefert worden. Es war absolut notwendig, dort ermittlerisch tätig zu werden ... und außerdem war es da um einiges ruhiger als hier«, setzte Renan im gehobenen Dezibelbereich nach.

»Und warum müssen das ausgerechnet Sie machen?« Die Neumann ignorierte den Lärm und sprach weiter in Zimmerlautstärke.

»Weil wir diesen Fall möglichst schnell lösen sollen und

es dabei nicht nur eine Baustelle gibt.« Renan erhob sich nun auch aus ihrem Stuhl und stellte sich in gleicher Pose ihrer Dezernatsleiterin gegenüber. »Oder haben Sie jemand anders hier sitzen und in der Nase bohren sehen?«

»Achten Sie auf Ihre Wortwahl, Frau Müller!«

»Tut mir leid, Frau Neumann«, Renans Ton stand im krassen Gegensatz zu ihren Worten, »aber schwangere Frauen sind manchmal etwas affektlabil!«

»Schwanger ist genau das richtige Stichwort«, schoss Karla Neumann zurück, »sind Sie vielleicht einmal beiläufig auf den Gedanken gekommen, dass dort gemeingefährliche Personen herumlaufen? Ein Schlag oder ein Tritt kann da reichen, und Sie hätten gleich auf die gynäkologische Abteilung wechseln können!«

»Danke für Ihre Fürsorge, ich kann alleine auf mich aufpassen ... Eine Schachtel Ohropax wäre aber vielleicht hilfreich!«

»Frau Müller ...«, die Kriminalrätin atmete einmal tief durch und rieb sich die Augen, »... Renan, ich weiß doch, was letztes Jahr mit Ihnen los war. Das war eine handfeste Depression. Wollen Sie jetzt auf Teufel komm raus das Gleiche noch einmal riskieren?«

»Nein, das will ich nicht. Und letztes Jahr war auch kein gemeingefährlicher Psychopath dran schuld.«

»Was aber nicht heißt, dass es nicht diesmal passieren kann«, rief Karla Neumann. »Ich versuche doch nur, Sie und ihr ungeborenes Kind zu schützen, wenn's schon kein anderer tut ... Wo steckt eigentlich Herr Albach?«

»Externe Ermittlungen, vermute ich.« Renan musste sich nun wieder setzen.

»Hoffentlich nicht wieder in diesem Tagescafé!«

»Er hat sich nicht bei mir abgemeldet.«

»Gut«, seufzte Karla Neumann, »dann setze ich jetzt Sie formal davon in Kenntnis, dass heute Nachmittag eine Demonstration für übermorgen Abend angemeldet wurde. Und zwar in Konradshof, vor dieser Schule. Motto: *Wohnen ist Menschenrecht – Aufstand gegen Entmietung und Vertreibung*. Das könnte für Ihre Ermittlungen von Bedeutung sein. Informieren Sie Herrn Albach bitte so bald wie möglich.«

»Das ist echt interessant.« Renan kaute auf ihrer Unterlippe herum. »Wer genau hat denn diese Demo angemeldet?«

»Ich weiß es nicht auswendig. Herr Albach bekommt alle Daten bis morgen früh.« Die Dezernatsleiterin bewegte sich wieder in Richtung Tür.

»Da werden wir uns umsehen müssen«, murmelte Renan.

»Sie möchte ich dort nicht sehen.« Karla Neumann hielt mit der Türklinke in der Hand inne. »Ist das klar, Frau Müller?«

»Wollen Sie wohl auch dabei sein, Frau Neumann?«

»Seit ich in dieser Direktion bin, hat sich mein Magengeschwür mindestens verdoppelt!«

*

»Wie siehst du denn aus?« Renan fiel fast vom Stuhl, als sie Alfred in Begleitung einer uniformierten Kollegin die Kantine betreten sah. Sie hatte sich gerade mit Karina zu einer morgendlichen Kaffee- beziehungsweise Teepause niedergelassen. Karina hatte noch ausreichend Gebrauch vom Frühstücksangebot gemacht und verspeiste gerade das dritte Bamberger, während Renan ihren Heißhunger auf Essig-Kartoffelchips bekämpfte.

»Steht mir doch noch, oder?« Alfred klopfte auf seine Uniformjacke, die wahrscheinlich die letzten 15 Jahre unberührt im Schrank verbracht hatte. Jeder Polizeibeamte, auch bei der Kripo, besaß noch eine Uniform, die zu äußerst seltenen offiziellen Anlässen getragen wurde – sofern man hinging. Da es sich dabei sozusagen um die Paradeuniformen handelte, waren sie noch weniger alltagstauglich, als es die bayerische Dienstkleidung ohnehin schon war.

»Darf ich vorstellen: Sophie Sebald. Sie arbeitet ab sofort an unserem Fall mit. Das sind meine geschätzten Kolleginnen Renan Müller und Karina Welker.«

»Wir haben uns kürzlich schon gesehen, an diesem Unfallort.« Sophie gab den beiden die Hand.

»Ja, klar.« Renan schnippte mit den Fingern.

»Und die Hose?«, hakte Karina bei Alfred nach.

»Ja, gut … Den Knopf muss ich halt offen lassen …«

»Mit diesen Fräcken läuft doch heute keiner mehr rum«, Renan nahm einen Zipfel von Alfreds Uniformrock zwischen Daumen und Zeigefinger, »die tragen doch alle nur noch die schwarzen Lederjacken.«

»Was ich gut verstehen kann«, warf Karina ein.

»Ich besorge ihm morgen noch was anderes«, Sophie setzte sich etwas schüchtern an den Tisch, »sonst fällt's schon irgendwie auf.«

»Und was soll das Ganze?«, fragte Renan, »willst du jetzt als künftiger Kommissariatsleiter eine neue Kleiderordnung einführen?«

»Nein«, Alfred klatschte in die Hände, »ich kehre vorübergehend zurück an die Front … Aber jetzt erst mal einen Kaffee!«

»Also«, sagte Alfred, als er mit seiner Tasse wieder zurück

war, »dann schauen wir mal, wie wir in den nächsten Tagen schlauer werden können. Noch sind wir zu viert, das sollten wir ausnutzen.«

»Wie lang ist es denn noch bis zum Mutterschutz?«, fragte Sophie.

»14 Tage«, seufzte Renan, »aber ich weiß echt nicht, was ich sechs Wochen lang daheim machen soll ...«

»Renan hat also jetzt ein bisschen was über die Entstehung dieser AFKO herausbekommen, und es ist gut möglich, dass da die eine Hand nicht wusste, was die andere tat.« Alfred nahm einen Schluck Kaffee.

»Ja, und was soll das jetzt mit der Front?« Renan nahm die Dienstmütze, die Alfred auf den Tisch gelegt hatte, und unterzog sie einer kritischen Prüfung.

»Ich werde in den nächsten Tagen mit Sophie ein wenig auf Streife in Konradshof gehen.«

»*Gehen*?«

»Ja, ich habe das Gefühl, dass wir noch mehr über diesen Kiez erfahren müssen. Wir müssen da ins Gespräch kommen ...«

»Mit wem?«

»Linksalternativen, Obdachlosen, neuen Eigenheimbesitzern, Bauarbeitern. Mit allen. Das dauert höchstens drei Tage, und ich schwöre dir, wir haben eine heiße Spur!«

»Schaun mer mal.« Sophie reflektierte Renans skeptischen Blick.

»Dieser Bürgerwehrtyp ist nicht sauber«, sagte Alfred. »Würde mich nicht wundern, wenn der was mit der Sache zu tun hat!«

»Postler?«, fragte Renan.

»Ja, den habe ich kürzlich bei den Burgstätters angetroffen, und das war schon arg verdächtig ...«

»Mir war der auch nicht geheuer«, stimmte Renan zu.

»Siehst du. Aber der wird uns leider kein Geständnis liefern. Wenn der so was macht und vielleicht sogar zur Tatzeit am Tatort war, dann müssen wir rein in dieses Viertel und an Informationen rankommen, die es nur unter der Hand zu kriegen gibt!«

»Wir müssen aber auch noch dringend mit der Sarah Palmer ins Gespräch kommen«, Renan stand auf, »die hat sich ja nicht grundlos die Pulsadern aufgeschnitten.«

»Ich denke auch, dass sie die ganze Sache aufklären könnte, wenn sie wollte«, sagte Karina.

»Du warst doch gestern schon da«, wandte sich Alfred an Renan.

»Ja, aber leider war sie nicht besonders auskunftsfreudig, und der Arzt hat gemeint, dass das wahrscheinlich auch bis auf Weiteres so bleiben wird.«

»Hm«, Alfred kratzte sich am Kinn, »dann hat es wahrscheinlich wenig Sinn, wenn wir täglich neue Versuche unternehmen, sie zu befragen.«

»Ganz sicher!« Renan setzte sich wieder.

»Dann müssen wir erst mal ohne sie auskommen«, schloss Alfred nach kurzer Pause.

»Könnte man nicht jemanden einschleusen?«, fragte Sophie.

»Ja ... aber selbst wenn das ginge ...« Alfred rührte nachdenklich in seiner Tasse. »Also, wenn die Staatsanwaltschaft und das Klinikum da mitspielen ... Wer könnte so was machen?«

»Es muss eine Frau sein«, begann Renan, »wenn das was bringen soll, muss jemand zu ihr ins Zimmer.«

»Damit scheide ich aus«, lächelte Alfred, »außerdem bin ich als Kommissariatsleiter bald unabkömmlich!«

»Und sie darf diejenige noch nicht gesehen haben«, fuhr Sophie fort.

»Was auf uns beide zutrifft«, nickte Renan, »mich zuletzt gestern und Sophie am Tattag.«

»Hm«, Alfred biss auf seinem Löffel herum, »bleibt eigentlich nur ...«

»Hey, was schaut ihr mich so an?!«, rief Karina.

*

»Ich hätte doch lieber Kunstgeschichte studieren sollen«, maulte Karina, als sie mit Renan wieder zurück im Büro war.

»Das war deine berufliche Alternative?« Renan ließ sich in ihren Stuhl fallen.

»Na ja, was weißt du denn heute schon nach dem Abi?« Karina sah aus dem Fenster und kaute nervös an ihrem Daumennagel. »Du kannst ja nichts nach 13 Jahren Schule ... Und dann habe ich halt in der K13 mal so einen Berufseignungstest gemacht.«

»Und, was ist rausgekommen?«

»Ganz vorne lag der kreativ-künstlerische Bereich. Kein Wunder, zeichnen konnte ich immer schon ganz gut ... und dann kam lange nichts und dann das Feld *Öffentliche Verwaltung, Recht, Justiz und Militär*!«

»Militär?« Renan musste lachen.

»Ja, weiß der Teufel, wie die auf ihre Kategorien kommen.« Karina setze sich auf Alfreds Platz und fingerte an einem Bleistift herum.

»Vielleicht hattest du auch ein ausgeprägtes Gerechtigkeitsempfinden«, Renan drückte den Startknopf ihres Computers, »ist mir damals genauso zum Verhängnis geworden.«

»Ja, ich denke, das war ein Teil des Problems. Dazu kommt, dass sowohl mein Vater als auch meine Mutter als auch ein Großvater Beamte waren ... sind ...«

»It's running in the familiy«, grinste Renan. Sie konnte sich gerade ziemlich gut in die junge Kollegin einfühlen, auch wenn es bei ihr keine Beamten in der Ahnenreihe gab.

»Ja, verdammt«, Karina begann, mit dem Bleistift auf Alfreds Schreibtischunterlage herumzukritzeln, »und dazu kam, dass ich es auch nicht so mit dem theoretischen Lernen habe. Studium war ein Albtraum für mich. Das war mir alles zu abgehoben, zu abstrakt ... zu nichts zu gebrauchen ...«

»Kein schlechter Gedankengang ...«

»Eben. Und dann bleibt dir im kreativen Bereich nicht mehr viel. Fotograf, Goldschmied, Maskenbildner ... Mediengestalter, aber da ist noch weniger Kreativität gefordert als in den anderen Berufen ...«

»Und du musst ja auch von was leben.« Renan hatte sich am PC angemeldet und startete die Suchmaschine. Diese Erwägungen kamen ihr irgendwie vertraut vor.

»Ganz genau.« Karina sah von ihrer Arbeit mit dem Bleistift auf. »So heißt es dann immer!«

»Ist ja was dran«, seufzte Renan und lehnte sich zurück, »leben kannst du natürlich auch von Arbeitslosengeld 2. Aber vielleicht willst du ja auch mal in den Urlaub fahren, ein paar gute Klamotten kaufen oder ...«, sie überlegte fieberhaft, »Keramik statt Amalgam beim Zahnarzt ...«

»... oder mal ein Konzert in Hamburg besuchen«, fuhr Karina fort, »und wenn du dann nicht ins Finanzamt oder die Autobahndirektion oder zur Kfz-Zulassung willst, dann denkst du dir, geh ich wenigstens zur Polizei, ist vielleicht nicht ganz so öde!«

»Und jetzt hättest du es gerne etwas öder?«, fragte Renan scheinheilig.

»Allerdings«, Karina spitzte den Bleistift hektisch an, »verdeckte Ermittlerin in der Geschlossenen … ich glaube, das ist echt nichts für mich!«

»Jetzt müssen wir erst mal abwarten, ob die da überhaupt mitspielen – und die Staatsanwaltschaft natürlich.« Renan gab *Psychiatrie Nordklinikum* in die Suchmaschine ein.

»Was wolltest du denn mal werden?«, fragte Karina schnell.

»Puh«, Renan ließ von der Tastatur ab, »also studieren wollte ich auch auf keinen Fall. Zwischendurch hatte ich mir mal Lehramt überlegt, weil ich es besser machen wollte als die ganzen Freaks in meinen Schulen. Aber das hätte mir nicht gelegen, jedes Jahr das Gleiche und du kommst kaum raus. Anwältin hätte mich schon interessiert, aber dafür hätte ich auch studieren müssen. Mein Stiefvater hat einen Raumausstatterbetrieb und hätte mich gerne in die Lehre genommen, aber ich musste da eh schon die ganze Zeit mithelfen, und das hat mich gelangweilt. Und dann ist es irgendwann zum Ende der Schulzeit eng geworden. Ich war auf der sozialen FOS, und da haben sie mir während der Praktika alle sozialen Berufe erfolgreich ausgetrieben …«

»Und dann kam der Berufswahltest«, sagte Karina.

»Genau, mit einem ähnlichen Ergebnis wie bei dir. Und meine Mutter – geborene Türkin wohlgemerkt – hat sich an der öffentlichen Verwaltung festgebissen und gemeint, eine deutsche Beamtenlaufbahn wäre ja wohl der Inbegriff der Glückseligkeit. Na ja, und dann musste ich mich irgendwann zwischen Raumausstatterin und Beamtin entscheiden, und was einen dann zur Polizei führt, hast du ja gerade treffend beschrieben.«

»So tappt eine Generation nach der anderen in die Falle«, seufzte Karina.

»So schlimm ist es gar nicht«, Renan schrieb die gesuchte Rufnummer auf einen Notizblock, »und fremdbestimmt bist du im Berufsleben letzten Endes doch immer!«

»Aber doch nicht so weit, dass ich in die Klapse muss.« Karina hatte die Arbeit an der Schreibtischunterlage beendet und dort ein furchterregendes Monster mit Glupschaugen und schartigen, spitzen Zähnen hinterlassen.

»Wer weiß, vielleicht wirst du dich da ja sogar ganz wohlfühlen«, lächelte Renan und nahm den Hörer ab. »Ich fühle da jetzt mal vor, bevor wir den Herrn Staatsanwalt fragen, was er von der Idee hält.«

IV. Was euch kaputt macht

»Also, wenn man aus dem Landkreis Hof kommt, ist das echt kaum zu glauben«, sagte Sophie, als sie sich am Richter-Platz eine Pause gönnten.

»Was genau?« Alfred zündete sich eine Zigarette an.

»Zum einen, dass Unsummen ausgegeben werden, um alte Ruinen wiederherzurichten, und zum anderen, dass es Leute gibt, die dann die Kaufpreise bezahlen.«

Sie saßen gegenüber der letzten verbliebenen Brachfläche im Viertel. Ein großes Schild kündigte das jüngste Projekt der *Wohntraum AG* an: die *Schloss-Höfe*, benannt nach der westlich angrenzenden Schlossstraße. *1- bis 4-Zimmer-Wohnungen und Penthäuser. 39–140 qm. Finden auch Sie Ihren Wohntraum ab 4.800 Euro/qm!*

»Das müssen Sie sich mal vorstellen«, fuhr Sophie fort, »dann kostet eine Dreizimmerwohnung mit 75 Quadratmetern ...«, sie verdrehte kurz die Augen, »... 360.000 Euro. Dafür kriegen Sie bei uns einen ganzen Straßenzug.«

»Wollen wir eigentlich nicht lieber Du sagen?«, fragte Alfred.

»Ehrlich gesagt, lieber nicht«, sie lächelte kurz verlegen und fingerte dann eine Zigarettenschachtel aus der Uniformjacke.

»Gut, dann Sie und Vorname.« Er gab ihr Feuer. Alfred hatte kein Problem mit brutaler Ehrlichkeit. Die war er seit Jahren auch von Renan gewöhnt.

»Zu lange sollten wir auch nicht hier rumsitzen«, Sophie schaute sich verstohlen um, »ist nicht gerade üblich, dass zwei Bullen auf einer Parkbank herumlümmeln und rauchen.«

»Das ist kein Problem«, lächelte Alfred, »je stärker wir auffallen, desto besser. Wir wollen ja auffallen.«

»Ja, nur nicht, dass es verdächtig wird.«

»Früher war das ganz normal.« Er lehnte sich zurück und nahm einen tiefen Zug. »In meinen Anfangsjahren habe ich noch viele alte Haudegen kennengelernt, die in den Fünfzigern und Sechzigern jeden Tag durch ihren Kiez gelaufen sind. Die haben aber immer sofort gewusst, wer für welches Verbrechen verantwortlich war. Da wäre dieser Fall wahrscheinlich schon gelöst ...«, er musterte die frischen Kratzer auf seinem rechten Handrücken.

»Ach, ich weiß nicht, ob damals wirklich alles besser war«, seufzte Sophie.

»Jedenfalls haben die Kollegen damals noch fleißig Watschen verteilt, wenn ihnen einer dumm gekommen ist.«

»Das würde ich auch gerne mal!«

»Sehen Sie!«

»Ich bin mir nur nicht sicher, ob wir fünfzig Jahre in wenigen Tagen nachholen können.«

»Wahrscheinlich nicht, aber manchmal muss man halt auch Glück haben ...«

»Na, davon könnten wir schon noch etwas brauchen«, lachte Sophie, »bei der Ausbeute ...«

Sie hatten in der Tat schon einige Hinweise erhalten, aber nicht hinsichtlich des Todes von Rocco Baierlein. Ein etwa sechzigjähriger Mann hatte sie angesprochen. Er trug einen mit Alufolie umwickelten Motorradhelm auf dem Kopf und war sich sicher, dass seine Wohnung von der NSA abgehört werden würde. Und zwar mittels eines neuartigen Mikrowellen-Verfahrens. Er schien glücklich, dass die Polizei endlich auf seine zahlreichen Anrufe und Anzeigen reagiert hatte, und wollte sie unbedingt zur Spurensicherung in seine Wohnung holen. Nach einigem Hin und Her sagte Sophie, dass sie dieses neue Verfahren der NSA schon lange kannten, und fragte, ob der Herr denn nicht wüsste, dass man die Mikrowellen durch starkes Heizen und einen Ventilator in jedem Zimmer stören könnte. Das hatte den Geplagten so verwirrt, dass er wieder abgezogen war. Nicht ohne die Zusicherung, sich spätestens übermorgen auf der Wache zu melden, um kundzutun, ob die Strategie seiner Meinung nach erfolgreich gewesen wäre.

In der Harrerstraße hatte sich eine BMW-Fahrerin aufgeregt, da sie ein Fiat Panda und ein alter Opel Corsa so eingeparkt hatten, dass sie heute auf keinen Fall mehr aus ihrer Parklücke herauskäme – und das, wo sie doch in zwanzig Minuten einen Japanischkurs am Bildungszentrum halten müsste.

Und in der Borstenstraße hatte Alfred eine kleine Katze von einem Baum holen müssen, unter dem sich ein kleines Mädchen schon seit einer halben Stunde die Augen ausgeweint hatte, weil es fürchtete, seinen Stubentiger nie wieder zu kriegen. Die Feuerwehr wäre bei so einem Einsatz mit zwei Zügen angerückt und hätte mindestens tausend Euro verlangt. Daher hatte sich Alfred ein Herz genommen und war mit Hilfe einer Restmülltonne zu dem Haustier aufgestiegen, das ihm zum Dank für seine Rettung ein paar saftige Kratzer verpasst hatte.

Alfred und Sophie setzten ihren Streifengang schließlich in Richtung Richter-Platz fort. Auf dem Weg lag die ehemalige Paul-Probst-Schule, die seit zwei Jahren geschlossen war und deren Schulhof nun nur noch als Spielplatz – und vereinzelt zur Entsorgung von Abfall – diente. Vor dem Schultor standen zwei Herren in Anzügen, der eine hielt mehrere große Rollen Papier unter dem Arm, der andere tippte auf seinem Smartphone herum.

»Das ist doch der Bursche von dieser Wohnbaufirma«, Alfred kniff die Augen zusammen, »dem die Kameraden der AFKO die Wohnungsbesichtigung gesprengt haben ...«

»Sollen wir mal rübergehen?«

»Nein, nein. Nicht dass der noch spannt, dass wir hier quasi verdeckt im Einsatz sind.« Er verlangsamte seinen Schritt und gab vor, sich für das Reifenprofil eines geparkten alten Golfs zu interessieren.

»Warum ist diese Schule denn geschlossen worden?«, Sophie zog einen Notizblock aus der Tasche.

»Das war eine Hauptschule, also *Mittelschule*, wie man heute sagt«, Alfred kroch weiter zur Hinterachse, »und da gingen die Schülerzahlen ziemlich stark zurück in den letzten Jahren ...«

»Auch in Konradshof?«

»Ja, das ist wohl eine Auswirkung des sozialen Wandels hier ... Gastarbeiterfamilien mit drei und mehr Kindern trifft man kaum noch an. Und dann war die Bausubstanz aus der Gründerzeit halt auch nicht mehr im optimalen Zustand. Dann rechnet die Stadt mal kühl und kommt ganz schnell zu dem Ergebnis, dass sie sich eine Sanierung nicht leisten kann ...«

»Und der Hof, der ist doch noch offen ... Soll ich mal so tun, als ob wir eine Halterabfrage machen?« Sie zückte ihr Funkgerät.

»Ja, gute Idee«, er richtete sich auf und warf einen Blick auf das Nummernschild, »der Hof ist irgendwann vor zehn Jahren mal mit EU-Fördergeldern hergerichtet worden, damit er am Nachmittag als Spielplatz dienen kann. Davon gibt's hier nämlich zu wenige. Wenn sie den jetzt auch schließen würden, müssten die Fördermittel zurückgezahlt werden.«

»Verstehe ... und in Form von Gründerzeit-Lofts könnte man mit dem Haus gutes Geld verdienen, oder?«

»Das wäre gut möglich«, Alfred kratzte sich besorgt am Kinn, »aber das würde neuen Ärger geben, fürchte ich. Stellen Sie sich das mal vor: Da wird eine Schule für sozial Schwache geschlossen, um Luxuswohnungen draus zu machen. So war es zwar nicht gedacht, aber ...«

Nachdem sie dem Wagen – der Tarnung wegen – einen Strafzettel verpasst hatten, gingen sie weiter. Eine Ecke vor dem Richter-Platz kam von der anderen Straßenseite ein Mann auf sie zu, der sie nach kurzem Zögern ansprach.

»Entschuldigung, aber jetzt muss ich doch mal fragen ...«

»Ja, bitte.« Alfred war noch so im Nachdenken über die Probst-Schule gewesen, dass er kurz erschrak.

»Hier ums Eck gab es doch vor ein paar Tagen diesen Brand mit dem Toten ... im Auto.«

»Ja?«

»Ich, äh, wollte mich nur mal erkundigen, ob Sie da schon Näheres wissen. Also, über den Täter ... oder die Tat ...« Er nestelte etwas verschämt an seinem Krawattenknoten herum.

»Die Ermittlungen sind Sache der Kripo«, antwortete Sophie, »da fragen Sie leider die Falschen.«

»Ja, nein ... also, ich wollte ja nur ...«, er blickte etwas hilflos um sich.

»Wenn Sie etwas zur Klärung der Umstände beitragen können, dürfen Sie uns das gerne sagen.« Alfred tippte dem Outfit nach auf einen Bankangestellten, Filialleiter oder so etwas.

»Ich, äh, weiß nicht ob ...«, er nahm die randlose Brille ab, »... ich habe an meinem Haus eine Überwachungskamera. Sie können sich vielleicht denken, warum ...«

»Ja, da sind Sie nicht der Einzige.« Sophie musterte ihn interessiert.

»Genau! Und eigentlich darf ich ja nur meinen Eingangsbereich überwachen, und nicht den öffentlichen Raum ... und ich habe mich wirklich bemüht, die Kameras so einzustellen ...« Die Krawatte war nun fast offen.

»Ach so, es sind mehrere?«, lächelte Alfred. Das Haus dieses Herrn lag wohl zu weit vom Tatort entfernt, als dass es noch in die Routinekontrolle der Kameras mitaufgenommen worden war.

»Zwei, um genau zu sein. Eine für die Haustüre, eine für die Garage ... Jedenfalls ist auf beiden noch ein Teil des Gehwegs zu sehen ... Das war noch letzte Woche nicht so viel, die müssen sich irgendwie verstellt haben ...«

»Jetzt machen Sie sich mal keine Sorgen, Herr ... äh«, Alfred tat leutselig, »es könnte hier um einen Mord gehen, und da können wir die verschiedenen Rechtsgüter durchaus abwägen, Sie verstehen?«

»Ja, das hatte ich gehofft. Knauer mein Name, Anton Knauer.« Er zog den nunmehr offenen Selbstbinder aus dem Hemdkragen. »Ich habe da bei der Durchsicht der letzten Tage nämlich etwas entdeckt, das vielleicht von Bedeutung sein könnte ...«

*

»Das gefällt mir einfach nicht, Frau Müller«, näselte Staatsanwalt Klatte durchs Telefon.

»Ich würde es ja selbst machen, Herr Klatte«, Renan

bemühte sich, ihre Ungeduld nicht zu zeigen. »Aber wenn es nach Frau Neumann ginge, dürfte ich nicht einmal mehr dieses Büro verlassen!«

»Haben Sie denn wirklich keine anderen verheißungsvollen Spuren, denen Sie nachgehen können?«

»Wir müssen an diese Zeugin rankommen, Herr Staatsanwalt.« Renan nahm die Teetasse zur Hand. »Und weil diese Zeugin bis auf Weiteres in der Psychiatrie ist und nicht spricht, bedarf es einer unkonventionellen Vorgehensweise – zumindest, wenn wir schnell Ergebnisse liefern sollen.«

»Geben denn die Berichte der Experten und die bisherigen Ermittlungen gar nichts anderes her?«

»Die Befragung der Personen in der Nachbarschaft brachte keine Ergebnisse.« Renan griff zur Akte und schlug sie auf. »Keiner hat zur Tatzeit jemanden beobachten können, der sich in der Nähe des Fahrzeugs oder des Hauses herumgetrieben hat. Wenn es Hinweise von Nachbarn gab, bezogen die sich ganz unspezifisch auf die jugendlichen Aktivisten, à la: *Das können ja nur die gewesen sein ...*«

»Und diese Bürgerwehrtypen? Die sind doch auch noch verdächtig.«

»Der Vorsitzende ist in der Tat verdächtig. Aber wir haben noch keinerlei Hinweise, dass sich einer von denen zur Tatzeit in der Nähe des Tatorts aufgehalten hat.«

»Da bleiben Sie aber dran«, schnarrte er. »Ich habe kein gutes Gefühl bei dieser Gruppierung!«

»Selbstverständlich.« Renan versuchte zu lächeln. »Dass wir an die Zeugin Palmer ranwollen, heißt nicht, dass wir nichts anderes mehr unternehmen!«

»Was ist mit der Kriminaltechnik und der Rechtsmedizin?« Klatte ließ ein trockenes Husten hören.

»Die Berichte müssten Ihnen doch auch schon lange vorliegen, Herr Staatsanwalt ...« Der kleine Seitenhieb musste jetzt einfach sein.

»Ja ... ich bin aber leider noch nicht dazu gekommen, sie en détail zu lesen. Sie wissen ja, wie es bei uns zugeht, Frau Müller.«

Lange nicht so schlimm wie bei uns, dachte Renan, und sogleich war wieder das Kreischen einer Flex aus dem unteren Stockwerk zu vernehmen.

»Wie bitte?«, rief Klatte.

»Ich habe nichts gesagt«, rief Renan zurück. »Das ist nur die Luxussanierung unseres Präsidiums.«

»Ja, ganz furchtbar. Sie haben mein Mitgefühl.« Er musste wieder husten. »Aber wenn ich noch einmal auf die Berichte zurückkommen dürfte?«

»Die KTU hat nichts Neues ergeben. Wichtig sind wohl diese verbrannten Spanngurte, weil man mit ihnen die Türen des Fahrzeugs blockieren konnte. Der Hausherr hat verneint, solche Gurte in seinem Carport gelagert zu haben. Es kann aber nicht mit absoluter Sicherheit nachgewiesen werden, dass sich die Gurte bereits vor dem Feuer am Fahrzeug befanden. Der Verdacht auf eine vorsätzlich gegen das Opfer gerichtete Tat erhärtet sich aber dadurch.«

»Und die Rechtsmedizin?«

»Nun ja, dass er nicht verbrannt, sondern an der Rauchvergiftung gestorben ist, haben wir ja schon gewusst. Spuren von Gewalteinwirkung konnten nicht nachgewiesen werden, er war also nicht gefesselt oder Ähnliches. Allerdings konnte in seinem Blut noch Restalkohol und THC nachgewiesen werden.« Renan zog den Hefter der Gerichtsmedizin zu sich und blätterte darin herum.

»Also hat er vorher noch einen gehoben und eine geraucht«, folgerte Klatte.

»Exakt.« Renan las nun vor: »*Es ist davon auszugehen, dass die Wechselwirkungen der beiden Substanzen nicht unwesentlich zu einem Kontrollverlust oder zumindest zu einer beeinträchtigten Handlungsfähigkeit nach Ausbruch des Feuers geführt haben.*«

»Also könnte es auch sein, dass die Türen nicht blockiert waren und er es trotzdem nicht aus diesem Wagen herausgeschafft hat?«

»Da legen die sich natürlich nicht fest.« Renan räumte den Bericht beiseite. »Deswegen ist es ja so wichtig, dass wir endlich mit der Aktion in der Psychiatrie beginnen, Herr Staatsanwalt. Jetzt ist schon fast eine Woche vergangen, und Sarah Palmer könnte die einzige Augenzeugin der Tat gewesen sein.«

»Nun gut«, seufzte Klatte, »dann werde ich noch einmal mit dem Oberstaatsanwalt sprechen ...«

*

»Also, nur damit Sie es gleich wissen: Begeistert bin ich nicht von dieser Aktion«, sagte Dr. Kerner, während er Karinas Dienstausweis musterte.

»Da sind wir schon zwei«, seufzte Karina und nestelte an den Griffen der Reisetasche auf ihrem Schoß.

»Wenn der Oberstaatsanwalt nicht mit unserer Klinikleitung telefoniert hätte ... Sie haben aber hoffentlich keine Waffe dabei?«

»Puh«, Karina spürte, wie sie zu schwitzen begann, »ähm, nein ... ich hoffe auch nicht, dass ich eine brauchen werde.«

»Da kann ich Sie beruhigen, Frau äh«, er blickte wieder auf das Dokument, »Welker. Die Patientin Palmer ist absolut ungefährlich ... für andere. Es gibt bislang nicht den geringsten Hinweis darauf, dass sie aggressiv werden könnte. Sonst hätten wir dieser Wahnsinnsidee natürlich nicht zugestimmt.«

»*Sie* hätten wenigstens Nein sagen können, ich nicht.« Sie suchte in ihrer Jacke verzweifelt nach einem Taschentuch.

»Tja, man hilft halt, wo man kann.« Kerner griff zu einer Kaffeetasse mit der Aufschrift *Dr. Psycho* und verzog nach einem kleinen Schluck angewidert das Gesicht. »Aber wenn wir das schon durchziehen, dann machen wir es richtig. Haben Sie denn eine ... wie nennt man das ... *Legende*?«

»Eine was?« Karina hatte ein benutztes Tempo gefunden und tupfte sich damit notdürftig den Schweiß von der Stirn.

»Na ja, wenn das Ganze realistisch sein soll, dann müssen wir bei Ihnen ja irgendwas diagnostizieren, und dann sollten sie sich auch dementsprechend verhalten. Ich glaube nämlich nicht, dass die Patientin Palmer dumm ist.« Er griff zu einer roten Krankenakte und schlug sie auf.

»Darüber habe ich noch gar nicht nachgedacht ...«

»So wie Sie aussehen, könnten wir es doch mit einer ... Depression versuchen.« Kerner rieb sich das Kinn und musterte Karina eindringlich.

»Was soll denn das heißen, *so wie ich aussehe*?«

»Nun ja, ihre schwarz gefärbten Haare, der blasse Teint, das Blech da im Gesicht.« Er deutete auf ihre verschiedenen Piercings.

»Das gefällt mir eben so ...«

»Überhaupt kein Problem«, er begann, Eintragungen in die Akte vorzunehmen, »ich denke nur, es würde keinen

Sinn machen, Sie mit einer Manie zu dieser Patientin zu legen oder einer narzisstischen Störung. Da müssten Sie die ganze Zeit Rambazamba machen, und das würde Ihre Chancen, Frau Palmer irgendwelche Informationen zu entlocken, doch erheblich schmälern.«

»Verstehe.« Karina musste zugeben, dass der arrogante Schnösel recht hatte. Wenn sie schon hier drin war, mit einem unmöglichen Auftrag ohne Chance, dann sollte man die auch nutzen.

»Gut, dann haben wir hier also eine schwere depressive Episode.« Er kaute kurz auf seinem Kugelschreiber herum.

»Muss sie denn gleich *schwer* sein?« Karina nahm sich nun ein Herz, stand auf und ging zum Waschbecken in der Ecke des Büros, um sich ein paar Papierhandtücher zu nehmen.

»Sonst wären Sie nicht hier«, grinste Kerner, »... also eine schwere depressive Episode – ohne psychotische Symptomatik, falls Sie das beruhigt – als Folge einer ... Ja, was war denn mit Ihnen?«

»Woher soll ich das wissen«, Karina ballte die Fäuste, »vielleicht, weil ich nicht ganz freiwillig in die Psychiatrie einrücken muss?«

»Sehr gut«, Kerner schnippte mit den Fingern und schrieb eifrig, »Burn-out ... Beruflich verursacht. Soziale Gratifikationskrise. Ausgezeichnet!«

»Und das schon mit Ende zwanzig«, seufzte Karina und ließ sich wieder in ihren Stuhl fallen.

»Sie dürfen natürlich keine Beamtin sein, sonst wird das unglaubwürdig, haha.« Der Psychiater schien nun so richtig Gefallen an der Sache zu finden. »Am besten geben wir Ihnen einen Job im mittleren Management ... im mittleren Management einer Bank. Investmentbank, Sie verstehen?«

»Davon, davon habe ich aber ... keine Ahnung.«

»Das passt schon«, Kerner kam aus dem Grinsen gar nicht mehr heraus, »junge Klinikärzte werden noch mehr ausgebeutet, aber das würde doch etwas zu weit führen, denke ich«, er schrieb eifrig weiter, »... also, Sie schuften jeden Tag 16 Stunden und die Großkopferten in Ihrer Chefetage streichen dafür die Boni ein. Wenn die Leistung nicht stimmt, droht Ihnen die Kündigung, wenn sie stimmt, bekommen Sie kein Lob dafür, sondern nur noch mehr Arbeit. So was steht man entweder durch, wird skrupellos und kriegt irgendwann selbst einen Bonus – oder eben ein Burn-out. Chronischer Stress, Hypothalamus und Hypophyse drehen hoch, die Neurotransmitter spielen verrückt, es kommt zu einem Cortisol-Tsunami und zack«, er schnippte mit den Fingern, »schon haben wir den Salat. Na, wenn das mal keine gute Legende ist ... Sie sollten vielleicht nur noch darüber nachdenken, für die Rolle Ihren Gesichtsschmuck abzulegen.«

»Ja, das scheint mir ... nachvollziehbar.« Karina schwirrte der Kopf.

»Nun ja, ich habe ja schon ein paar Burn-out-Patienten behandelt, nicht wahr?«

»Glauben Sie denn, dass Sarah Palmer mich das alles fragen wird?«

»Höchstwahrscheinlich nicht«, Kerner beendete seine Aufzeichnungen mit einem Punkt, »aber man weiß ja nie. Und außerdem können Sie ja von sich aus ein bisschen was erzählen. Natürlich nicht zu viel. Wenn Sie reden wie ein Wasserfall, dann haben Sie sicherlich keine Depression.«

»Das liegt mir eh nicht.« Karina überlegte, ob sie besser mitschreiben sollte.

»Sehr gut.« Kerner schaute kurz zur Decke und nahm seine Brille ab. »Verhalten Sie sich eher ruhig und passiv, zeigen Sie kein Interesse an irgendwas und lachen Sie nicht …«

»Dazu ist mir auch nicht zumute!« Sie fragte sich, was sie den lieben langen Tag tun sollte. Wahrscheinlich würde der Aufenthalt hier sie wirklich verrückt machen.

»Wunderbar. Verhalten Sie sich im Großen und Ganzen so wie ihre Zimmergenossin. Wenn Sie aber irgendwelche Informationen erhalten wollen, werden Sie um eine – wie auch immer geartete – Form der Kommunikation nicht herumkommen.«

»Und wie soll ich das dann anstellen?« Karina war der Verzweiflung nahe.

»Das kann ich Ihnen leider auch nicht sagen«, Kerner hob die Schultern, »schauen Sie einfach, ob Sie irgendeinen Draht zu ihr bekommen. Sie hat gestern angefangen, kleine Zeichnungen anzufertigen. Das könnte vielleicht ein Ansatzpunkt sein.«

»Darf ich auch zeichnen?« Karina sah einen kleinen Schimmer am Horizont.

»Klar, nur nicht zu bunt.«

»Kann ich Musik hören?«

»Solange sie düster genug ist …«

»Lesen?«

»Jaa, aber keine Frauenzeitschriften oder Rosamunde Pilcher oder so was. Am besten wäre Kafka … oder Edgar Allan Poe!«

»Ja, das würde mir liegen.« Karina dachte nach, wo sie die Bücher herbekommen sollte.

»Es wäre aber gut, wenn Sie zwischendurch mal einschlafen … oder zumindest so tun als ob.« Kerner wandte sich nun seinem Flachbildschirm zu und klickte ein paar Mal mit der Maus.

»Also, eigentlich habe ich eher Probleme damit einzu-schlafen ...«

»Erhöhte Ermüdbarkeit ist aber ein zentrales Symptom«, Kerner schlug mit den Zeigefingern auf die Tastatur ein, »ebenso wie gedämpfte Stimmung und Verlust von Freude und Interesse. Ich kann Ihnen nur raten, sich einigermaßen so zu verhalten, denn Ihre Zimmergenossin mag apathisch sein, aber sicherlich nicht blöd ... Immerhin hat sie Abitur.« Er grinste wieder.

»Woher wissen Sie das?«

»Dass sie Abitur hat?«

»Ja, ich dachte, Sie wissen so gut wie nichts über die Pa-tientin.« Trotz ihrer Verzweiflung war Karinas kriminalisti-scher Geist noch nicht ganz verschwunden.

»Das stimmt auch.« Kerner lehnte sich kurz in seinem Sessel zurück. »Das geht nur aus dem Status ihrer Versicher-tenkarte hervor. Sie ist studentisch krankenversichert – oder war es zumindest. Also muss sie eine Hochschulzugangsbe-rechtigung haben, nicht wahr?«

»In der Tat.« Karina rieb sich die Nase und dachte nach.

»Tja, vielleicht hätte ich auch zur Kripo gehen sollen.« Kerner bearbeitete wieder seine Tastatur. »Aber gut, dann wollen wir uns mal Ihrer Behandlung widmen ...«

»Meiner was?«, rief Karina.

»Sie bekommen also zwei Mal täglich ein paar Antide-pressiva, dann eine kognitive Verhaltenstherapie und ... ja, ich glaube, eine Kunsttherapie wäre in Ihrem Fall auch ei-nen Versuch wert.«

»Das ist jetzt aber nicht Ihr Ernst ...«

»Was glauben Sie denn, wie viele Leute gerne ein paar von unseren Pillen in die Finger kriegen würden?« Kerner verzog keine Miene.

»Ich aber nicht.« Nun hielt es Karina nicht mehr auf ihrem Stuhl. »Ich vertrage schon kein Aspirin, da werde ich ganz sicher nicht …«

»War doch nur ein Scherz.« Der Psychiater hob beschwichtigend die Hände. »Sie kriegen natürlich Placebos in Ihre Schachtel. Milchzucker, völlig ungefährlich für den Magen und alles andere. Selbst für Lactoseintolerante.«

»Hoffentlich verwechseln Sie die nicht …«

»Keine Angst, die kann man an Farbe und Form erkennen, das kriegen unsere Pflegekräfte schon hin.«

»Ihr Wort in Gottes Ohr!«

»Die kognitive Verhaltenstherapie machen wir natürlich auch nicht wirklich«, fuhr Kerner fort, »wir holen Sie nur jeden Tag für zwei Stunden aus dem Zimmer. Da können Sie dann mit Ihren Kollegen telefonieren oder spazieren gehen, ganz wie Sie wollen.«

»Ja, das ist gut.« Karina musste zugegen, dass sie noch gar nicht richtig darüber nachgedacht hatte, wie sie mit Alfred und Renan in Verbindung bleiben sollte – die Kollegen anscheinend aber auch nicht.

»Sie können auch mal für länger weg, wenn das erforderlich sein sollte«, Kerner schien nun bemüht, sie weiter zu beruhigen, »aber abends müssen Sie wieder einrücken, das ist immerhin eine geschlossene Abteilung hier.«

»Schon klar.«

»Gut, aber um das Töpfern werden Sie nicht herumkommen, fürchte ich.«

»*Töpfern*?!«

*

Irgendwas läuft hier aus dem Ruder, dachte Alfred, als nur zwei Meter neben ihm ein Feuerwerkskörper aufschlug. Der Bengalo zischte noch einige Sekunden lang scharf und löste sich dann großteils in einer rötlichen Rauchschwade auf. Der Nebel über der Szenerie war mittlerweile so dicht, dass die Scheinwerfer des Unterstützungskommandos mehr Sicht nahmen, als sie gaben. Die Dämmerung hatte eingesetzt, und es wurde zunehmend schwerer, den Überblick zu behalten. Seit fünf Minuten brannte vor dem Eingang des Schulhofes auch noch ein Auto. Die USK-Kollegen waren in ihren schwarzen Anzügen meist nur schemenhaft zu erkennen, sie hatten sich entlang der Straße in Sechsergruppen aufgestellt, je drei mit den Rücken zu den anderen. Gleichzeitig rangelten andere Beamte mit einzelnen Demonstranten, die sie festnehmen wollten.

Alfred fragte sich, ob es eine gute Idee gewesen war, hier in Uniform zu erscheinen, und ging hinter einem VW-Bus des USK in Deckung, wo er auch Sophie wiedertraf. Aber es ging ihm zum einen darum, weitere Informationen über die Akteure in Konradshof zu bekommen, und zum anderen darum, eines Verdächtigen habhaft zu werden, der aufgrund einer polizeiinternen Nachlässigkeit nach einem herben Verstoß gegen seine Bewährung nicht in der JVA saß, sondern sich nach wie vor auf freiem Fuß befand.

»Ich weiß nicht, ob wir hier wirklich dazu beitragen können, diesen Burschen zu verhaften«, sagte Sophie und musste husten.

»Ja, so langsam habe ich da auch meine Zweifel.« Alfred lugte am Heck des Fahrzeugs vorbei in den Rauch.

»Ich komme mir vor wie in einem Westernfilm.« Sie nahm die Mütze ab und versuchte, einige flüchtige Haarsträhnen wieder mit dem Haargummi zu fixieren.

»So was wird einem in Hof nicht geboten, oder?«

»Nein, wirklich nicht. Ich war nur zweimal bei diesen Aufmärschen der Neonazis in Wunsiedel dabei. Aber das war ja ein Kindergeburtstag gegen das hier …«

»Also, die Regel ist das bei uns auch nicht …« Ein markerschütternder Knall zerfetzte die Luft. »Oje, war das ein Schuss?«

»Nein«, sie reckte den Kopf über den Rand des Busfensters, »ich glaube, das war ein Donnerschlag oder so was.«

»Das Problem ist, dass wir hier so eine stabile Basis von Krawallmachern haben, die sich gerne an allen möglichen Demos beteiligen. Autonome, Anarchisten, was auch immer. Denen ist es völlig egal, worum es geht. Wenn sie eine Chance sehen, Ärger zu machen, dann sind sie da, und wenn sie einen Polizisten verwunden, dann machen sie aus dem Termin einen Feiertag!«

»Scheißjob«, zischte sie.

»Ja, manchmal schon … Ist Renan jetzt eigentlich weg?«

»Ja, die Neumann hat sie von zwei Schwarzen abführen lassen.«

»Abführen?«

»Na ja, nicht direkt. Aber die hatten die klare Anweisung, sie nach Hause zu bringen.«

»Das war wahrscheinlich besser so«, seufzte er.

Karla Neumann war tatsächlich persönlich erschienen, als die Demonstration am Richter-Platz ihren Anfang nahm. Nach einigen Ansprachen seitens der Veranstalter – der Initiative *Konradshof für Alle*, einiger linker Parteien, Gewerkschaften und Stadtteilvereine – gab es noch ein paar Songs von irgendeiner Protestband, und dann sollte es in einem kurzen Marsch zur Paul-Probst-Schule gehen, wo Ansprachen einer MdB der Grünen und irgendeines

Sozialwissenschaftlers geplant waren, wozu es dann aber nicht mehr kommen sollte.

Die Neumann war sicher nicht nur wegen Renan vor Ort, aber als sie ihre Untergebene unter den anwesenden Polizisten ausgemacht hatte, gab sie ihr sofort die Anweisung, sich zu entfernen, was Renan geflissentlich ignorierte. Schließlich hatte die Kriminalrätin dann wohl ernst gemacht und die Widerspenstige entfernen lassen, was angesichts der weiteren Entwicklung eine kluge Entscheidung gewesen war, denn noch auf dem kurzen Weg zur Paul-Probst-Schule flogen die ersten Steine und Flaschen in Richtung der zahlreich anwesenden USK-Kollegen. Es folgten einige Handgemenge zwischen der Staatsmacht und gewaltbereiten Demonstranten, bis schließlich die erste Silvesterrakete losging, allerdings nicht in den Himmel, sondern in die Menge. Da reichte es, wenn von tausend Leuten 15 Krawall machen wollten – und schon war Ausnahmezustand. Alfreds demokratisches Selbstverständnis war ausgereift genug, diese Tatsache tief zu bedauern. Gleichzeitig konnte er es aber auch verstehen, wenn einem der Kollegen in so einer Situation mal der Knüppel auskam oder das Pfefferspray.

»Deutsche Polizisten dienen nur den Kapitalisten. Deutsche Polizisten dienen nur den Kapitalisten!« Der Sprechchor wurde nun immer lauter.

»Also, ich glaube, wir sollten jetzt auch verschwinden«, schrie Sophie gegen die Stimmen an, »wir können hier doch nichts tun, und diesen Kerl werden die Kollegen schon festnehmen, wenn er dabei ist. Der kann sich doch eh nicht ruhig verhalten!«

»Jaja, Sie haben sicher recht ...« Alfred versuchte noch einmal, im beißenden Nebel einzelne Gesichter zu erkennen.

»Das wird noch ein Scheißbürgerkrieg hier!«

»Moment mal«, rief Alfred und ging aus der Deckung, »da, da ist er doch!« Er lief in Richtung Schulhof. Kurz darauf knallte wieder irgendwas.

*

»Na, Frau Fäustel«, Annette Krüger setzte ihr einfühlsamstes Lächeln auf, »wie geht es Ihnen denn heute?«

»Was ist denn das für ein Krach?« Die Alte lag bereits im Bett und probierte, mittels einer Lupe eine Illustrierte zu lesen.

»Da randalieren mal wieder ein paar Chaoten am Richter-Platz«, Annette Krüger setzte sich neben das Bett und prüfte das Pillenmagazin, »die Polizei ist auch da. Das wird bald aufhören.«

»Sind das die Freunde vom Herrn Baierlein?«

»Ich weiß nicht, was der für Freunde hatte, Frau Fäustel.« Annette Krüger sah den Brief der *Wohntraum AG* geöffnet auf dem Nachttisch liegen.

»Das war so ein netter junger Mann …«

»Ja, furchtbar.« Die Pflegedienstleiterin schenkte der Alten noch ein Glas Wasser ein, hielt es ihr hin und zupfte die Bettdecke zurecht.

»Ich verstehe diese jungen Burschen einfach nicht mehr … Kann ich nicht lieber ein Bier haben, Schwester Annette?«

»Frau Fäustel, das mit dem Alkohol ist wirklich keine gute Idee. Ist ganz schlecht für Ihre Arterien … und Sie wollen doch noch hundert werden, oder?«

»Ach, ich weiß nicht …«

»Na gut«, Annette Krüger stand auf und ging in die

Küche, wo sie tatsächlich noch einige Flaschen neben dem Kühlschrank entdeckte. Sie öffnete eine und schenkte ein kleines Wasserglas voll. Das musste reichen.

»Wo haben Sie das Bier denn eigentlich her?«, fragte Annette Krüger, als sie wieder im Schlafzimmer war.

»Das hat mir der Herr Baierlein immer besorgt, ach Gott ...«

Na, wenigstens war es keins von mir, dachte die Krüger und nahm den Faden dann wieder auf.

»Frau Fäustel, das ist ein Grund, warum ich gekommen bin.« Sie gab der Patientin das Glas, die es in einem Zug fast austrank.

»Mein Bier?«

»Nein, der Herr Baierlein ... beziehungsweise weil der Ihnen doch auch immer noch geholfen hat, mit Einkaufen und Putzen und so.«

»Ja, das war so ein netter Kerl.«

»Genau. Und wir versuchen ja, Sie in die Pflegestufe 2 zu bringen. Dann können wir öfter kommen und mehr für Sie tun.«

»Ja, das wäre fein.« Frau Fäustel trank das Glas aus.

»Dazu müssen Sie aber auch mitspielen ...«

»Wo, wie mitspielen?«

»Na ja, also, wenn der Herr vom Medizinischen Dienst kommt, müssen Sie auch einen entsprechenden Eindruck machen. Auch wenn Sie sich an diesem Tag außergewöhnlich gut fühlen sollten, verstehen Sie?«

»Was für einen *Eindruck*, Fräulein Annette?«

»Das ... das erkläre ich Ihnen beim nächsten Mal«, Annette Krüger nahm die Hand der Alten und tätschelte sie professionell, »ist ja noch ein wenig hin.«

»Ja, warum sind Sie denn dann gekommen, die Manuela

war doch heute Abend schon da?« Die Fäustel richtete sich auf und blickte sie mit ungewöhnlich wachen Augen an.

»Ich wollte mal mit Ihnen reden, weil ...«, Annette Krüger ließ die Hände der Alten los und stand auf, »also, weil doch der Herr Baierlein jetzt nicht mehr da ist und weil wir Sie einfach nicht ausreichend versorgen können, selbst in der Pflegestufe 2 nicht. Einkaufen und Putzen, das gehört einfach nicht dazu, verstehen Sie?«

»Ja, ja, das weiß ich schon.«

»Gut. Und da wollte ich eben mal mit Ihnen reden, ob Sie sich vielleicht nicht damit anfreunden könnten, in ein Pflegeheim zu gehen ...«

»Wollen Sie mich nicht mehr haben, Fräulein Annette?« Die Krüger konnte nicht ganz einordnen, ob dieser Tonfall mehr verzweifelt oder mehr listig klang.

»Nein, nein«, sie setzte sich und nahm die Hände der Alten wieder, »wir wollen keinen Patienten loswerden. Schließlich verdienen wir ja auch unser Geld mit Ihnen ... Aber ich fühle mich auch verpflichtet, dafür zu sorgen, dass Sie die bestmögliche Pflege bekommen. Auch wenn ich dadurch einen Verlust mache, verstehen Sie?«

»Ja, aber ... das kann ich mir doch nicht leisten. Sie wissen doch, was ich an Rente bekomme.« Die Fäustel entwand ihr ihre Hand, nahm das leere Glas und hielt es Annette Krüger erwartungsvoll hin.

»Nun ja, wenn Sie in die 2er kommen«, die Pflegerin nahm das Glas, »dann fehlt nicht mehr so viel und außerdem ...«

»Ja?«

»Also, verstehen Sie mich jetzt bitte nicht falsch, aber Ihnen gehört doch das Haus, und wenn Sie das verkaufen würden, bekämen Sie in der heutigen Zeit einen ziemlichen Batzen Geld dafür.«

»Mein Haus?«

»Ja, also«, Annette Krüger lächelte verbindlich, »ich will Sie nur beraten, hinsichtlich der Möglichkeiten, die Ihnen zur Verfügung stehen ... und dass keiner von uns im Alter gesünder wird, das ist nun mal so ...«

»Verkaufen?«, wiederholte die Fäustcl.

»Denken Sie einfach mal drüber nach«, die Pflegedienstleiterin stand wieder auf, »und ich hole Ihnen erst mal noch ein Bier.«

*

So ganz freiwillig hatte Bernd Mager diese Mandate ja nicht übernommen. Aber irgendwie wurden in Filmen und Fernsehen meistens ganz falsche Bilder von Rechtsanwälten gezeichnet. Da waren immer gut frisierte Menschen in Anzügen oder Kostümen zu sehen, die in schicken Altbaukanzleien Cappuccino schlürfen durften und dabei täglich mit neuen, wenn schon nicht lukrativen, dann wenigstens abwegigen oder interessanten Fällen betraut wurden. Und irgendwie mussten diese Fälle immer einiges einbringen, denn solche Klamotten, Kanzleien, Autos und Wohnungen kosteten schon was. Nun ja, wenn man die richtigen Klienten bekam, dann ließ sich auch mit Strafrecht gut verdienen. Prominente Steuerhinterzieher etwa oder Betrüger aus der großen Wirtschaft. So ein Untreue-Prozess gegen einen Bankmanager, das wäre mal was gewesen. Aber leider hatte sich noch kein Banker in Magers Kanzlei am Rande von Konradshof verirrt.

Ja, die Lage war schon auch ein Teil des Problems. Nur: Für eine noble Adresse in der Altstadt brauchte man das nötige Kleingeld, und wo sollte das herkommen, wenn man immer nur Kleinganoven kriegte ... Irgendwie kamen die Richter wohl immer von seiner Adresse auf die Pflichtverteidigungen, die sie ihm anboten. Sobald mal wieder einer in Konradshof mit etwas zu viel Drogen erwischt wurde oder ein Besoffener dem Neuen seiner Ex die Fresse polierte, kamen sie auf ihn. Und Bernd Mager sehnte den Tag herbei, an dem er es sich das erste Mal leisten konnte, so ein Mandat abzulehnen.

Er musste verrückt gewesen sein, eine Zulassung als Rechtsanwalt zu beantragen und dann eine eigene Kanzlei aufzumachen. Das war dieser unselige Geschäftstrieb, der seinen Vater schon zweimal mit komplett irrsinnigen Ideen hatte scheitern lassen. Einmal hatte Mager senior eine Maschine erfunden, mit der sich leere Konservendosen schön klein und handlich zusammenquetschen ließen, damit sie nicht so viel Platz im Mülleimer brauchten, und einmal war es eine Baustoff-Recycling-Firma gewesen. Nur leider fanden sich keine Abnehmer für die alten Dachziegel, Türen, Steine und Fenster, von denen sein alter Herr glaubte, sie profitabel wieder in den Umlauf bringen zu können. Dagegen war die Betätigung des Juniors direkt solide, aber irgendwie war dieses Versager-Gen doch auf ihn übergesprungen. Sonst hätte er sich auf Wirtschaftsrecht spezialisiert und wäre in die Rechtsabteilung eines Großkonzerns eingestiegen.

Was soll's, dachte Mager und klopfte seufzend an die Tür der Ermittlungsrichterin. Sollte er es schaffen, diesen Charlie ein weiteres Mal aus der U-Haft zu holen, dann musste ihm das auch erst mal jemand nachmachen.

»Sie belieben zu scherzen, Herr Mager!« Richterin Frankenberger rang sich ein Lächeln ab.

»Na ja, ganz ohne Humor geht's in diesem Fall wahrscheinlich eh nicht«, erwiderte Mager.

»Wenn ich einen Blick auf die Vorstrafen Ihres Mandanten werfe, dann vergeht mir allerdings das Lachen.«

»Die Jugend ist halt manchmal etwas stürmisch, Frau Richterin.« Mager legte seufzend seinen Notizblock auf den Tisch.

»Mit der Jugend ist es endgültig vorbei«, die Frankenberger öffnete schwungvoll die Akte, »er ist jetzt 22, da ist Schluss mit lustig. Mit Jugendstrafrecht kommt der mir diesmal nicht davon!«

»Das wollte ich damit auch nicht sagen ...«

»Wir haben aktuell: Beleidigung, Widerstand gegen Vollstreckungsbeamte in Tatmehrheit mit versuchter Körperverletzung, Drogen hat er auch mal wieder bei sich gehabt und somit gegen seine Bewährungsauflagen verstoßen ...«

»Ja aber, wenn ich richtig informiert bin, so handelte es sich doch um eine belastende Situation.« Mager befürchtete, dass die Litanei der Richterin noch ein wenig weitergehen würde.

»Belastend? Für wen?« Sie nahm herausfordernd ihre Brille ab.

»Für meinen Mandanten ... und natürlich auch für die Polizeibeamten, keine Frage«, beeilte er sich zu versichern, »aber immerhin ist ja wohl einer seiner Freunde vor Kurzem durch diesen Brand zu Tode gekommen. Da könnte man doch ein wenig Verständnis haben, dass ...«

»*Verständnis* hatte das Gericht die letzten vier Male, Herr Mager. Ich hätte ihm die letzte Strafe schon nicht mehr zur Bewährung ausgesetzt!«

»Ich gehe auch davon aus, dass er diesmal seine Strafe absitzen muss, wobei ich noch keinerlei Akteneinsicht hatte.« Mager machte eine schüchterne Geste in Richtung der Mappe.

»Wie auch, die polizeilichen Ermittlungen haben ja gerade erst begonnen!«

»Aber wir sind uns doch einig, dass es unter dem Strich bei den genannten Straftatbeständen und einer Gesamtstrafe nicht viel mehr als sechs Monate werden ...«

»Eine optimistische Schätzung, würde ich meinen!«

»Und bis es zum Prozess kommt, kann wesentlich mehr Zeit vergehen, daher beantrage ich, meinen Mandanten bis dahin zumindest aus der U-Haft zu entlassen, gegen Auflagen natürlich.«

»Wie bitte?« Richterin Frankenberger machte Anstalten, aus ihrem Sessel zu springen.

»Nun ja, der Verstoß gegen die Bewährungsauflagen ... aber die Beleidigungen können wir in diesem Zusammenhang ja wohl hintanstellen, und bei der versuchten Körperverletzung handelte es sich ja eher um eine Rempelei, die daraus resultierte, dass mein Mandant nach der Behandlung mit Pfefferspray nicht mehr ganz koordinationsfähig war.«

»Und was ist mit dem Mordverdacht?«, fragte die Richterin entgeistert.

»Welcher Mordverdacht?!«

*

Karina hatte es mit einer stilisierten Zeichnung des Blickes aus dem Fenster versucht. Da das Motiv nicht so furchtbar viel zu bieten hatte, außer den Ästen einer Birke, ein paar Tauben und Amseln, die sich gelegentlich darauf niederließen, und natürlich den Gitterstäben, hatte sie noch eine

Fratze in die rechte untere Ecke gesetzt, die zum Fenster hineinlugte. Nichts Konkretes, eher so eine Mischung aus Frankenstein, Dracula und Freddy Krüger. Ein paar drachenartige Schuppen hatte sie ihm auch noch verpasst.

Kerners Hinweis mit dem Zeichnen war tatsächlich ein Glücksfall gewesen, denn es schien die einzige Möglichkeit zu sein, mit Sarah Palmer zu kommunizieren. Als der Psychiater Karina gestern in das Zimmer gebracht, kurz vorgestellt und sich dafür entschuldigt hatte, dass sie leider nun alle Bettenkapazitäten ausnutzen müssten, hatte Karina entsprechend ihrer Rolle nur ein kurzes Hallo von sich gegeben, und Sarah hatte kurz genickt. Kerner hatte Sarah noch ermahnt, ihre neue Bettgenossin nicht über die Maßen »zuzuquatschen«, und sich dann lachend entfernt. Karina hatte ihre paar Klamotten im Schrank verstaut und sich dann erst mal mit angezogenen Beinen aufs Bett gesetzt. Einen depressiven Eindruck zu machen war ihr in dieser Situation alles andere als schwergefallen. Sie hatte erst darüber nachgegrübelt, wie sie diesen verdammten Auftrag auch nur ansatzweise erfüllen sollte, um sich dann noch etwa zwei Stunden kritisch mit ihrer Berufswahl auseinanderzusetzen.

Kurz vor dem Abendessen war dann noch ein Schrank von Pfleger erschienen und hatte Karina einen Zeichenblock mit ein paar Bleistiften in die Hand gedrückt. Der Herr Oberarzt hätte sich nun mit seinen Kollegen beraten, und man wäre zu dem Ergebnis gekommen, dass Karina sich gerne künstlerisch betätigen könnte. Sie müsste aber die Werke bitte zu den Einzeltherapiestunden mitbringen. Karina verstand den Wink mit dem Zaunpfahl und hatte sich abends an eine erste Skizze gemacht. Erst hatte sie daran gedacht, irgendetwas mit Feuer zu malen, wenn sie schon ein Burn-out haben sollte. Aber dann war sie davon abgerückt, da diejenige, die sie hier *befragen* sollte, ja wohl nicht zuletzt wegen eines Feuers in eben dieser Situation war. Das erschien ihr etwas zu verräterisch, also hatte sie erst den Blick aus dem Fenster und dann etwas mit Wasser gemalt. Eine felsige Küste, wie sie ihr aus der Bretagne in Erinnerung war, mit dunklen Sturmwolken darüber. Im Hintergrund hatte sie ein Geisterschiff mit zerfetzten Segeln angedeutet.

Sie hatte bemerkt, dass diese Tätigkeit ein wenig Interesse bei ihrer Nachbarin hervorgerufen hatte, denn sie hatte ab und zu für mehrere Sekunden zu ihr herübergeschaut und sich sogar für die Entstehung der Bilder interessiert. Schließlich hatte sich Karina überwunden und den Block Sarah hinübergereicht. Kurz darauf war sie tatsächlich eingeschlafen, und am nächsten Morgen hatte sie im Gegenzug eine Zeichnung von Sarah auf ihrem Nachttisch liegen sehen.

Sarah hatte das Motiv des Wassers aufgegriffen und ein Meer über eine Klippe in eine Badewanne laufen lassen. Sie hatten beide nur Bleistifte, daher war keine Farbgebung möglich. Aber Sarah hatte es geschafft, dass man genau erkennen konnte, dass sich in der Wanne kein Wasser, sondern Blut befand. Sie hatte Schmierer an die oberen Ränder gemalt, die in das Wasser übergingen, und hatte offensichtlich echt was drauf mit dem Bleistift. Karina war zunächst erschrocken, aber kurz darauf auch leicht euphorisiert, weil sie kapiert hatte, dass Sarah bereit war, mit ihr zu sprechen. Wenn auch nicht mit Worten.

Sarah hatte ihr dann gegen Mittag des zweiten Tages eine weitere ihrer Zeichnungen aufs Bett gelegt. Sie stellte eine Person in einem weißen Kittel dar. Sie stand in einer

Türöffnung und trug einen Mundschutz und eine Haube wie bei Operationen üblich, aber sie hatte kein Gesicht. Dafür klemmte eine Geige zwischen Kinn und Schulter, auf der der dargestellte Arzt zu spielen schien. Karina hatte lange überlegt, wie sie dieses Bild ergänzen könnte. Die Botschaft schien ihr klar zu sein. Sarah traute dem medizinischen Personal hier nicht. Sie fühlte sich wie Publikum in einer Show. Umso verwunderlicher, dass sie keinerlei Anzeichen zeigte, hier herauszuwollen. Karina wäre da schon nach 24 Stunden so einiges eingefallen.

Schließlich hatte Karina dem gesichtslosen Arzt noch ein Schild um den Hals gemalt, das unterhalb der Geige auf Höhe der Brust hing. Es trug die Aufschrift *Everything for free!* Sarah hatte nicht wirklich gelächelt, als Karina ihr den Block zurückgegeben hatte, sie hatte eigentlich keine Miene verzogen. Dennoch schien es so, als ob ihr die Ergänzung ihres Bildes gefallen würde. Sie hatte Karina relativ lange und relativ offen angeschaut – mit einer Mischung aus Interesse und Anerkennung. Aber vielleicht war das auch alles nur Einbildung.

Nun hatte Karina ihr erstes Werk zurück, das mit dem Blick aus dem Fenster. Sarah hatte die Perspektive einfach umgedreht. Anstatt des Blicks hinaus hatte sie den Blick von außen auf das Fenster gezeichnet. Womöglich aus der Sicht einer Taube oder einer Amsel, die in der Birke saß. Es war dasselbe Fenster mit denselben Gitterstäben von außen. Auch die Fratze war da, nur war sie nicht draußen, sondern drinnen. Das Monster war eingesperrt und blickte hinaus. Sarah hatte die Züge des Horrorwesens ziemlich genau kopiert, allerdings wirkte es nicht wie in der Originalzeichnung grinsend bedrohlich, sondern irgendwie nachdenklich, womöglich verzweifelt. Karina überlegte fieberhaft, was ihre Zimmergenossin damit ausdrücken wollte und wie sie das jemals in Form eines Protokolls dokumentieren sollte. Sarah hatte ihr den Block wieder nicht selbst übergeben, sondern nur hingelegt, während Karina den Raum verlassen hatte, um sich etwas die Beine zu vertreten und nach einem Kaffeeautomaten Ausschau zu halten. Nun lag Sarah in ihrem Bett und hatte ihr den Rücken zugewandt. Womöglich schlief sie. Es war Spätnachmittag, und die Dämmerung begann einzusetzen. Karina grübelte noch eine halbe Stunde und beschloss dann, auch mal wieder müde zu werden.

V. Mein Name ist Mensch

»Mein Mandant wird sich nun nicht mehr zu den Anschuldigungen äußern, bis ich eine komplette Einsicht in die Akten bekommen habe«, sagte der Rechtsbeistand und lehnte
sich in seinem Vernehmungsstuhl zurück.

»Sie sind ein schlechter Anwalt, Herr Mager.« Renan
imitierte die Körperhaltung des Mannes, so gut es ging, und
rang sich ein schiefes Lächeln ab.

»Wenn Sie meinen, Frau ... äh ...«

»Müller. Ist doch nicht so schwer zu merken, oder?«

»Der Name passt nicht zu Ihrem Äußeren«, Mager hob
die Schultern, »sorry.«

»Kann ich jetzt gehen?«, fragte Karl Engelbrecht. Er trug
immer noch dieselbe Lederjacke.

»Ja, gleich«, sagte Mager.

»Aber auf gar keinen Fall«, entgegnete Renan.

»Frau Müller, das sind doch alles nur vage Indizien, die
Sie uns hier auftischen.« Mager versuchte, einen souve-
ränen Anwalt à la Saul Goodman zu spielen. Womöglich
hatte er zu viele amerikanische Serien oder Realitysoaps
gesehen.

»Wenn das *vage Indizien* sind, dann weiß ich nicht, was
bei Ihnen ein Beweis sein soll, Herr Mager.« Renan tippte
auf die Tastatur des Notebooks und ließ die Sequenz nochmals ablaufen.

»Ja ... und, was wollen Sie uns damit beweisen, Frau
Müller?« Mager hatte nur mit halbem Auge hingesehen,
Engelbrecht gar nicht.

»Dass Sie, Herr Engelbrecht, zu der Zeit, als das Feuer am Richter-Platz ausbrach beziehungsweise das Auto

angezündet wurde, verdammt nah am Tatort gewesen sein müssen.«

»Mensch, ey«, Engelbrecht hob die Arme und sah Renan wütend an, »ich hab doch schon tausend Mal gesagt, dass ich das nicht war!«

»Und mehr hat er dazu auch nicht zu sagen«, Mager nahm seine Brille ab und putzte sie mit einem Taschentuch, »Ihre Aufnahme beweist nur, dass eine Person, die meinem Mandanten entfernt ähnlich sieht, irgendwann an dem Haus von diesem Zeugen vorbeigegangen ist, nachts wohlgemerkt und ... nebenbei, Sie dürften den Gehsteig übrigens gar nicht überwachen!«

»Danke für die Nachhilfe«, Renan rang sich erneut ein schiefes Lächeln ab, »dumm nur, dass die Datums- und die Zeitanzeige der Kamera genau zu unserem Feuer am Richter-Platz passen und dass Herr Engelbrecht bereits einschlägig aufgefallen ist, oder?«

»Frau Müller«, seufzte Mager, »ich hoffe nicht, dass *ich* Ihnen erklären muss, dass man bei so ziemlich jeder Kamera Zeit und Datum nach Belieben einstellen kann. Meine zum Beispiel setzt sich immer wieder selbsttätig zurück. Und weil ich keine Lust habe, das jedes Mal zu korrigieren, zeigt sie meistens den 01.01.2000 an.«

»Genau!«, sekundierte Engelbrecht und fuhr sich durch seine fettigen Haare.

»Sobald wir ein biometrisches Bild von Herrn Engelbrecht haben, werden unsere Nerds die Übereinstimmung der Personen schon nachweisen, da mache ich mir keine Sorgen.« Renan musste nun aufstehen, die Kreuzschmerzen waren kaum mehr auszuhalten.

»Ja, und wenn?«, rief Engelbrecht, »Mann, ich wohne da in Konradshof, und ich bin fast jeden Tag am Richter-Platz ...«

»Sie äußern sich jetzt nicht mehr, hatten wir gesagt«, mahnte Mager seinen Mandanten.

»Er hat ja recht.« Renan stützte sich auf ihre Stuhllehne und drückte die Wirbelsäule durch. »Deswegen haben wir das mit der Tageszeit auch überprüft ...«

»Überprüft?« Mager setzte seine Brille wieder auf. »Und wie, wenn ich fragen darf?«

»Am 12.10. um 0:50 Uhr setzte über Konradshof ein Platzregen ein, der bis 1:04 Uhr anhielt, bevor er weiterzog in Richtung Altstadt«, sie beugte sich zu dem Notebook hinunter, »und nun passen Sie mal richtig auf ... hier, um 0:47 Uhr geht die Person, die Herrn Engelbrecht irgendwie ähnlich sieht, in Richtung Richter-Platz, der Gehsteig ist trocken. Um 1:20 Uhr geht sie in der Gegenrichtung wieder vorbei, und das Pflaster ist nass. Schön zu sehen an der Spiegelung der Straßenlaterne, nicht wahr? Wahrscheinlich hat er den Regen abgewartet und dann das Auto angezündet, um sicherzugehen, dass es auch gut brennt.«

»Aber ... das, das ist doch ...« Engelbrecht machte Anstalten, sich den Computer zu schnappen.

»Sie sagen nichts mehr!« Mager hielt ihn zurück.

*

»Na, endlich lässt sich mal wieder einer von euch blicken!« Der Mann war aus dem Laden für Motorradbekleidung herausgestürzt und stellte sich nun Alfred und Sophie in den Weg.

»Erstens sind wir zwei und zweitens per Sie«, konterte Sophie.

»Unglaublich«, der Unbekannte kratzte sich an seinem Zehntagebart und holte tief Luft, »also gut: Ich bin sehr erfreut, Sie hier zu sehen, und wissen Sie auch warum?«

»Es könnte mit Ihrem Schaufenster zu tun haben.« Alfred deutete auf die große Scheibe, die mehrfach stark gesprungen war, sodass man befürchten musste, sie würde demnächst in sich zusammenfallen. Von innen hatte der Ladenbesitzer mit mehreren Bahnen Klebeband wohl versucht, genau das zu verhindern.

»Sehr gut erkannt, diese Arschlöcher haben mir gestern Abend mit zwei Pflastersteinen die Scheibe demoliert!«

»Ja, wir wissen, was hier gestern los war«, nickte Alfred verständnisvoll.

»Diese ... Personen haben auch einige unserer Kollegen demoliert, Herr ...?«, ergänzte Sophie.

»Streitberger ... Ja, das ist ganz schlimm, aber nicht mein Problem.« Er schien kurz zu überlegen. »Also, ich will natürlich nicht, dass irgendjemand bei so einer ... Aktion verletzt wird, aber wenn sie schon nicht richtig zielen können, dann ...«

»Ja?« Sophie sah den Burschen herausfordernd an.

»Egal«, Streitberger hob die Hände, »ich möchte jetzt jedenfalls Anzeige erstatten. Wer auch immer diese Scheißsteine geworfen hat, der soll mir gefälligst meine Scheibe ersetzen! Wissen Sie, was das kostet – mit Einbau und allem Drum und Dran?«

»Das ist nun wieder nicht unser Problem, Herr Streitberger«, lächelte Alfred.

»Und wenn Sie Anzeige erstatten wollen, müssen Sie das auf dem Präsidium tun«, ergänzte Sophie, »wie sollen wir das hier denn aufnehmen?«

»Das ist mir doch egal«, der Mann riss die Augen auf, »glauben Sie, ich kann mir nicht vorstellen, wie das auf Ihrem Präsidium abläuft? Da darf ich erst mal drei Stunden warten, und dann werde ich von Hinz zu Kunz geschickt, bis endlich mal einer kommt, dem ich alles wieder von vorne erzählen darf. Und bis das alles rum ist, ist es Abend und ich habe einen ganzen Tag verloren ...«

»Waren Sie schon öfter bei uns?«, fragte Alfred.

»Ich muss mein Geld selbst verdienen, Herrschaften. Ich kriege kein Gehalt vom Steuerzahler, ich *bin* der Steuerzahler. Capito?«

»Das ändert nichts daran, dass Sie eine Anzeige zu Protokoll geben müssen, und zwar auf der Wache.« Sophie rang um Fassung. »Vielleicht haben Sie ja Glück, und der Täter wurde gefilmt. Die Kollegen nehmen bei solchen Veranstaltungen alle Einsätze auf Video auf. Gut möglich, dass der Steineschmeißer zu erkennen ist.«

»Haben Sie mir nicht zugehört?«

»Würden Sie mir eigentlich ein Motorrad verkaufen?«, unterbrach Alfred abrupt.

»Wie?« Streitberger sah kurz zu seinem Schaufenster. »Ich verkaufe doch keine Motorräder, sondern ...«

»Und wir nehmen keine Anzeigen auf«, lächelte Alfred, »tut uns leid.«

»Da braucht man sich nicht zu wundern, wenn die Leute hier selbst für Recht und Ordnung sorgen«, setzte der Ladenbesitzer nach, als Alfred und Sophie schon wieder im Gehen waren.

»Haben Sie etwas davon mitbekommen?«, fragte Alfred, der sich noch mal umgedreht hatte.

»Mein Gott«, Streitberger zuckte mit den Schultern, »da sieht man halt manchmal welche rumlaufen ...«

»Haben Sie auch am 12. Oktober jemanden hier rumlaufen sehen?« Alfred war nun wieder bei dem Mann, Sophie folgte zögernd.

»Am 12. Oktober?«

»Ja, also in der Nacht vom 11. auf den 12. Um genau zu sein. So gegen 1 Uhr.«

»Das war ...« Der Ladenbesitzer rieb sich das Kinn. »Ja, da habe ich noch ziemlich lange an der Steuer gearbeitet und bin erst sehr spät rausgekommen ... Wann genau kann ich aber nicht mehr sagen.«

»Und?«, fragte nun Sophie.

»Was und? Da habe ich beim Heimgehen diesen großen Glatzkopf gesehen, mit seinem Hund. Der läuft hier oft rum!«

»Die Versicherung wird ihm jedenfalls nichts zahlen«, sagte Alfred, als sie die Faulmannstraße weitergingen, »so was sehen die als höhere Gewalt an.«

»Ich würde eher von *niederer* Gewalt sprechen.« Sophie sah besorgt zum Himmel, der sich langsam mit dunklen Wolken zuzog. »Ich glaube, wir werden bald nass werden.«

»Darum gehen wir jetzt auch Richtung *Rassel*«, nickte Alfred.

»Ach so ... Hat Renan eigentlich schon was aus diesem Charlie rausbekommen?«.

»Ich habe noch nicht mit ihr sprechen können.« Alfred zog den Tabak aus der Innentasche seiner Uniformjacke. »Aber es würde mich wundern, wenn.«

»Na ja, eigentlich ist das die heißeste Spur.« Sophie sah auf die Uhr. »Sieht doch nicht gut aus für den Burschen. Da könnten wir eigentlich aufhören, hier herumzulaufen, oder?«

»Vielleicht.« Alfred zündete sich die Kippe an. »Vielleicht auch nicht. Das passt zwar alles ganz gut zusammen, aber ...«

»Aber?«

»Ich kann mir nur schwer vorstellen, dass dieser Charlie nicht zumindest einmal in ein Auto reinschaut, das er anzünden will. Der muss doch völlig blind sein, wenn er nicht bemerkt, dass da einer seiner Compañeros drin liegt. Zumal er ja weiß, dass Baierlein so was hin und wieder getan hat.«

»Stimmt«, Sophie musste husten, »es sei denn ...«

»Es sei denn?«

»Es sei denn, er hat ihn gesehen und es trotzdem getan ... und dann«, sie blieb stehen und packte Alfred am Arm, »und dann wäre es kein Unfall mehr, sondern Mord!«

»Wir dürfen aber diese wehrhaften Neubürger nicht aus den Augen lassen«, sagte Alfred. »Eigentlich haben wir da ein viel klareres Motiv. Und dass dieser Ortsgruppenleiter zur Tatzeit noch auf Streife war, das widerspricht klar der Aussage, die er selbst dazu gemacht hat. Den werde ich mir noch einmal vorknöpfen.«

»Ist denen wirklich ein Mord zuzutrauen?«, fragte Sophie.

»Wenn Sie den erlebt hätten, würden Sie es Herrn Postler zutrauen.« Alfred zog sein Notizbuch heraus und schrieb sich eine Erinnerung auf.

»Mist«, entfuhr es Sophie. »Ist irgendwie schwierig, wenn man seine Augen überall haben muss ...«

»Genau.« Alfred wandte sich um und ging los. »Aber jetzt kümmern wir uns erst einmal um die Jungs von der AFKO. Vielleicht gehen wir doch noch nicht ins *Rassel*.« Alfred blickte suchend nach rechts.

»Wohin dann? Ich glaube, es tröpfelt schon ...«

»Da vorne ist ein Getränkemarkt!«

»Kennen wir uns nicht?«, fragte Alfred, als sie eine halbe Stunde später den jungen Mann in der Küche von Frau Fäustel antrafen.

»Kann schon sein.« Er war aufgestanden und blickte etwas nervös in alle Himmelsrichtungen.

Sie waren eher aufgrund einer spontanen Eingebung bei der alten Dame vorbeigekommen. Alfred hatte immer noch das Gefühl, dass die Spurensicherung bei der Durchsuchung von Baierleins Mansarde irgendetwas Wichtiges übersehen hatte. Wohnungen von Opfern waren ebenso wie deren Mobiltelefone in der heutigen Zeit die vielversprechendsten Quellen für entscheidende Hinweise und Informationen. Und weil das Opfer kein Handy besessen hatte, musste dessen Wohnung umso genauer untersucht werden. Ein Umstand, der dem Herrn vor ihnen wahrscheinlich ebenso bewusst war. Es war derjenige mit dem akkuraten braunen Scheitel, der laut Renans Bericht im Verdacht stand, früher einmal Jura studiert zu haben.

»Krauß«, sagte er schließlich, »Bert Krauß. Ich war ein Freund von Rocco ...«

»Ah, ein Mitglied der AFKO«, stellte Sophie fest, »Sie waren doch auch am Tatort, am Morgen danach, oder?«

»Ich habe keinen Plan, wovon Sie reden, Frau Kommissarin«, lächelte er.

»Polizeihauptmeisterin reicht!«

»Ist aber ganz schön lang ... Ja, gut, dann ... gehe ich mal wieder, wenn ich wirklich nichts für Sie tun kann, Frau Fäustel.«

»Wissen S', der Herr Bert ist nämlich vorbeigekommen, weil er mir helfen wollte«, erklärte die Seniorin.

»Das ist aber sehr edel von Ihnen«, sagte Alfred und ließ sich auf den nunmehr freien Stuhl nieder.

»Ja, ich kann aber auch gerne morgen wiederkommen oder übermorgen …«

»Also, eigentlich hätte ich nur gern eine Flasche Bier, oder zwei.« Die Alte nickte auffordernd in Richtung des jungen Aktivisten.

»Da kommen wir ja gerade recht«, fiel Alfred ein, »wir waren nämlich gerade zufällig in der Nähe, und da haben wir uns gedacht …« Er gab Sophie ein Zeichen, die daraufhin drei Flaschen Bier aus einer Stofftasche holte und auf den Tisch stellte.

»Herr Inspektor, das wäre aber nicht nötig gewesen.« Die alte Dame lugte interessiert auf die Etiketten.

»Ist ein halbdunkles Landbier, aus der Fränkischen Schweiz«, Alfred nahm eine der Flaschen und hielt sie hoch wie bei einer Verkaufsveranstaltung, »zurzeit das beste, wenn Sie mich fragen. Sollte auch nicht zu kalt getrunken werden, aber ein paar Minuten im Eisfach könnten nichts schaden …«

»Nein, nein, Herr Inspektor. Ich trinke mein Bier gerne etwas wärmer … Ach Fräulein, wären Sie so gut, die Gläser sind da im Schrank.«

»Selbstverständlich«, lächelte Sophie.

»Ja, gut. Dann komme ich die Tage mal wieder vorbei.« Krauß machte Anstalten, die Wohnung zu verlassen, und schien fast verwundert, dass die Staatsmacht ihn offenbar nicht daran hindern wollte.

»Der sieht aber gar nicht so aus, als ob er gerne für alte Leute einkauft«, sagte Alfred, nachdem Krauß die Wohnung verlassen hatte und sie es sich bei einem lauwarmen Bier in der Küche gemütlich gemacht hatten.

»Wissen Sie, nach dem Aussehen darf man bei den Burschen heute nicht gehen«, erklärte die Fäustel nach einem großen Schluck, »der Herr Rocco hat ja auch schon ein wenig verhaut ausgesehen.«

»Ja, klar«, nickte Sophie, »da haben Sie ganz recht.«

»Aber von Einkaufen hat er auch gar nichts gesagt …«

»Nein?« Alfred versuchte, möglichst beiläufig zu klingen. »Was wollte er denn dann? In Herrn Baierleins Wohnung vielleicht? Das dürfen Sie nicht erlauben, Frau Fäustel, gell. Die haben wir nämlich amtlich versiegelt.«

»Ja, ja«, sie nahm einen zweiten Schluck, »das weiß ich doch, Herr Inspektor. Nein, er hat gefragt, ob ich vielleicht Hilfe bei so welchen Schriftstücken brauche …«

»Schriftstücken?« Sophie hatte ihr Bier noch nicht angerührt.

»Ja, dabei hat der Herr Rocco das gar nicht gemacht. Der hat mir nur manchmal Briefe vorgelesen, wenn sie mir zu klein geschrieben waren.«

»Wie kommt er denn dann auf so was?«, fragte Sophie.

»Vielleicht glaubt er, ich bin deppert.« Sie kicherte und trank das Glas aus. »Oh, jetzt habe ich meine Tabletten vergessen!«

»Ach, noch was, Frau Fäustel.« Alfred zückte sein Handy. Er hatte sich gerade noch rechtzeitig von Renan ein Foto von Sarah Palmer schicken lassen. »Wir haben doch schon mal über den Damenbesuch gesprochen, den der Herr Baierlein gehabt hat. Erkennen Sie diese hier?«

»Was könnte der denn hier für Schriftstücke gesucht haben?«, fragte Sophie, während sie die Nachttischlampe ausschaltete.

»Sind Sie sicher, dass sie schon schläft?«, fragte Alfred.

»Die scheint's mir zwar faustdick hinter den Ohren zu haben«, Sophie schnippte ein paar Mal mit den Fingern vor den geschlossenen Augen der Alten, »aber ich glaube, sie schläft wirklich.«

»Gut, dann ...«, er sah sich etwas hilflos um.

»Ja?«

»Dann stellen wir unser Bier erst mal kalt.« Alfred ging zurück in die Küche und nahm die beiden Flaschen, während Sophie ihm folgte.

»Sie machen mich fertig«, seufzte Sophie.

»Warum?« Er schloss den Kühlschrank und rieb sich die Hände.

»Ein andermal«, sagte sie abwinkend und setzte sich an den Küchentisch. »Was ist nun mit der Wohnung des Opfers?«

»Hm«, Alfred rieb sich das Kinn, »nach dem Auftritt von diesem AFKO-Justiziar hier ...«

»War schon irgendwie komisch, oder?«

»In der Tat. Ich kann mich des Verdachts nicht erwehren, dass der hier irgendwas gesucht hat. Also hier unten in dieser Wohnung. Irgendwelche Papiere ...«

»Offensichtlich! Aber was?«

»Irgendwas, das für ihn oder die AFKO oder jemand anderen aus der Gruppe wichtig ist.« Alfred zog seinen Tabak aus der Tasche und überlegte, ob er hier wohl ... »Aber was das sein könnte?«

»Tja«, Sophie machte Anstalten, die Küche zu verlassen, »dann müssen wir halt mal suchen.«

Sie suchten zunächst im Wohnzimmer, das die alte Dame offenbar kaum mehr benutzte. Die Sofagarnitur stammte noch aus den Sechzigern und verriet einen für die damalige Zeit durchaus fortschrittlichen Geschmack. In einem passenden Sideboard aus Nussbaumholz fanden sie einige Leitz-Ordner, die Sophie sogleich in Augenschein nahm, während Alfred eine Zigarette drehte.

»So, was haben wir denn hier?« Sophie hatte auf einem der Sessel mit schwarzem Lederpolster Platz genommen und kniff die Augen zusammen. »Zeugnisheft der Zautendorfer, Erna – das ist wohl ihr Mädchenname –, geboren 28.09.1935. Fleiß: hervorragend, Betragen: hervorragend. Rechtschreiben: 2, Aufsatz: 2, Biblische Geschichte: 2, Singen: 3 ...«

»Gute Schülerin«, sagte Alfred.

»Ja, aber das dürfte diesen Bert weniger interessiert haben ... Dann haben wir hier eine Urkunde zur silbernen Konfirmation, ein bezirksärztliches Gutachten und ein Sparbuch ...«

»Sparbuch?«

»Ja. Von der Stadtsparkasse. Endet aber ...«, sie blätterte, »am 14.05.1959 mit einem Guthaben von 403 Mark und 10 Pfennig.«

»Das wird es dann wohl auch nicht gewesen sein!«

»Ebenso wie die Meldekarte der AOK ... Da ist noch ein Zeugnis der *Schickedanz AG*: Frau Erna Fäustel, geborene Zautendorfer, trat am 22.01.1954 als Kontoristin in unsere Buchhaltung ein ... Fertigkeiten als Stenotypistin ... Zuverlässigkeit und Pünktlichkeit ihrer Arbeitsweise ...«

»So einen Ordner habe ich von meinem Vater auch noch«, sagte Alfred, während er Sophie über die Schulter schaute, »aber der geht auch nur bis in die Siebzigerjahre. Ich glaube, mit dem Ingenieursdiplom meines Bruders hört er auf.«

»Und wo hat Ihr Vater die neueren Dokumente?«

»Die hatte er in seinem Schreibtisch, wenn ich mich nicht irre ...« Alfred blickte sehnsüchtig auf die nunmehr fertiggestellte Zigarette.

»Gut, so was gibt's hier nicht. Dann schauen wir halt mal

in den anderen Zimmern.« Sophie klappte den Ordner wieder zu und stellte ihn an seinen Platz im Sideboard zurück.

*

Sie trafen sich in der Patientencafeteria. Renan nippte nur an ihrer mitgebrachten Wasserflasche, während sich Karina einen Piccolo gönnte. Draußen verdunkelten schwere Regenwolken den Himmel, sodass die orangenen Lampenschirme aus den Siebzigerjahren die Tische in ein fast schon schummriges Licht tauchten. Ebenso gut hätte dies hier ein konspiratives Treffen zu Zeiten des Kalten Krieges sein können.

Aber das war es nicht. Es war lediglich ein Akt der internen Kommunikation der Kriminalpolizei, den man auch hätte telefonisch erledigen können. Irgendwie hatte Renan das Gefühl, dass der jungen Kollegin etwas persönlicher Kontakt ganz guttun würde. Zu beneiden war sie ganz sicher nicht. Umso erstaunter war Renan, als Karina recht aufgeräumt wirkte. Sie hatte einige eingerollte Blätter Papier bei sich und eine Art Tonskulptur, die ein Segelboot oder etwas in der Art darstellte, mit einer Figur, die an den Mast geklebt war.

»Und, wie sieht's aus?«, fragte Renan, um einen mitfühlenden Ton bemüht.

»Na ja«, Karina nahm einen großen Schluck Sekt, »nach drei Tagen muss ich sagen: Man gewöhnt sich dran.«

»Siehst du.« Renan konnte sich ob des Bildes, das die Jungkommissarin mit ihren schwarz gefärbten Haaren, dem bleichen Teint, der Piccoloflasche und dem kleinen Kunstwerk auf dem Tisch abgab, ein Lächeln nicht verkneifen. »Ist doch mal was anderes als eine trockene Beamtentätigkeit ...«

»Ja, stimmt schon, ich muss nur aufpassen, dass ich Sarah gegenüber kein schlechtes Gewissen kriege ...«

»Hast du sie mittlerweile dazu gebracht, mit dir zu reden?« Renan blies sich eine Locke aus der Stirn.

»Wie man's nimmt.« Karina rollte die Papiere auf und präsentierte einige Bleistiftzeichnungen, düstere Bleistiftzeichnungen, um genau zu sein.

»Sind die von ihr?«

»Das und das«, Karina deutete auf eine Figur mit einer Geige und ein Fenster mit Gitterstäben davor. »Also, es ist definitiv so, dass sie reden kann, laut Dr. Kerner gibt es auch Fälle, in denen Menschen infolge von schrecklichen Erlebnissen irgendwie die Sprache verlieren. Das scheint bei ihr nicht der Fall zu sein.«

»Hast du versucht, Gespräche anzufangen?«

»Nein, wenn du mit der in einem Raum bist, dann spürst du ganz genau, dass so was keinen Sinn hat. Die will nicht reden. Zumindest nicht mit Worten ...«

»Ja, das habe ich auch schon bemerkt ...« Renan nahm die Zeichnungen und musterte sie genauer. »Aber mit Bildern funktioniert's?«

»Irgendwie schon, ich weiß nur nicht so recht, was sie damit sagen will.« Karina schenkte den letzten Rest Piccolo in ihr Glas. »Ich bin ja auch keine Psychologin!«

»Da haben wir ja echt die Richtige ausgesucht«, Renan nickte anerkennend, »ich glaube, außer dir kann keiner zeichnen in diesem Dezernat ...«

»Vielleicht sollte man außer Sport auch Kunsterziehung in die Auswahltests der Polizei aufnehmen ...«

»Bloß nicht«, Renan legte die Blätter wieder hin, »wir haben eh schon vorne und hinten zu wenig Leute ... Und wie läuft das? Gibt sie dir einfach so die Bilder?«

»Wir spielen quasi Pingpong. Entweder ich zeichne was vor und sie ergänzt – oder umgekehrt.«

»Und wie bist du da draufgekommen?«

»Keine Ahnung!«

»Kann man ein ... Muster erkennen in dem, was die zeichnet, oder eine Botschaft?« Renan merkte, wie ihr Respekt gegenüber der jungen Kollegin wuchs.

»Ich sehe zu, dass ich Kopien machen kann, und die kann sich dann der Kerner oder ein anderer Psycho-Onkel anschauen«, Karina zuckte mit den Schultern, »ich weiß nicht, ob ich da die Richtige bin, das zu ... deuten.«

»Versuch's halt mal«, sagte Renan und nahm die Zeichnungen wieder in die Hand.

»Also.« Karina leerte ihren Piccolo in einem letzten Zug. »Das hat jetzt noch gar nichts mit den Bildern zu tun, aber sie erweckt nicht den Eindruck, als ob sie hier schnellstens wieder rauswill. Sie macht eigentlich alles mit, geht brav zu irgendwelchen Therapiesitzungen ...«

»Redet sie dort?«

»Keine Ahnung. Ich hoffe aber mal, der Kerner würde uns darüber informieren, wenn es so wäre ...«

»Ich frag ihn noch mal.«

»Ja.« Karina hielt die leere Flasche gegen das Licht der Deckenlampe. »Ich kann das wirklich nicht beurteilen, aber womöglich glaubt sie, dass sie hier drin nicht falsch ist, verstehst du ...«

»Du meinst, dass sie einsieht, dass sie Hilfe braucht?«

»Ja, nein ... vielleicht. Also, Hilfe annehmen tut sie ja nicht wirklich, solange sie nicht redet. Aber ... das passt halt nicht zusammen, dass sie so gar nichts tut, um hier rauszukommen.«

»Vielleicht weiß sie einfach nicht, wo sie hinsoll.«

»Vielleicht ...« Plötzlich schnippte Karina mit den Fingern. »Ach ja, das hätte ich jetzt fast vergessen. Gestern war wohl ihre Mutter da und wollte sie besuchen.«

»Ihre Mutter?«, rief Renan. »Die suchen wir doch auch schon seit Tagen!«

»Ich musste ja dann auch raus, und lange war die auch nicht da, aber die müssten auf der Station eigentlich ihren Namen wissen.«

*

Herbert Göttler stand am Abschlag von A8 und ertappte sich dabei, dass es ihm eigentlich völlig wurst war, ob die kleine weiße Kugel jetzt in der Idealzone auf dem Fairway landete, um sie möglichst nahe an das Loch heranbringen zu können. Die A8 war gut 300 Meter lang und in der Mitte geknickt. Man musste also vom Abschlag den Ball mit einem Driver möglichst gerade und weit nach vorne in den Knick schlagen, um dann nochmals hundert Meter zu überwinden. Beim Putten war er sowieso schwach, da ließ er immer zwei bis drei Schläge liegen, also mussten die Abschläge besser werden, wenn er nicht zu hoch über Par kommen wollte.

In letzter Zeit bemerkte Herbert immer öfter, dass er das gar nicht wollte. Es war ihm im Prinzip herzlich egal, ob er eins, zwei, fünf oder zehn über Par lag, und Golf war ihm als Sport eigentlich auch zu langweilig und zu wenig aggressiv. Früher hatte er mal ganz passabel Handball gespielt, das war noch etwas anderes. Da konnte man mit Körpereinsatz direkt am Gegner noch etwas ausrichten. Allerdings war Herbert auch nicht wirklich ein Teamplayer. Daher kam ihm der Tennishype in den Achtzigern ganz

gelegen. Nachdem dieser einseitig begabte rotblonde Halb-
wüchsige Wimbledon gewonnen hatte, hatte es ja in der
Republik kein Halten mehr gegeben. Da musste jeder, der
was auf sich hielt, Tennis spielen, ob er wollte oder nicht.
Und für Herbert war das auch kein schlechter Sport gewesen. Nicht nur, dass man ihn aggressiv spielen konnte, nein,
man spielte auch alleine und musste auf keine Mannschaft
Rücksicht nehmen. Da gab es kein Gemaule, wenn man den
Ball nicht abgab oder sich nicht in jeder aussichtslosen Situation zur Annahme anbot. Im Polizeisportverein, wo er die
ersten Trainerstunden genommen hatte, gehörte er bald zu
den besten Spielern.

Aber eine aufstrebende Führungskraft wollte natürlich
nicht in einer Bezirksmannschaft gegen Spurensicherer
spielen oder danach mit Trachtlern aus dem mittleren
Dienst duschen. Daher war er bald bei *Rot-Weiß 08* ein-
getreten, dem Verein der Reichen und Schönen, wo man
auch mit Leuten in Kontakt kam, die in dieser Stadt und
in diesem Land etwas zu sagen hatten. Gut, als Mitglied in
der richtigen Partei wäre Herbert sicher auch ohne Tennis
Kripoleiter geworden, aber womöglich nicht so schnell –
und der Weg ins Innenministerium oder zu einem anderen exponierten Posten schien ja auch nicht mehr weit zu
sein.

Aber dann war Tennis aus der Mode gekommen, und die
einflussreichen Männer des Landes wandten sich dem Golf
zu. Also hatte sich auch Herbert diesem Sport gewidmet,
ohne ihn aber jemals wirklich zu mögen. Klar war es toll,
bei mäßiger Bewegung einen ganzen Tag unter freiem Himmel zu verbringen. Aber wenn es ihm nur darum gegangen
wäre, hätte er auch in der Fränkischen Schweiz wandern
gehen können. Und obwohl man es tunlichst vermeiden

sollte, gegen einen Staatssekretär oder Bezirksvorsitzenden zu gewinnen – was ihm beim Tennis versehentlich öfter mal passiert war –, so schien es doch dem eigenen Ansehen, und vielleicht sogar der Karriere, auch nicht förderlich, wenn man nur verlor.

Herbert jagte den nächsten Ball in die Luft – wieder zu kurz und zu weit links! Diese ganzen Staatssekretäre und Parteischranzen konnten ihn jetzt bald alle mal. Er war Ende fünfzig, wenn sich bis zum nächsten Jahr nichts täte, könnte er jede weitere Karriere abschreiben, das war klar. Dann würde er sich aber auch dieses Gedresche samt den 1.800 Jahresbeitrag sparen. Herbert beherrschte sich und schlug mit dem Driver *keine* hässlichen Löcher in die noble Bahn. Nachdem sich das Wetter gerade wieder verschlechterte, könnte er jetzt ebenso gut aufhören und im Clubhaus einen Single Malt kippen, oder zwei. Als er gerade aufbrechen wollte, erschien eine Person am Ende der Bahn und winkte ihm lebhaft zu. Zuerst hielt Herbert das Wesen für einen Caddy, aber dann erkannte er in ihm die Züge eines seiner Untergebenen.

»Na, Alfred«, Herbert setzte ein falsches Lächeln auf, »willst du jetzt auch mit dem Nobelsport anfangen, wo du bald Kommissariatsleiter bist?«

»Nein, nein«, Alfred lächelte zurück, »ich bin zwar fast sechzig, aber ich habe immer noch Sex. Du weißt ja, wie es heißt ...«

»Da mach dir mal keine Sorgen.« Herbert packte das Wägelchen mit seinen Schlägern und bewegte sich in Richtung Clubhaus. »Das ist nur ein Klischee und wie die meisten Klischees nicht zutreffend ... Und es muss ja auch nicht immer mit derselben sein, nicht wahr?«

»Da wären wir genau beim Thema.« Alfred hielt mit seinem Vorgesetzten Schritt und zündete sich eine Zigarette an.

»Wie?« Herbert hielt kurz inne. »Du willst mit mir über wechselnde Sexualpartnerinnen reden?«

»Zumindest über ehemalige ...«

»Ich wüsste nicht, was dich das angeht«, lachte Herbert und beschleunigte wieder.

»Es könnte mit unserem aktuellen Fall zu tun haben.« Alfred nahm einen tiefen Zug und machte ein besorgtes Gesicht.

»Vorsicht, Herr Hauptkommissar«, Herbert blieb wieder stehen, »nicht deine Grenzen überschreiten!«

»Nichts liegt mir ferner, Herr Kriminaldirektor.« Alfred überlegte, ob er Herbert noch etwas zappeln lassen sollte, entschied sich dann aber aus purer Menschenfreundlichkeit dagegen. »Da du unsere Berichte ja sicher akribisch liest, dürfte dir der Name *Sarah Palmer* nicht entgangen sein.«

»Sarah Palmer?«, wiederholte Herbert und ging weiter. »Habe ich sicher gelesen, mir aber nicht gemerkt. Warum sollte ich auch?«

»Der Nachname könnte dir doch bekannt vorkommen.«

»Wirklich?« Herbert täuschte wenig glaubwürdig ein kurzes Nachdenken vor. »Nein, ich glaube nicht. Palmers kenne ich, die haben doch früher Damenstrümpfe produziert, nicht wahr?«

»Das tun die heute noch, soviel ich weiß.« Alfred meinte, die ersten Regentropfen zu spüren. »Aber um Strümpfe geht es hier nicht, Herbert ...«

»Das ist mir schon klar. Also warum redest du nicht langsam Klartext?«

»Hieß sie nicht Angelika?«

»Wer?«

»Angelika Palmer. Du weißt schon, das Mäuschen aus dem Vorzimmer vom alten Reuter.« Nun blieb Alfred stehen und sah seinen ehemaligen Kollegen und heutigen Vorgesetzten kritisch an.

»Ach das«, Herbert winkte ab, »das ist doch über zwanzig Jahre her!«

»Genau«, Alfred warf die Kippe auf den Rasen und trat sie aus, »und das deckt sich ziemlich genau mit dem Alter von Sarah ...«

»Moment«, Herbert packte Alfred am Jackettrevers, »was willst du mir hier anhängen?«

Es war in den frühen Neunzigern gewesen, als die anfängliche Freundschaft zwischen Alfred und Herbert schon gut zehn Jahre abgekühlt war. Wenn man im selben Jahrgang bei der Polizei anfängt, hat man viele Gemeinsamkeiten, aber im Laufe der Jahre zeigen sich die Unterschiede. Während Alfred nur mit Anstand seinen Job machen wollte und sich dazu auch in der Gewerkschaft engagierte, strebte Herbert nach Höherem. Dabei wurde er zunehmend rücksichtslos und unkollegial.

Da war die Geschichte mit Angelika Palmer eigentlich vergleichsweise unbedeutend gewesen, und es hatte ja auch geraume Zeit gedauert, bis Alfred den Namen und die äußerliche Ähnlichkeit Sarah Palmers mit der Mutter in einen Zusammenhang bringen konnte. Auch mit Herbert hatte die junge Frau eine gewisse optische Ähnlichkeit, aber da musste man schon Bescheid wissen, damit das auffiel. Jedenfalls hatte Herbert irgendwann in den frühen Neunzigern eine Affäre mit der Verwaltungsangestellten angefangen, als er noch mit seiner Frau Gudrun verheiratet gewesen war.

Dieser Umstand alleine hatte zu der Zeit schon lange nichts Skandalöses mehr an sich, und länger als zwei Jahre hatte es wohl auch nicht gedauert. Auch die aus der Liaison resultierende Schwangerschaft wäre noch nicht tragisch gewesen, zumal sie anfangs eigentlich keinem bekannt war. Kurz darauf jedoch war Angelika Palmer verschwunden. Angeblich hatte sie sich um eine bessere Stelle bei der Polizeiinspektion Ansbach beworben – und diese auch bekommen. Sie selbst ließ in einem der letzten Gespräche mit Alfred jedoch durchblicken, dass es sich wohl mehr um eine Zwangsversetzung handelte, die Herbert eingefädelt hatte. Als Alfred diesen dann bei nächster Gelegenheit darauf ansprach, meinte er nur, dass er die Sache geregelt habe – auch in finanzieller Hinsicht.

Alfred interpretierte das so, dass er der jungen Frau eine größere »Abfindung« gezahlt und sie dafür versprochen hatte, das Kind abtreiben zu lassen. Von der Tochter hatte Alfred dann tatsächlich nichts gehört, wohl aber vermeldete der Flurfunk im Präsidium ein paar Jahre später, dass Angelika Alkoholikerin geworden und mittlerweile sogar aus dem Dienst entfernt worden war. Alfred hatte sich eigentlich vorgenommen, Kontakt mit ihr aufzunehmen, hatte aber just zu dieser Zeit zu viel mit der Scheidung von seiner ersten Frau um die Ohren. Und so geriet die ganze Geschichte langsam in Vergessenheit. Herbert war die Karriereleiter weiter hochgeklettert, und Alfred war seit nunmehr zehn Jahren dabei, sich mit einer gewissen Renan Müller zu arrangieren, womit sich – jeder für sich – seinen individuellen Herausforderungen gestellt hatte.

Doch nun war Herberts Tochter aufgetaucht. Und das

auch noch als linke Aktivistin, in Verbindung mit einem mutmaßlichen Mordfall. Dazu hatte sie versucht, sich umzubringen, und saß nun in der Psychiatrie. Und so hatte Alfred in einem Anflug von Integrität oder kaum mehr vorhandener alter Verbundenheit beschlossen, zuerst Herbert darüber zu informieren – und zwar nicht im Präsidium, wo Türen, Wände, Böden und Decken nur allzu oft Ohren hatten.

»Das … das … Kind könnte genauso gut von einem anderen sein.« Herbert rieb sich die Augen. Den immer stärker werdenden Regen schien er gar nicht zu bemerken.

»Herbert.« Alfred konnte nicht anders, er musste dem Ex-Spezi kurz die Hand auf die Schulter legen. »Ich bin weder der Polizeipräsident noch einer deiner Parteifreunde. Ich wollte nur, dass du es als Erster erfährst.«

»Hast du vielleicht eine Zigarette für mich?«

*

»Gut, Herr Engelbrecht. Ich hätte da nur ein paar kurze Fragen an Sie.« Renan hatte die Lederjacke aus der JVA kommen lassen, nachdem Alfred ihr endlich die Angaben der Vermieterin des Toten mitgeteilt hatte.

Eigentlich hätte der auch schon längst da sein müssen, aber er hatte am Telefon gesagt, dass er noch auf einen Sprung nach Pulverberg müsse. »Pulverberg?«, hatte Renan gefragt. »Willst du dir ein Open-Air-Konzert auf der Burg anschauen?« Oft spielten dort abgehalfterte Bands, die Alfred in seiner Jugend gehört hatte. Aber dafür war es eigentlich am Nachmittag noch viel zu früh.

»Nein, ich muss nur kurz auf den Golfplatz!«

»Gehörst du jetzt zur High Society, oder was?«

»Nein, das ist eher dienstlich …«

»Alfred, du weißt, dass ich Geheimniskrämerei auf den Tod nicht ausstehen kann!«

»Ich erzähle dir ja alles, aber jetzt lass mich doch erst mal ...«

»Na gut«, hatte sie gestöhnt, »dann fange ich mit dem Engelbrecht mal alleine an, und du kommst nach. Aber wirklich!«

»Ja, ich bin spätestens um sechs da.«

Nun war es halb sieben, und Alfred war natürlich nicht da. Aber gut, das ging auch ohne ihn.

»Wo ist denn eigentlich mein Anwalt?«, wollte Engelbrecht wissen.

»Den haben wir schon verständigt. Er ist aber noch bei Gericht – oder so.« Renan spielte beiläufig mit einem Kugelschreiber.

»Ich sage nichts ohne meinen Anwalt!«

»Gut gemerkt«, grinste Renan und stand auf. »Na ja, dann warten wir halt so lange. Ich hätte zwar mal gerne vor 10 Uhr Feierabend. Aber wir wollen natürlich korrekt sein.«

Sie begann, in dem kleinen Verhörzimmer auf und ab zu laufen, und hoffte dabei inständig, dass Engelbrecht noch ungeduldiger sein würde als sie selbst. Fünf Minuten lang lief sie auf und ab, setzte sich immer mal wieder hin, stand wieder auf, lief auf und ab ... Schließlich öffnete sie die Tür und rief hinaus. »Kann mir vielleicht mal jemand eine Zeitung bringen?«

»Also gut«, seufzte Engelbrecht, »dann sagen Sie mir halt, was Sie wissen wollen. Ich kann die Aussage ja dann immer noch verweigern.«

»Das ist sehr vernünftig.« Renan drehte ihren Stuhl um und setzte sich rittlings darauf, um die Wirbelsäule zu entlasten. Sie öffnete die Akte und sagte im Plauderton: »Der Hellste in Ihrer Truppe scheinen Sie ja nicht zu sein, Herr Engelbrecht.«

»Was soll denn das jetzt heißen?«

»Na ja, das sind alles Studenten, zumindest pro forma. Oder sie haben zumindest das Abitur und machen nichts draus. Aber *Sie* ...«

»Ich bin vom Gymi geflogen, weil ich zwei Direktoratsverweise in einem Jahr gekriegt habe. Das hat doch nichts hiermit zu tun«, er tippte sich an die Stirn. »Dieses System hat sich halt schon in der Schule ausgewirkt. Wer da nicht mit dem Strom geschwommen ist, den haben sie gemobbt!«

»Jaja, das böse System.« Renan klappte die Akte zu und blickte kurz nachdenklich zur Decke. »Aber zu Ihrer Beruhigung: Ich halte Sie nicht für blöd. Genau deswegen will ich ja mit Ihnen reden.«

»Das freut mich ... Gibt's hier vielleicht so was wie 'nen Kaffee?«

»Mit Milch und Zucker?«

»Schwarz ... bitte.«

»Lasst doch bitte mal einen kleinen Schwarzen aus dem Automaten raus«, rief Renan, nachdem sie die Tür wieder geöffnet hatte.

»Der kostet fünfzig Cent«, schallte es zurück.

»Okay, ich zahl's ja!«

»Im Knast gibt's nur Muckefuck«, sagte Engelbrecht, als der Plastikbecher schließlich vor ihm stand.

»Das soll ja auch kein Grandhotel sein.« Renan nahm einen Schluck aus ihrer Wasserflasche.

»Also?«

»Was?«

»Ich dachte, Sie wollten mich was fragen. Oder wollten Sie mir nur klarmachen, dass Sie über meinen Schulabschluss Bescheid wissen?« Er blies ein paar Mal in den Becher und trank die Plörre zur Hälfte aus.

»Nein, bitte nicht falsch verstehen«, Renan rieb sich die Nase, »ich wollte damit eigentlich sagen, dass ich Sie nicht für so dumm halte, ein Auto anzuzünden, in dem einer von Ihren Compañeros liegt.«

»Wunderbar«, lächelte Engelbrecht, »was mache ich dann noch hier?«

»Es wäre auch ein zu großer Zufall, wenn Sie ausgerechnet diese eine Bonzenkarre erwischt hätten.«

»Ich habe überhaupt kein Auto angezündet«, stöhnte er genervt.

»Vielleicht, aber wenn Sie es getan haben, dann nicht zufällig!«

»Hä?« Er kippte den Rest des Bechers hinunter.

»Ich denke, dass Sie ein konkretes Motiv hatten, Rocco Baierlein ... nun ja, sagen wir mal *zu schaden*. Vielleicht wollten Sie ihn ja gar nicht töten. Ist ja auch irgendwie komisch, dass er aus dem Wagen nicht mehr rausgekommen ist ...«

»Was soll denn das jetzt heißen?«, rief Engelbrecht.

»Wissen Sie«, Renan stand wieder auf und massierte sich, so gut es ging, den Rücken, »wir suchen die ganze Zeit nach politischen Motiven und vergessen dabei das Naheliegendste.«

»So?«

»Ja. Wir wissen mittlerweile, dass Rocco Baierlein eine Beziehung mit Sarah hatte ...« Renan beobachtete sein Gesicht, das Zucken der Augenlider schien ihr verdächtig. »... und dass Ihnen das überhaupt nicht gefallen hat, Herr Engelbrecht.«

»Was?«, seine Stimme überschlug sich, »Sie glauben, dass ich ... wegen Sarah ...«

»Geld, Rache, Liebe, Hass«, zählte Renan auf, »das sind die häufigsten Mordmotive. Um Geld ging es bei Ihnen ja sicher nicht, aber wenn wir eine Mischung der anderen drei in Betracht ziehen, dann sind wir hier auf der richtigen Spur. Das sagt mir meine kleine innere Stimme.«

»Aber, das ... Das ist doch ... Also, wir ...« Er sah Renan in einer Mischung aus Wut und Furcht an.

»Ja?«

»Ich will jetzt meinen Anwalt. Sofort!«

»Treffer«, sagte Renan, als Alfred endlich eingetroffen war und sie sich ins Nebenzimmer verzogen hatten, weil Mager ungestört mit seinem Mandanten sprechen wollte.

»Hat er eine Beziehung zu der Frau zugegeben?«

Was auch immer Alfred auf dem Golfplatz getrieben hatte, Renan roch deutlich, dass mindestens ein Whisky im Spiel gewesen war.

»Nicht explizit. Noch nicht ...«

»Schade. Aber die alte Fäustel hat Sarah eindeutig identifiziert. Die und der Baierlein hatten was miteinander. Das steht fest.« Alfred griff sich Renans Wasserflasche und trank den Rest in einem Zug aus.

»Du kaufst mir eine neue«, sagte sie streng, »und dann will ich wissen, was es mit deinem Ausflug zum Golfplatz auf sich hat!«

»Ja, ja«, er ließ sich erschöpft auf einen Stuhl fallen, »mach ich. Heute Abend noch, wenn du willst.«

»Ich habe den Vater meines Kindes nur noch schlafend gesehen, seit er wieder da ist ...«

»Kein Problem, dann morgen früh.«

»Schau'n wir mal.« Sie setzte sich ebenfalls. »Auf jeden Fall habe ich gerade ins Schwarze getroffen. Der muss früher mit dieser Sarah zusammen gewesen sein und hatte einen Brass auf Baierlein. Das lag in der Luft, zum Greifen nah. Und da spielt es keine Rolle, ob er das jetzt zugibt oder nicht, weil wir wissen, wo wir weiter bohren müssen.«

»Tja«, Alfred fuhr sich durchs Haar, »Revolution und Liebe, das hat noch nie gut zusammengepasst.«

»Sind das jetzt die Lebensweisheiten eines Beamten kurz vor der Pensionierung?«

*

Fast hatte Karina schon gedacht, sie wäre aufgeflogen. Zwei Tage hatte Sarah nicht mehr reagiert. Karina hatte ihr eine Zeichnung gegeben. Sie hatte es mit einem Fluchtmotiv versucht. Ein Weg, der zwischen Hügeln hindurch zu einer Bergkette führte. Den Vordergrund hatte sie dunkel gemacht und die Rückansicht einer Frau in die Mitte gesetzt, die ein dünnes, weißes Kleid trug. Das sollte auf ein Nachthemd anspielen. Der Hintergrund beziehungsweise das, was hinter den Bergen lag, wurde dann deutlich heller.

Aber Sarah hatte nichts damit gemacht. Das musste am Besuch ihrer Mutter liegen. Seitdem war sie auch bildlich verstummt. Die Mutter schien nur sehr kurz da gewesen zu sein, und Karina hatte das Gefühl, dass Sarah sie nicht wirklich sehen wollte. Das Treffen schien sie nicht gerade aufgeheitert zu haben. Das war schon wirklich zum Heulen. Offenbar hatte sie keine engen Bezugspersonen, außer den Leuten von der AFKO, und da war der Mensch, der ihr wohl am nächsten stand, vor ein paar Tagen verbrannt. Wenn das so weiterging, musste Karina gar keine Depression mehr vortäuschen. Sie nahm sich vor, Kerner nach der Adresse der Mutter zu fragen, falls er nicht von selbst daran dachte, sie den Kollegen mitzuteilen. Wahrscheinlich konnte die Frau keine hilfreichen Aussagen machen, aber das war gerade nicht Karinas Problem.

Nun hatte ihre Zimmergenossin allerdings wieder etwas hinterlassen. Zwar war sie nicht auf Karinas Werk eingegangen, hatte dafür aber etwas Neues gezeichnet. Einen Scheiterhaufen mit einem Pfahl in der Mitte, an den eine Person gebunden war, die gerade verbrannte. Gesichtszüge hatte sie weggelassen und den Oberkörper mit Rauch und Flammen verhüllt. Da war es also, das Thema: Feuer. Karina blickte zum Fenster. Draußen war es schon dunkel. Der Regen hatte wieder zugenommen und trommelte gegen die Scheiben, zusammen mit dem schummrigen Licht von Karinas Nachttischlampe gab das eine fast heimelige Atmosphäre. Sarah lag auf der Seite und hatte ihr den Rücken zugedreht. Der Brustkorb hob und senkte sich gleichmäßig, aber sie schlief nicht. Wahrscheinlich beobachtete auch sie die Regentropfen.

Karina nahm sich das Bild wieder vor. War das Rocco Baierlein, der da brannte? Wer hatte dann den Scheiterhaufen entzündet? Das war die entscheidende Frage. Aber es war auch verwunderlich, dass der Haufen nicht aus Holz, sondern aus Geldscheinen bestand. Was wollte Sarah damit sagen? Karina nahm das Schiff mit dem an den Mast gebundenen Odysseus vom Nachttisch. Diese Kunsttherapie war wirklich gut. Es gefiel ihr, mit Ton herumzukneten und sich dann überraschen zu lassen, was herauskam … Sie musste mit Kerner reden oder sonst jemandem, der Sarahs Bilder deuten konnte.

*

Renan hatte das Problem mit Markus gelöst und ihn kurzerhand auch ins *Rassel* bestellt. Da saßen sie nun mit Alfred an ihrem Stammtisch im Eck, wobei Renan nicht saß, sondern sich auf das Biedermeiersofa gelegt hatte. Sie hatte sich ihrer Turnschuhe entledigt und ließ sich von Markus die Füße massieren. Dazu gab es einen Pfefferminztee, während Alfred und Markus sich ein Bier gönnten.

Alfred freute sich aufrichtig, dass es sowohl mit den beiden als auch mit dem Nachwuchs schließlich doch noch geklappt hatte. So selbstbewusst und autonom sich Renan auch immer gab, so war sie im Grunde ihres Herzens doch ein Familienmensch. Der Grund, dass es bei ihr so lange gedauert hatte, lag Alfreds Ansicht nach in ihrem Elternhaus. Ihre Mutter und ihr Stiefvater führten eine sehr enge Beziehung. Sie arbeiteten seit Jahrzehnten zusammen in Erwins Raumausstatterbetrieb, und auch Renan und ihre Halbschwester waren von Kindesbeinen an eingespannt worden – auch wenn Renan immer behauptete, dass die jüngere Mirjam nicht halb so viel hatte helfen müssen wie sie selbst.

Jedenfalls hatte diese Geschichte dazu geführt, dass Renan erst mal von engen Familienbanden nichts wissen wollte, als sie endlich auf eigenen Füßen stand. Und als sich diese Einstellung so langsam geändert hatte … na ja, sie war nun mal nicht der einfachste Typ und dazu auch noch wählerisch. Alfred hätte früher darauf getippt, dass es sie zu jemand *Bodenständigerem* hinziehen würde, einem Handwerker vielleicht oder einem Ingenieur. Aber nun war es eben ein Gewerkschaftssekretär geworden – glücklicherweise nicht von der Polizeigewerkschaft.

»Irre«, sagte Renan schließlich, als Alfred den Grund seines Ausflugs zum Golfplatz gebeichtet hatte, »der Göttler und ein uneheliches Kind ...«

»Tja«, Alfred nahm einen großen Schluck Bier, »ich hab das ja damals so verstanden, dass er ihr gewissermaßen eine Abfindung gezahlt hat unter der Bedingung, dass sie das Kind abtreibt. Vielleicht war das auch so gedacht, und sie hat sich nicht dran gehalten, gut möglich ...«

»Ich verstehe nur nicht ganz, warum das jetzt für euren Fall so relevant sein soll«, meldete sich Markus.

»Na ja«, Alfred rieb sich das Kinn, »wir blicken da noch lange nicht ganz durch. Aber dass diese Sarah in der Geschichte eine größere Rolle spielt, ist klar. Solange wir ermitteln, dringt da – wie du weißt – nichts nach außen ... Also jedenfalls sollte es nicht, aber wenn wir erst mal fertig sind und die ganze Geschichte vor Gericht landet ...«

»Dann?« Markus griff ebenfalls zur Bierflasche.

»Gerichtsverhandlungen sind öffentlich«, schnauzte Renan ungeduldig und deutete auf ihre Füße, von denen Markus kurz abgelassen hatte, »deswegen gibt es ja auch Gerichtsreporter.«

»Und dieser Fall wird Aufsehen erregen«, Alfred klopfte dem werdenden Vater aufmunternd auf die Schulter, »schon alleine wegen der Aufregung in Konradshof. Und wenn Sarah eine größere Rolle in der Geschichte spielt, dann wird entweder die Staatsanwaltschaft oder die Verteidigung ihre persönliche Geschichte thematisieren ...«

»Aber wenn ich gerade richtig gefolgt bin, dann scheint doch einiges auf diesen Charlie als Täter hinzuweisen. Dann kann Sarah bestenfalls eine Zeugin sein, oder?«

»Ja, aber eine sehr wichtige.« Alfred fingerte den Tabak aus der Innentasche der Uniformjacke, die er immer noch trug. »Und je nachdem, was sie dazu sagt – vorausgesetzt, sie fängt jemals wieder zu reden an –, wird die eine oder andere Seite versuchen, ihre Glaubwürdigkeit infrage zu stellen ...«

»Und wie macht man das am besten?«, fragte Renan, während sie heftig in ihren Pfefferminztee blies.

»Indem man ihre Lebensgeschichte ans Licht zerrt.« Markus kratzte sich an seinem Fünftagebart. Man merkte deutlich, dass ihm der Gedanke nicht gefiel.

»Bingo«, Renan stellte die Tasse wieder auf den Tisch, »und dann steht am nächsten Tag in der Zeitung: *Tochter des Kripochefs in Konradshofer Mordfall verwickelt.*«

»Dass sie das Resultat einer außerehelichen Beziehung war, ist heute kein Problem mehr«, erläuterte Alfred. »Aber sie war ja wohl in linksautonomen Kreisen unterwegs, ist keiner sinnvollen Beschäftigung nachgegangen und scheint diverse psychische Probleme zu haben. So was sollte besser nicht öffentlich werden, bei einem hochrangigen Beamten.«

»Und dann wäre Göttler erledigt?« Markus massierte eifrig weiter.

»Aber hallo«, sagte Renan.

»Und wo wäre dann das Problem? Wenn ich das die letzten Jahre richtig verfolgt habe, hasst ihr ihn doch alle abgrundtief.«

»Das Problem ist«, Alfred drehte fleißig Zigaretten, »dass er dann ganz sicher keine politische Karriere mehr machen wird und bis zur Pensionierung unser Chef bleibt.«

»Oh«, sagte Markus.

»Ja, oh«, seufzte Renan.

VI. Denn die Zeit ist reif

»Das war ja ein Wochenanfang nach Maß.« Alfred fragte sich, wo man hier um 7 Uhr früh den nächsten Coffee to go kriegen könnte.

»War reiner Zufall«, Sophie gähnte, »ich war gerade auf dem Rückweg von Stuttgart und habe gedacht, ich fahre hier über die Taustraße, weil auf dem Ring schon wieder Stau war. Und da sehe ich den Rettungswagen.«

»Und«, Alfred schlug den Kragen seines Jacketts hoch, »haben Sie rauskriegen können, was der guten Frau Fäustel fehlt?«

»Der Notarzt wollte mir nichts sagen«, Sophie rieb sich die Hände, »ist ja auch kein Wunder. Hab' ja weder eine Uniform an noch meinen Dienstausweis dabei.« Tatsächlich sah Sophie in Jeans und einer abgewetzten Filzjacke nicht gerade nach Polizei aus. Dabei stand ihr das Räuberzivil in Verbindung mit dem fehlenden Make-up und wirren Haar nicht schlecht, wie Alfred feststellte.

»Tja«, er klatschte in die Hände, »dann brauchen wir uns hier aber auch nicht mehr die Beine in den Bauch zu stehen, oder? Fahren wir ins Klinikum, die werden uns schon sagen, was los ist.«

»Ich dachte, das könnte vielleicht schneller gehen.«

»Wie denn?«

»Da.« Sophie deutete auf die nächste Straßenecke, wo gerade ein Kleinwagen des ambulanten Pflegedienstes *Sozius* auftauchte.

»Herrjemine«, seufzte Schwester Manuela und ließ sich auf einen Küchenstuhl fallen.

»Was glauben Sie, was mit Frau Fäustel los ist?«, fragte Alfred. Sie hatten die Pflegekraft genötigt, die Haustür aufzusperren und sie ins Haus zu lassen, nachdem die Sanitäter alles wieder korrekt verschlossen hatten. Seltsamerweise war im Inneren nichts auffällig. Alles stand an seinem Platz, wie beim letzten Mal.

»Wer hat denn eigentlich den Notarzt gerufen?«, fragte Sophie dazwischen.

»Das war sie wahrscheinlich selbst.« Schwester Manuela holte eine Wasserflasche aus ihrer Tasche und nahm einen großen Schluck.

»Dann muss sie ja noch bis zum Telefon gekommen sein ...«

»Nein, sie hat einen Notrufsender.« Die Pflegekraft stand auf, ging in Richtung Schlafzimmer und kam mit einem Gegenstand zurück, der an eine Armbanduhr erinnerte. »Den sollte sie eigentlich immer am Handgelenk tragen. Aber meistens liegt das Ding auf ihrem Nachttisch.«

»Und damit löst sie einen Notruf aus«, stellte Sophie fest.

»Genau.«

»Der dann bei Ihnen eingeht?«, fragte Alfred.

»Nein, bei einer Zentrale von den Johannitern. Die versuchen dann über dieses Gerät hier Kontakt zu ihr aufzunehmen«, Manuela zeigte auf eine flache, weiße Kiste neben dem Telefon im Flur, »und wenn sie nicht antwortet beziehungsweise keine Entwarnung gibt, dann schicken die einen Rettungswagen.«

»Gut, also wissen Sie auch nicht, was los war«, stellte Alfred fest.

»Na ja«, Manuela ging wieder in die Küche und nahm die Pflegeakte zur Hand, »ihr Herz ist halt eine Zeitbombe. Sie hatte schon drei Infarkte und insgesamt fünf Bypässe ... In den letzten Tagen war auch der Blutdruck wieder ziemlich hoch«, sie blätterte, »da würde ich vermuten, dass es wieder mal das Herz war. Ein Schlaganfall ist natürlich genauso möglich.«

»Komisch«, Sophie biss sich auf die Lippen, »die macht so einen rüstigen Eindruck.«

»Das täuscht«, Manuela legte die Akte wieder weg, »sie hat so kurze Hochphasen, wenn mal neue Leute kommen, wie Sie. Aber realistisch betrachtet, glaube ich nicht, dass sie noch länger als ein Jahr lebt. Hat arg abgebaut in letzter Zeit. Und jetzt noch die Aufregung mit ihrem Mieter ...«

»Ja, der äußere Schein trügt nur allzu oft«, seufzte Alfred, während sein Handy zu bimmeln begann.

»Was?«, rief er, »Leichenfund? Baustelle in Konradshof? Wo?«

*

Das Haus war noch nicht viel mehr als ein Gerippe. Ein Gerippe mit Fenstern, zumindest in den unteren drei Stockwerken. Das Schild, das die *Wohntraum AG* davor in die Erde gerammt hatte, war in etwa so groß wie eine normale Zweizimmerwohnung und verkündete die Entstehung des *Kaulmann-Kastells – Feudales Wohnen mitten in der City. Wohnträume, die keine Wünsche mehr offenlassen!* Es war auf der Fläche einer ehemaligen Kleingartenkolonie zwischen der Kaulmannstraße und dem alten Rangierbahnhof entstanden. Gerade sah es noch aus wie ein zweihundert Meter langer und fünf Stockwerke hoher Betonklotz. Aber wenn man der Darstellung auf dem Schild Glauben schenken durfte, würde es am Ende eher wie ein Schloss aussehen. Streng gegliedert, weiß, mit dunkelrotem Rahmen um die mannshohen Fenster. An den vier Ecken waren Türmchen angedeutet.

Es sei das absolute Vorzeigeobjekt der *AG*, das hatte Herr Hohlweg Renan nervös versichert, bevor er aufgeregt zu telefonieren begonnen und bisher nicht mehr damit aufgehört hatte. Er trug einen feinen Anzug mit Krawatte, darüber einen kurzen Trenchcoat. Nur der weiße Helm und die gelben Gummistiefel wollten nicht so ganz zum Outfit passen.

»Nein«, schrie er in sein Taschentelefon, »nein, kein anderer Verkäufer ... Absagen, alles absagen! Zumindest für heute und morgen ... Das ist jetzt scheißegal, ob die dann erst wieder ... Ja, was glaubst du, wie das ankommt, wenn hier Horden von Bullen rumrennen?? Ja ... Ja, dann sag halt, äh ... sag, dass der Beton noch nicht ganz ausgehärtet ist und wir aus Sicherheitsgründen noch keine Begehungen machen können oder so ... Ja, witterungsbedingt, genau!«

»Herr Hohlweg«, versuchte Renan nochmals eine Kontaktaufnahme, nachdem er das Gespräch beendet hatte.

»Ja, was ist denn noch?« Er hob das Telefon bereits wieder an und fummelte darauf herum.

»Herr Hohlweg«, Renan griff beherzt zu und nahm dem obersten Chef der *Wohntraum AG* das Mobiltelefon aus der Hand, »diese ganzen Arbeiter da müssen weg.«

»Was? Was glauben Sie denn eigentlich, wer Sie sind?« Er schien sein Telefon kurzzeitig vergessen zu haben und ließ den Blick über die Baustelle schweifen. Es waren ungefähr drei Dutzend Bauarbeiter da gewesen, als die Leiche entdeckt worden war. Die Kollegen vom Streifendienst hatten sie alle aus dem Rohbau herausgetrieben, und nun standen sie um zwei Baucontainer herum und rauchten oder tranken Kaffee.

»Wir können hier niemanden mehr brauchen, der uns die Spuren zertrampelt ... falls es überhaupt noch welche gibt!« Renan blickte nach oben. Der Tote schien aus einem der oberen beiden Stockwerke gekommen zu sein, in die noch keine Fenster eingesetzt waren. Pit und seine Jungs von der Spurensicherung waren gerade dabei, die infrage kommenden Bereiche durchzukämmen. Renan traute ihnen nie so ganz über den Weg und hätte die Arbeit jetzt gerne überwacht. Aber da sie gerade die einzige Angehörige der Mordkommission vor Ort war, musste sie sich erst mal um den Chef kümmern, der sich in Ermangelung seines Mobiltelefons nun an einen Herrn mit weißem Helm gewandt hatte, offenbar den Bauleiter.

»Schick die Männer am besten gleich auf eine andere Baustelle, die sollen da so lange mitmachen, bis wir hier wieder Ruhe haben.«

»Und wohin?«, fragte der weiße Helm. »Richter-Platz?«

»Nein, nein, das erregt nur zu viel Aufsehen ... Nordstadt. Zum Theresien-Karree. Da sind wir sowieso hintendran.«

»Ist gut, Chef. Aber bis die alle da sind ...« Er zückte nun auch ein Mobiltelefon und verschwand in Richtung eines Baucontainers.

»Kann ich jetzt bitte mein Handy wiederhaben?«, wandte Hohlweg sich wieder an Renan.

»Erst müssen Sie mir noch ein paar Fragen beantworten, Herr Hohlweg.«

»Na gut«, seufzte er, »also, der Tote ist ...«

»Und jetzt also dieser Stefan Meßthaler«, Alfred blickte fragend in die Tiefe, »was hat denn das nun zu bedeuten?«

»Das ist die Million-Euro-Frage«, sagte Renan. Sie war schon mal auf die Terrasse vorgestiegen, bevor irgendein wohlmeinender Kollege auf die Idee kommen würde, ihr das wegen der Schwangerschaft madig zu machen. »Todeszeitpunkt ist jedenfalls zwischen Mitternacht und 3 Uhr früh. Wenn wir wüssten, was er um diese Zeit auf der Baustelle getrieben hat, wären wir der Antwort wahrscheinlich ein großes Stück näher.«

»Was hat denn der Boss gesagt?«, fragte Sophie, die sich ebenfalls vorsichtig der Kante der zukünftigen Penthausterrasse genähert hatte und offenbar die Fallhöhe abschätzte.

»Absolute Katastrophe. Meßthaler war sein bester Verkäufer. Für heute Nachmittag war ein erster Schautag mit Kaufinteressenten geplant«, berichtete Renan im Telegrammstil. »Selbstmord kann er sich beim besten Willen nicht vorstellen, und nein, Meßthaler pflegte nicht im Rohbau zu übernachten. Er bewohnt selbst ein Penthaus der *Wohntraum AG*, in Hammerbühl ...«

»Keine ganz so noble Gegend«, meinte Alfred.

»Ändert sich auch gerade.« Renan ging zu einer Palette mit Zementsäcken und musterte die oberste Lage mit zusammengekniffenen Augen.

»Familienstand?« Alfred nahm an, dass die Spurensicherung ihre Arbeit beendet hatte, und zündete sich eine Zigarette an.

»Ledig.« Renan begann, an den Säcken zu schnüffeln. »Hohlweg meinte, er hätte vor Kurzem mit seiner Freundin Schluss gemacht – oder andersrum ...«

»Wäre vielleicht nicht ganz unwichtig, das genau zu wissen.« Sophie blickte kritisch in den grauen Himmel.

»Bringt sich so einer aus Liebeskummer um?«, fragte Alfred.

»Da wird uns die Freundin schon was dazu sagen können.«

Sophie bewegte sich nun auch auf die Palette zu und sah Renan über die Schulter.

»Kann ich mir nicht vorstellen.« Renan ging stöhnend in die Knie und versuchte, den Boden unter den Säcken in Augenschein zu nehmen.

»Kann ich dir irgendwie helfen?«, fragte Sophie, die von irgendwo eine Taschenlampe hergezaubert hatte.

»Ja«, Renan erhob sich ächzend, »schau doch mal da drunter ...«

»Und was soll da sein?«

»Irgendwas, das da nicht hingehört!«

»So.« Pit von der Spurensicherung hatte sich die fünf Stockwerke hinaufgearbeitet. Er trug noch seinen weißen Overall und hielt ein Klemmbrett unter dem Arm. »Wir wären jetzt hier fertig. Habt ihr noch was?«

»Seid ihr sicher, dass er aus diesem Stock gekommen ist?«, fragte Alfred.

»Ja, ziemlich«, Pit blickte sehnsüchtig auf Alfreds Glimmstängel, »da liegt so eine dünne Schicht aus Staub, Sand und sonstigem Zeug. In der haben wir schwache Schuhabdrücke gefunden, die mit seinen übereinstimmen. Außerdem noch eine Zigarettenkippe, würde mich nicht wundern, wenn seine DNA dran wäre.«

»Und das Stockwerk drunter?«, fragte Alfred.

»Fehlanzeige.«

»Und das da«, meldete sich Renan streng, »habt ihr euch diese Palette da mal näher angeschaut?«

»Ja«, Pit zuckte mit den Achseln, während Alfred ihm eine Kippe anbot, »da war aber nichts.«

»Und was ist dann das da?« Sie deutete auf den Sack ganz vorne rechts.

»Was soll das sein?« Pit griff dankbar zu und ließ sich von Alfred Feuer geben.

»Da sind Flecken drauf. Drei, um genau zu sein!«

»Ja klar«, Pit blies den Rauch durch die Nase, »da spritzt ziemlich viel rum auf so einer Baustelle ...«

»Und was davon riecht süß-sauer?«

»Süß-sauer?« Pit zog ungläubig die Stirn in Falten.

»Du schneidest das jetzt raus, nimmst die Fetzen mit und lässt sie analysieren«, befahl Renan.

»Komm, mach«, Alfred klopfte Pit auf die Schulter, »wäre ja nicht das erste Mal, dass Renan was entdeckt, das alle anderen übersehen haben.«

»Na schön«, seufzte er, »sind schwangere Frauen eigentlich immer so ...«

»Aufmerksam?« Sophie war wieder auf die Füße gekommen. »Werdende Mütter haben extrem geschärfte Sinne, eine Hinterlassenschaft unserer Urahnen.«

»Echt jetzt?«

»Mhm. Und das hier kannst du auch noch mitnehmen.« Sie hielt irgendetwas Winziges hoch, das sie offenbar unter der Palette gefunden hatte.

»Was soll das sein?«, fragte Alfred.

»Sieht aus wie ein Stück Alufolie.«

»War er alleine hier oben?«, fragte Sophie, als Pit schon wieder auf dem Weg in Richtung Treppenhaus war.

»Höchstwahrscheinlich nicht!«

»Woher wissen wir das?«

»Da waren noch andere Fußspuren!«

*

Diesmal musste Alfred nicht in die Psychiatrie, sondern in die Geriatrie des Klinikums, immerhin mal eine Abwechslung, wenn auch nicht die angenehmste. Die Konfrontation mit psychischen Störungen machte ihm weit weniger zu schaffen als die mit dem Verfall. Immer wieder dankte er seinem Herrgott, dass sein Vater kurz nach einer Alzheimer-Diagnose an einem Herzinfarkt gestorben war. Da hatte sich das jahrelange Kettenrauchen dann doch irgendwie ausgezahlt und Alfred darin bestärkt, dieses Laster ebenfalls weiter zu pflegen. Seine Mutter wäre damals schon nicht mehr in der Lage gewesen, so eine Pflegeleistung alleine zu erbringen, und früher oder später hätten sie den alten Herrn in ein Heim geben müssen. Irgendwie war Alfreds Generation noch nicht mit so einer Vielzahl an Alten aufgewachsen. Früher waren die gestorben, bevor sie richtig aufhörten, sie selbst zu sein, und außerdem waren die Senioren noch besser in die Gesellschaft integriert gewesen. Er konnte noch reihenweise Wirte, Marktfrauen, Handwerker, Kindergärtnerinnen aufzählen, die das Rentenalter schon längst überschritten hatten und immer noch in Amt und Würden gewesen waren. Wahrscheinlich einer der Gründe, warum sie überhaupt noch gelebt hatten.

Die alte Frau Fäustel hatte einen leichten Schlaganfall erlitten. Ihr Gedächtnis schien nicht arg in Mitleidenschaft gezogen worden zu sein, aber die linke Gesichtshälfte wirkte wie gelähmt, das Auge hing merkwürdig herunter, und das Sprechen fiel ihr schwer. Nach Auskunft der Ärztin war auch noch die Bewegungsfähigkeit des linken Armes stark eingeschränkt, und nach dem Stand der Dinge konnten sie Frau Fäustel wohl nicht mehr nach Hause lassen. Dennoch hatte sie unverschämtes Glück gehabt.

»Sie sind ein zäher Knochen«, sagte Alfred, als die Ärztin das Zimmer wieder verlassen hatte.

»Unkraut vergeht eben nur langsam«, lallte Frau Fäustel und versuchte ein Lächeln. Das Bett neben ihr war leer, die Besitzerin offenbar gerade irgendwo unterwegs. Im dritten Bett am Fenster lag eine weitere hoch betagte Patientin, die teilnahmslos schien, aber etwa alle zwei Minuten laut Nein schrie. Es roch alles andere als angenehm.

»Das wollen wir hoffen, Frau Fäustel.« Alfred bemühte sich um einen aufmunternden Tonfall und hätte sich am liebsten auf der Stelle eine Kippe und einen Flachmann gewünscht. »Ich bin eigentlich nur vorbeigekommen, um Sie zu fragen, ob Sie sicher sind, dass niemand Sie überfallen hat.«

»Was? Überfallen? Mich?«

»Ja, wir glauben, dass die Freunde vom Herrn Baierlein irgendwas in Ihrem Haus suchen, das er vielleicht dort hinterlassen hat. Und da wäre es im Prinzip ja möglich, dass einer eingestiegen ist und …«

»Nein«, sie blickte ins Leere, »nein, da war niemand. Ich bin aus dem Bett raus und wollte aufs Klo … und dann weiß ich nix mehr …«

»Gut, dann brauchen wir uns deswegen ja keine Sorgen zu machen«, Alfred überwand sich und drückte der Alten die Hand, »aber hätten Sie etwas dagegen, wenn wir uns in den nächsten Tagen noch einmal in Ihrer Wohnung umschauen? Vielleicht finden wir ja doch etwas, das der Herr Baierlein bei Ihnen versteckt hat und das uns weiterhilft, seinen Tod aufzuklären.«

»Sie dürfen das natürlich, Herr Kommissar«, sie versuchte, ihm in die Augen zu schauen, »und Ihre Frau auch …«

»Meine Frau? Äh …«

168

»Die nette Blonde in der Uniform.«

»Ach so, die Frau Sebald«, Alfred biss sich auf die Lippe, »das ist aber nur eine Kollegin ...«

Auf dem Gang, direkt vor Frau Fäustels Zimmertür, traf Alfred unvermittelt auf ein anderes bekanntes Gesicht.

»Herr Mager«, Alfred baute sich vor dem Eingang auf und versperrte dem Mann den Weg, »das ist aber eine Überraschung!«

»Herr Albach.« Mager schien überrumpelt.

»Was führt Sie denn hierher, wenn ich fragen darf?«

»Ich wollte kurz nach Frau Fäustel sehen.«

»Frau Fäustel?« Alfred zog den Advokaten von der Tür weg in den Gang hinein. »Braucht die etwa einen Strafverteidiger?«

»Wenn ich jetzt weiterrede, wäre schon meine Schweigepflicht tangiert.« Er verschränkte die Arme vor der Brust und sah Alfred gleichzeitig bittend und herausfordernd an.

»Tatsächlich?«

»Ja. Eigentlich ist es sogar ein glücklicher Umstand, dass wir uns hier treffen«, Mager trat von einem Fuß auf den anderen, »weil, also ... eigentlich hat das überhaupt nichts mit dem Fall von Herrn Engelbrecht zu tun, aber auf der anderen Seite ... Ich bin da in einem ethischen Dilemma, verstehen Sie?«

»Nein«, Alfred legte dem Anwalt die Hand auf die Schulter und schob ihn sanft in Richtung Ausgang, »aber wenn es länger dauert, dann lassen Sie uns doch bitte vor die Tür gehen. Ich muss dringend eine rauchen.«

»Es kann nicht länger dauern, weil ich meine Schweigepflicht nicht verletzen darf.« Mager ging zögernd neben Alfred her.

»Wenn Sie sie kurz und bündig verletzen wollen, dann können Sie das jetzt auch gerne gleich tun«, scherzte Alfred, »wenn es länger dauert, bitte ...«

»Also, Frau Fäustel ist ... nein ...«

»Auch Ihre Klientin?«

»Das habe ich auf keinen Fall gesagt«, Mager blieb kurz stehen und machte abwehrende Handbewegungen, »aber ... äh so: Ich habe vor ein paar Jahren von einem Kollegen, der in den Ruhestand gegangen ist, einige Fälle übernommen. Also nichts Großartiges. Ein paar Betreuungen und andere Kleinigkeiten, wie Nachlassgeschichten und Testamente ...«

»Und Frau Fäustel hat sicher auch ein Testament gemacht.« Alfred blickte den Juristen streng an.

»Das ist mehr als wahrscheinlich, oder nicht?«

»Und Sie meinen, dass könnte für den Fall Baierlein beziehungsweise Engelbrecht irgendwie von Bedeutung sein?«

»Das haben jetzt aber Sie gesagt«, rief Mager panisch und lief eilig zurück in den Gang.

»Da steckt doch was dahinter«, murmelte Alfred.

*

In einem anderen Gebäude des Klinikums saßen Renan und Karina im Büro von Dr. Kerner. Renan hatte es nach mehreren Tagen endlich geschafft, einen psychologischen Sachverständigen aufzutreiben. Das war wichtig, weil Kerner eigentlich die Ermittlungen der Kripo nicht unterstützen durfte. Das Ganze ging überhaupt nur, weil Sarah den Ärzten gegenüber nichts sagte und Kerner so schlecht gegen seine Schweigepflicht verstoßen konnte. Die einzigen

Informationen, die sie hatten, waren die Zeichnungen, welche die beiden jungen Frauen ausgetauscht hatten.

Karina fragte sich, wo Renan den Burschen aufgetrieben hatte. Der emeritierte Professor Kurt Meiners war schon im vorgerückten Alter und der Sprache nach Rheinländer. Er trug ein braun-rot-kariertes Sakko, das ihm mindestens eine Nummer zu groß war, und eine Baseballkappe, auf der *Seelenklempner* stand, es schien dieselbe Produktlinie gewesen zu sein, aus der auch Kerners Kaffeetasse stammte. Dazu eine Art Nickelbrille und einen grauen Kinnbart. Um zu verhindern, dass Sarah Palmer etwas von diesem Treffen mitbekam, fand die Zusammenkunft auf einer anderen Station in einem Besprechungszimmer statt.

»Da haben Sie wirklich gute Arbeit geleistet«, sagte Meiners, nachdem er die Zeichnungen begutachtet und wieder auf den Tisch gelegt hatte.

»Danke.« Karina kam nicht umhin, sich etwas geschmeichelt zu fühlen.

»Würden Sie mir zustimmen, Herr Kollege«, wandte sich Meiners an Kerner, »dass wir es hier mit einer Form von Mutismus als Symptom von posttraumatischem Stress zu tun haben?«

»Wenn Sie bedenken, dass die Patientin ja auch suizidal ist, könnte schon eine dissoziative Störung vorliegen.« Kerner musterte die Bilder auf dem Tisch nochmals kurz. »Dass wir es mit einer akuten Episode zu tun haben, die auf ein kürzlich erlebtes Trauma zurückgeht, ist evident. Dennoch würde ich mit einer abschließenden Diagnose vorsichtig sein, solange der Mutismus anhält und die Patientin nicht mit uns kommuniziert ...«

»Man kann nicht nicht kommunizieren«, Meiners hob den Zeigefinger, »Watzlawick.«

»Soll ich jetzt mit einem Zitat von Götz von Berlichingen dagegenhalten?« Kerner war offensichtlich genervt von dem gut gelaunten Kollegen.

»Meine Herren«, schaltete sich nun Renan in einem etwas ungeduldigen Ton ein, »Sie können sich gerne nachher noch Fachbegriffe und Zitate um die Ohren hauen, uns würde vor allem interessieren, wie wir diese Zeichnungen interpretieren können und ob es Chancen gibt, dass Frau Palmer in nächster Zeit wieder zu sprechen beginnt. Wir sind nämlich sicher, dass sie maßgeblich zur Aufklärung eines Todesfalls beitragen könnte.«

»Wollen Sie?«, fragte Kerner, an Meiners gewandt.

»Sie sind der behandelnde Arzt.« Meiners machte eine großmütige Geste.

»Was die zweite Frage betrifft, so würde ich sagen, machen Sie sich keine großen Hoffnungen. Die Erfahrung sagt mir, dass der Mutismus noch ziemlich lange anhalten wird. Dass die Patientin trotzdem Zeichnungen mit Ihrer Kollegin austauscht, zeigt für mich, dass sie es entweder nicht schafft oder nicht willens ist, die traumatische Erfahrung völlig zu verdrängen ...«

»Was wiederum eine gesunde Einstellung ist«, sagte Meiners, »eine völlige Verdrängung hätte schwerwiegende Folgen ...«

»Die Deutung dieser Bilder«, Kerner zeigte auf den Tisch, »ist nun wieder nicht mein Fachgebiet. Ich kann Ihnen da kaum seriöse Folgerungen anbieten ... Dass sie jetzt auch das Feuer thematisiert, weist aber wohl darauf hin, dass die Traumatisierung offenbar durch den Brand ausgelöst wurde, der ihren Freund das Leben gekostet hat. Aber da wären Sie höchstwahrscheinlich auch ohne mich draufgekommen.«

»Legen wir die Bilder mal in der Reihenfolge hin, in der sie entstanden sind«, Meiners stand auf, »das mit dem Scheiterhaufen war ja wohl das letzte, nicht wahr?«

»Genau.« Karina nahm die anderen Blätter. »Das erste war der Blick aus dem vergitterten Fenster, dann die Badewanne mit dem Wasser, das stark an Blut erinnert, dann dieser Arzt mit der Geige, und zuletzt das Feuer ...«

»Hm.« Meiners rieb sich das Kinn, trat einen Schritt zurück und dann wieder vor. »So in ganz groben Zügen könnte es sich hier doch um das normale Gesprächsschema von zwei Personen handeln, die zufällig im selben Krankenzimmer gelandet sind.«

»Jetzt bin ich aber mal gespannt.« Kerner nahm seine Brille ab und lehnte sich zurück.

»Na ja«, Meiners begann, in dem Raum auf und ab zu laufen, »worüber unterhalten Sie sich mit Ihrem Zimmergenossen im Krankenhaus? Zuerst eher allgemein: Wie ist es denn hier drin? Was halten Sie von diesem und jenem Arzt oder dieser und jener Krankenschwester? ...«

»Was halten Sie vom Essen?«, warf Renan ein.

»Unbedingt«, lächelte Meiners, »aber ich vermute mal, dass Frau Palmer nicht besonders viel zu sich nimmt, nicht wahr?«

»Hellseher«, knurrte Kerner.

»Dann wird's konkreter«, fuhr Meiners unbeeindruckt fort, »warum sind Sie hier? Das würde man in der Chirurgie nicht fragen müssen, weil man es meistens sieht. Hier ist man da vielleicht zurückhaltender. Und beim Zeichnen hat man den Vorteil, Dinge nicht aussprechen zu müssen. Wie genau hat sie denn versucht, sich zu suizidieren?«

»Pulsadern aufgeschnitten«, sagte Kerner.

»Na, sehen Sie. Und ich wette, dass sie sich dazu in die

Badewanne gelegt hat. Das hat sie nach einigen Tagen schwarz auf weiß unserer Kollegin mitgeteilt.«

»Moment«, Renan nahm das Bild mit der Badewanne, »ich erzähle einer Wildfremden doch nicht einfach, dass ich vor ein paar Tagen versucht habe, mich in meiner Badewanne umzubringen!«

»Sie würden es nicht jedem erzählen.« Meiners hatte aufgehört herumzulaufen und war am Fenster stehen geblieben. »Aber wir haben wohl das Glück, dass die Patientin so etwas wie Sympathie für unsere Kollegin hier empfindet. Und einer Person, die Ihnen sympathisch ist, erzählen Sie mehr als einer anderen.«

»Und es fällt leichter, etwas in einem Bild auszudrücken, als es zu sagen«, meinte Karina, »das kennt man doch von Kindern. Die sprechen nicht über Misshandlungen, aber sie zeichnen schwarze Männer ...« Sie spürte, wie es ihr kalt den Rücken hinunterlief.

»Genau so ist es.« Meiners kam wieder zum Tisch. »Und dann sind Sie auch bereit, noch mehr preiszugeben. Das letzte Bild geht auf die Hintergründe des Suizidversuchs ein. Ganz offensichtlich hat sie sich ja wegen dieses Todesfalls umzubringen versucht ...«

»Das ist nur eine Hypothese«, schaltete sich Kerner ein.

»Aber es ist die beste, die wir haben, nicht wahr?«

»Zugegeben.«

»Und wenn ich Sie richtig verstanden habe, Frau Müller, dann hatten das Opfer und Frau Palmer eine Beziehung?«

»Davon ist auszugehen. Seine Vermieterin hat ausgesagt, dass sie oft bei ihm zu Hause war ... Gibt's hier vielleicht irgendwo ein Glas Wasser?«

»Moment«, seufzte Kerner, erhob sich und verließ den Raum.

»Also …« Meiners setzte sich nun wieder. »Ich glaube, wir haben hier die Essenz einer Kommunikation zwischen zwei Bettnachbarinnen, die einen Draht zueinander haben. Einerseits stark verkürzt und andererseits doch wesentlich tiefgehender, als wenn sie verbal geführt worden wäre. Nur gut, dass Frau Welker so eine begnadete Zeichnerin ist.«

»Na ja, *begnadet* würde ich nicht gerade sagen.« Karina fühlte sich abermals geschmeichelt.

»Doch, doch«, nickte Meiners, »Sie haben das hervorragend gemacht. Beförderungswürdig, wenn Sie mich fragen!«

»Bei der Polizei wird man nicht unbedingt deswegen befördert, weil man gute Arbeit leistet«, konterte Renan.

»So, bitte schön.« Kerner hatte den Raum wieder betreten. Er stellte einen Krug mit Wasser und vier Plastikbecher auf den Tisch.

»Ich finde ja auch, dass Karina das super gemacht hat«, fuhr Renan fort, »aber leider bringen uns diese Informationen noch keinen Schritt weiter. Wir bräuchten Hinweise darauf, wer dieses Feuer gelegt hat.«

»Wenn sie das überhaupt weiß. Je nach psychischer Ausstattung kann es vollkommen ausreichen, so etwas mitzuerleben, um ein Trauma zu entwickeln. Das wäre zwar in dieser Intensität eine heftige Reaktion, aber keineswegs ausgeschlossen. Zumal wir ja Hinweise darauf haben, dass sie schon vorher selbstverletzendes Verhalten gezeigt hat.«

»Dann wären diese ganzen Kopfstände hier umsonst«, sagte Renan, die bereits die halbe Wasserkanne geleert hatte.

»Das kriegen wir nur heraus, wenn Sie weiter miteinander … äh, zeichnen«, wandte Meiners sich an Karina. »Ich könnte mir gut vorstellen, dass sie in einem der nächsten

Bilder noch weitergeht. Was wäre denn der wahrscheinlichste Hintergrund, wenn wir davon ausgehen, dass sie nicht nur wegen des Todesfalls alleine traumatisiert ist?«

»Nun ja.« Renan stand auf und rieb sich den Rücken. »Wir gehen eigentlich davon aus, dass es ein anderes Mitglied dieser Gruppe war, das den Wagen angezündet hat. Für uns ist nur noch offen, ob es ein Unfall war oder er mit Vorsatz genau dieses Auto genommen hat, was höchstwahrscheinlich auf Mord hinauslaufen würde.«

»Und wenn sie das gesehen oder anderweitig mitbekommen hätte, wenn sie vielleicht sogar versucht hätte, alles noch zu verhindern, dann hätten wir hier eine ganz andere Qualität von Trauma, meinen Sie nicht, Herr Kollege?«

»Es ist eine Hypothese.« Kerner hob die Arme.

»Diese Geldscheine anstelle von Holz sind schon ein klarer Hinweis«, Meiners nahm das neueste Bild hoch, »warum verbrennt hier Geld?«

»Es geht bei den ganzen Sanierungen in Konradshof immer um Geld«, Renan zuckte mit den Schultern, »die einen verlangen zu viel, die anderen haben zu wenig.«

»Möglich, dass das schon reicht«, Meiners legte das Bild wieder hin, »ich bin mir aber sicher, dass unsere junge Kollegin hier noch weitere Hinweise bekommt, wenn sie weitermacht.«

»Und was soll ich jetzt zeichnen?«, fragte Karina. Der Umstand, dass sie noch länger hierbleiben sollte, machte ihr mittlerweile nichts mehr aus – zu ihrer Überraschung. Aber wie sie mit Sarah weiterkommen sollte, das bereitete ihr Kopfzerbrechen.

»Vielleicht greifen Sie das Feuer noch einmal auf.« Meiners rieb sich die Nase. »Oder thematisieren Sie Freundschaft, Beziehungen, zwei Menschen, die sich nahestehen.

Ich bin sicher, dass Sie entsprechende Antworten bekommen werden.«

»Ich werde es versuchen«, seufzte Karina.

»Ist das in Ordnung für Sie, Herr Dr. Kerner, wenn Frau Welker noch einige Tage hierbleibt?« Renan hörte sich plötzlich richtig seriös an.

»Mein Gott«, Kerner blies die Backen auf, »sie ist ja auch auf Wunsch unserer Klinikleitung hier ... und letztlich sind wir genauso auf mehr Informationen angewiesen. Ich kann die Patientin unmöglich entlassen. Sie hat kein stabiles Umfeld, von Familie gar nicht zu sprechen. Die Rückfallgefahr ist viel zu hoch.«

»Was passiert denn dann mit ihr, wenn sie entlassen wird?«, fragte Karina.

»Da muss jetzt unser Sozialdienst ran«, Kerner stand auf, »die werden einen Platz in einer passenden sozialtherapeutischen Einrichtung suchen, später kann sie dann vielleicht in eine Wohngruppe. Aber das wird dauern. Und solange sie bei uns bleibt und wir das zweite Bett nicht anderweitig dringend brauchen, können Sie von mir aus weitermachen.«

*

»Um es nochmals ganz deutlich zu sagen: Dieses Theater in Konradshof muss aufhören und zwar sofort.« Dr. Krugmann, der persönliche Referent des Oberbürgermeisters, ließ die Faust auf den Tisch fallen und schaute streng in die Runde. »Wir lassen uns doch nicht von ein paar Spinnern soziale Konflikte aufoktroyieren, die es in keinster Weise gibt.«

»Herr Dr. Krugmann«, Göttler öffnete eine Wasserflasche und schob sie dem Vertreter der Stadtspitze hin, »ich kann Ihnen versichern ...«

»Es gibt keine Gentrifizierung, das haben wir schriftlich – wissenschaftliches Gutachten. Nicht in Konradshof
und auch sonst nirgends in unserer Stadt. Es gibt keine
brennenden Vorstädte. Wir sind nicht Paris. Wir sind eine
Stadt des sozialen Ausgleichs und des friedlichen Miteinan-
ders aller Schichten, Kulturen und Religionen«, er schien
nicht bereit, in seinem Sermon zu pausieren, »und der
Oberbürgermeister erwartet, dass unsere Polizei das Ihre
dazutut, dass das auch so bleibt.«

»Selbstverständlich.« Göttler schenkte das Wasser nun
auch noch in ein Glas, in der Hoffnung, dass Krugmann
seine Erregung damit demnächst kühlen würde. »Die Streifenkollegen zeigen bereits verstärkte Präsenz und ...«

»Und Sie, was tun Sie als Kripo, Herr Göttler?« Krugmann
war ein älteres Semester. Noch keiner der geleckten Karrieris-
ten in Seidenanzügen. Er hatte sein Sakko abgelegt, und unter
den Achseln zeichneten sich Schweißflecken ab. Er war einer
derjenigen, die sich noch in etwas hineinsteigern konnten.

Das Gespräch in Göttlers Büro war informell zustande
gekommen. Wenn dem OB etwas wirklich wichtig war, in-
szenierte er zwar gerne runde Tische oder bildete Arbeits-
kreise mit wohlklingenden Titeln. Aber gleichzeitig scheute
er auch nicht vor »Kanonenboot-Diplomatie« zurück, wenn
sich an bestimmten Stellen schnell etwas bewegen sollte.

»Wir tun unsere Arbeit und das ...«

»... viel zu langsam, wie es scheint. Was ist denn jetzt mit
dem verbrannten Burschen vom Richter-Platz? Können Sie
da nicht langsam nachweisen, dass die sich gegenseitig anzünden?«

»Wir haben einen Hauptverdächtigen und einige handfeste Hinweise, aber es reicht noch nicht, solange er nicht
gesteht ...«

»Warum reicht das nicht?«

»Das müssen Sie die Staatsanwaltschaft fragen.« Jetzt schaltete sich auch Karla Neumann in das Gespräch ein. Nicht dass sie Mitleid mit Herbert Göttler gehabt hätte, aber sie wollte auch nicht Gefahr laufen, dass dieses Gespräch ganz ohne sie stattfand.

»Ach«, Krugmann schien sie erst in diesem Moment überhaupt wahrzunehmen, »und wer sind jetzt Sie noch einmal?«

»Karla Neumann, Fachdezernatsleiterin.« Sie konnte nicht umhin, etwas pikiert zu klingen.

»Dann arbeiten Sie ja sicher fleißig an der Lösung dieses Falls.« Krugmann zog ein Stofftaschentuch aus der Hosentasche und fuhr sich damit über die Stirn.

»Ich gebe mir alle Mühe!«

»Wunderbar. Haben Sie dann etwas zur Aufklärung dieses Dilemmas beizutragen? Wissen Sie jetzt, ob der Bauheini da auch von diesen Asozialen vom Dach gestoßen worden ist?«

»Der Tote hieß Stefan Meßthaler«, präzisierte Karla Neumann.

»Ein Selbstmord wäre natürlich besser«, fuhr Krugmann ungerührt fort.

»Mit Selbstmord werden wir da leider nicht dienen können, Herr Krugmann«, übernahm nun Göttler wieder das Wort, »es wurden Fußspuren und andere Hinweise auf eine zweite Person gefunden.« Er schien die Akte tatsächlich schon gelesen zu haben.

»Schade«, brummte Krugmann, »wenn es einer von diesen Anarchisten war, dann sagen Sie es aber bitte erst, wenn Sie ihn haben. Was glauben Sie, was das sonst für eine Unruhe verursacht!«

»Wir werden den Herrn Oberbürgermeister über alle Ermittlungsergebnisse zeitnah informieren«, lächelte Göttler.

»Nicht zeitnah, sondern umgehend, Herr Göttler. Spornstreichs, falls Sie das verstehen!«

»Eindeutig!«

»Und Pressemeldungen stimmen Sie bitte auch mit dem Städtischen Presseamt ab ...«

»Das kann ich nicht entscheiden, da müssen Sie mit dem Herrn Polizeipräsidenten ...«

»Schon geschehen, der Ober hat bereits mit ihm telefoniert.« Krugmann entdeckte das Wasserglas und nahm es in die Hand. »Es ist wirklich extrem wichtig, dass wir an dieser Front wieder Ruhe haben. Diese Krawallmacher sind ja nicht dumm, die wissen ganz genau, was sie mit ihren ... Aktionen bewirken. Da wird ein zentrumsnahes Viertel zu einer drittklassigen Lage. Und wenn da keiner mehr investiert, dann ist das nicht nur schlecht für die Steuereinnahmen, dann entwickelt sich die soziale Mischung in die falsche Richtung. Tatsächlich haben wir nämlich nicht zu viele, sondern zu wenige Besserverdiener in Konradshof – sagen zumindest unsere Stadtplaner.«

»Wir wissen, dass der Oberbürgermeister immer nur das Gemeinwohl im Auge hat«, sagte Göttler, ohne rot zu werden.

»Wunderbar«, Krugmann hielt das Glas immer noch in der Hand, ohne zu trinken, »und dann sehen Sie mal zu, dass Sie zumindest den Verbrannten unter die Erde kriegen. Das kann doch nicht so schwer sein, wenn Sie schon einen Hauptverdächtigen haben!«

»Wir werden jetzt noch weitere Experten hinzuziehen«, sagte Göttler unvermittelt, »dann kriegen wir Amtshilfe vom LKA, und dann ist diese Sache schnell erledigt. Das können Sie dem Herrn Oberbürgermeister mitteilen.«

»Sehr gut«, Krugmann nahm nun doch einen Schluck, »LKA hört sich gut an.«

»Mit den richtigen Verhörspezialisten werden wir sicher bald auch ein Geständnis haben.«

»Das sind hoffentlich keine so stillen Wässerchen wie dieses hier ...« Krugmann stellte das Glas ab und schob es in Göttlers Richtung.

»Herr Göttler«, sagte Karla Neumann, als sie Krugmann endlich wieder aus dem Büro hatten, »vom LKA weiß ich ja noch gar nichts.«

»Ja, das war auch nur eine spontane Eingebung«, er winkte ab, »aber im Grunde hätten wir das schon lange tun sollen.«

»Lassen wir uns jetzt gerne in die Suppe spucken?«

»Vorsicht, Frau Kriminalrätin!« Er hob die Hand.

»Ich wollte nur darauf hinweisen, dass wir im Fall Baierlein auch noch anderen Spuren nachgehen müssen.«

»Ach ja, soviel ich mitbekommen habe, sind Ihre emsigen Mitarbeiter aber noch nicht auf eine weitere Spur gestoßen.« Er stand auf und blickte die Neumann von oben herab an.

»Wir haben diese ominöse Bürgerwehr, und wir haben jetzt die Expertise eines psychologischen Experten, die wir ziemlich ernst nehmen sollten.« Karla Neumann erhob sich ebenfalls.

»Tatsächlich? Und warum kenne ich die nicht?«

»Ist erst gestern Nachmittag auf meinem Tisch gelandet.«

»Dann bin ich aber mal gespannt!«

*

»Also, was ist jetzt mit den Spuren von der Baustelle?«, fragte Renan unwirsch. Den Bericht der Kriminaltechnik hatte sie auf dem Schreibtisch liegen lassen.

»Das haben wir euch doch alles aufgeschrieben«, sagte Pit, während er das Kleingeld in seiner Hand abzählte.

»Eben«, konterte Renan, »alles! Ich will aber nicht *alles* wissen, sondern *das*, was wichtig ist!«

»Steht doch drin!«

»Aber leider nicht nur. Diese seitenlangen Tabellen und Zahlenkolonnen mögen ja für einen Techniknerd interessant sein, für mich sind sie es nicht!«

»Wir sollen keine Details zurückhalten – sagt unser Chef.« Pit fummelte eine größere Zahl von kleinen Münzen in den Schlitz des Kaffeeautomaten.

»Euer Chef kann mich mal.« Renan drückte den Rücken durch und wartete auf ein erlösendes Knacken in der Wirbelsäule, das nicht kam.

»Das werde ich ihm gerne ausrichten.« Er schien irgendwo auf eine Fünf-Cent-Ader gestoßen zu sein.

»Also?«

»Also was?«

»Bist du jetzt in der Lage, mir alles Wesentliche in drei Sätzen zusammenzufassen?«

»Ja, womöglich ...«, Pit stocherte im verbliebenen Kleingeld, das sich noch in seiner linken Hand befand, »wenn du noch zehn Cent für mich hast?«

»Nein!«

»Schade ...«

»Hmpf.« Renan schürfte in ihrer Hosentasche und förderte neben einem Einkaufchip und einem gebrauchten

Taschentuch tatsächlich mehrere kleine Münzen zutage. »Also gut. Da nimm schon, wenn es uns weiterbringt ...«

»Verbindlichsten Dank«, grinste er und fischte ein Zehnerle heraus, um es ebenfalls dem Automaten zu überantworten.

»Ich höre.« Renan lehnte sich seitlich gegen die Heißgetränkefabrik.

»Die Fußspuren stammen von einer zweiten Person.« Pit drückte erwartungsvoll auf eine Taste.

»Das wussten wir schon.«

»Das ist aber ein zentrales Ergebnis. Schuhgröße 38, hohe Absätze. Es muss sich wohl um eine Frau gehandelt haben ... oder eine Tunte ...«

»Sehr originell!«

»Bei dem Fetzen Metallfolie, den du unter der Palette gefunden hast, handelt es sich um eine Folie, wie man sie über Flaschenhälsen von Sekt- oder Champagnerflaschen vorfindet.« Er drückte noch mehrmals auf die Taste, ohne dass eine Reaktion des Automaten erfolgte.

»Aha.« Renan grübelte kurz.

»Was wiederum zu diesen Spuren von Flüssigkeit auf den Zementsäcken passt, »aller Wahrscheinlichkeit nach war das auch Schaumwein ...«

»Schaumwein?«

»Ja, Sekt, Prosecco, Dom Pérignon ... Unternehmerbrause eben. Wenn du die Marke wissen willst, muss ich dir noch ein paar Zahlenkolonnen mehr zumuten.«

»Was hat der da oben getrieben?«, fragte Renan. »Eine Orgie gefeiert, im Rohbau?«

»Irgend so was muss es gewesen sein.« Pit schlug nun mit der flachen Hand gegen den Automaten, der immer noch keine Anstalten machte, seiner Bestellung nachzukommen.

»Was heißt das?«

»Neben dem alkoholischen Getränk haben wir auch noch Reste von Sperma auf den Säcken festgestellt … Was ist denn jetzt mit meinem großen Schwarzen?!«

»Sperma?«, rief Renan, was ihr die Aufmerksamkeit zweier Kollegen einbrachte, die weiter hinten am Kopierer standen.

»Das hättest du aber wirklich aus dem Text rauslesen können.« Pit hämmerte mehrmals auf eine Taste und den Geldrückgabeknopf. »Scheißding, jetzt gib mir wenigstens den Schotter wieder!«

»Und das … Zeug war auch vom Meßthaler?« Sie verfolgte Pits Interventionen mit einem kritischen Blick.

»Das musst du die Kollegen von der Rechtsmedizin fragen.« Er verpasste dem Automaten einen finalen Schlag und trat dann zwei Schritte zurück. »Oh Mann, unsere Kleine hat uns heute um 4 Uhr rausgehauen …«

»Dann will ich mal nicht so sein«, sagte Renan und trat unsanft gegen die linke Flanke des widerspenstigen Gerätes, was zu einer sofortigen Ausgabe sowohl des Heißgetränks als auch des Kleingeldes führte.

»Danke«, stotterte Pit verblüfft.

»Kannst dich ja in ein paar Monaten revanchieren!«

*

»Die Befragungen bei der *Wohntraum AG*, dem Arbeitgeber des Toten, brachten keine verwertbaren Hinweise …« Alfred ließ von der Tastatur ab und stützte das Kinn in die Hand. Viel mehr konnte man dazu wirklich nicht in den Bericht schreiben, aber ganz ohne Begründungen würde es wohl auch nicht gehen, sonst kam das Schriftstück stante pede von Karla Neumann zur Überarbeitung zurück. Alfred hatte noch eine Spätschicht eingelegt und war am frühen Abend zur Firmenzentrale an den Stadtrand gefahren. Da es sich nicht um eine Behörde, sondern um ein Unternehmen der Privatwirtschaft handelte, war er zuversichtlich, noch viele Mitarbeiter dort anzutreffen. Tatsächlich waren noch zwei Assistentinnen und zwei Verkäufer vor Ort. Die Vorzimmerdamen hatte er nur kurz befragt. Wie erwartet waren sie furchtbar betroffen vom plötzlichen Ableben ihres Kollegen. Er sei bei allen sehr beliebt gewesen, und sie könnten sich niemanden vorstellen, der ihm etwas Böses gewollt habe. Eine der Damen war nah am Wasser gebaut und verschwand bald in Richtung Toilette. Die andere gab noch an, dass sie leider nichts Genaues über seine privaten Lebensumstände wisse und sich nicht vorstellen könne, dass er sich selbst das Leben nehmen würde.

Die beiden Verkäufer, ein junger Mann und eine Frau im mittleren Alter, lieferten etwas unterschiedliche Eindrücke. Die Dame, eine Frau Oswald, kannte Meßthaler schon sechs Jahre und schien ihm seinen Erfolg nicht so recht zu gönnen. Sie machte des Öfteren abfällige Bemerkungen über seine Verkaufsmethoden und sein Auftreten. Selbstmord? Auf keinen Fall! Der Mann, Jonas Erdkäufer, war dagegen ein Bewunderer des Toten. Fast hätte man auf den Gedanken kommen können, bei Meßthaler habe es sich um einen Popstar gehandelt. Erdkäufer sprach in den höchsten Tönen von ihm und wies mehrmals darauf hin, dass seine großen Erfolge ja schließlich für das ganze Unternehmen von Vorteil gewesen seien.

Frau Oswald wusste auch von der Beziehung zu einer jungen Frau, die in Leipzig studierte. Es handelte sich dabei wohl um eine Art Jugendliebe, die aber schon abgekühlt war. Genaueres konnte sie nicht sagen, dafür gehe ihr Meßthalers Privatleben, so ihr Wortlaut, *zu sehr am Arsch vorbei ...*

Das alles war bestenfalls mäßig interessant. Seufzend wandte sich Alfred wieder seiner Tastatur zu und schrieb noch: *Herr Erdkäufer scheidet aufgrund seines Geschlechts als Tatverdächtiger aus. Frau Oswalds Schuhgröße schien die Nummer 38 deutlich zu übersteigen. Außerdem gab sie für die Tatzeit ein Alibi an, da sie sich bis circa 3 Uhr früh auf einer privaten Geburtstagsfeier befunden habe.*

*

Bernd Magers Kanzlei befand sich in einem Neubau. Wobei *Neubau* eigentlich auch nicht mehr zutreffend war. Das Gebäude war in den Sechzigerjahren an der großen Hauptstraße gebaut worden, die in die Nachbarstadt führte. Nun war es natürlich nicht mehr neu, sondern sah zwischen tadellos saniertem Gründerzeit-Sandstein und einem Koloss aus Beton und Stahl, der zu einem großen Datenverarbeitungsunternehmen gehörte, reichlich alt aus. Der Aufzug war defekt, und so mussten Alfred und Sophie die Treppe in den vierten Stock nehmen.

»Reich scheint er ja nicht zu werden mit seinem Job«, stellte Sophie fest, als sie die zweite Etage passierten.

»Ja, ist schon komisch mit diesen Juristen.« Alfred war etwas ins Schnaufen gekommen. »Einige werden steinreich und andere krebsen ein Leben lang herum. Wäre mal interessant, wo da die Weichen gestellt werden.«

»Ich glaube, das hängt auch mit dem Fachgebiet zusammen«, Sophie stieg tapfer weiter, »Strafrecht ist öfter ein hartes Brot.«

»Da sieht man mal wieder, wie gerecht es doch bei der Polizei zugeht.« Alfred musste husten.

»Ich lache, wenn ich wieder Luft kriege!«

Als sie schließlich die Kanzlei erreichten, die über eine Stahltür als Eingang verfügte, mussten sie nochmals klingen, und Mager öffnete persönlich. Er wirkte etwas unkonzentriert und bat sie in sein Büro, vorbei an einer Art Vorzimmer, das nicht besetzt war, und einer kleinen Küche. Der Boden war mit einem grau-braunen Filz ausgelegt, die Büromöbel erinnerten Alfred vertrackt an das Polizeipräsidium, sie schienen ebenso alt und ebenso schlecht erhalten zu sein. Für seinen Schreibtisch hatte Mager wohl mal tiefer in die Tasche gegriffen und ein lichtgraues Modell mit einem modernen Schreibtischsessel angeschafft. Auf der anderen Seite standen zwei Stahlrohrstühle, die er Alfred und Sophie anbot. Viel schien gerade nicht los zu sein.

»Was können wir denn nun für Sie tun, Herr Mager«, fragte Alfred, nachdem sie einen Kaffee abgelehnt hatten.

»Ja, das ... das ist etwas schwierig zu erklären.« Mager blätterte fahrig in einer Akte, die vor ihm lag.

»Probieren Sie es einfach«, sagte Sophie, »unsere Zeit ist leider begrenzt.«

»Jaja, ich will Sie auch nicht lange aufhalten.« Er breitete die Akte aus und schob sie etwas von sich. »Es ist ja so, dass wir uns im Klinikum getroffen haben, und Sie wissen ja nun auch, dass ich Frau Fäustel vertrete beziehungsweise dass ich ... Äh, nein, das wissen Sie natürlich nicht.«

»Haben Sie uns hergebeten, um uns zu sagen, was wir alles *nicht* wissen?« Sophie begann, unwirsch zu werden. Alfred berührte sie leicht am Arm, weil er sich sicher war, dass Mager etwas Wichtiges mitzuteilen hatte.

»Im Prinzip, ähm, trifft es das irgendwie. Also, Herr Albach, wie ich Ihnen vorgestern schon gesagt habe, habe ich vor drei Jahren vom alten Dr. Störzel einige Fälle übernommen. Nachlassgeschichten, Testamentsbetreuungen und so ...«

»Ja, ich erinnere mich«, Alfred beugte sich nach vorne, »und irgendwie konnte ich mich des Verdachts nicht erwehren, dass Sie sich deswegen etwas ... sagen wir *befangen* gefühlt haben, wegen unserer Ermittlungen gegen Herrn Engelbrecht.«

»Wenn Sie das so wahrgenommen haben ...« Mager hatte ein Lineal gefunden und spielte damit herum.

»Immerhin haben Sie ja auch die Frau Fäustel besucht, nicht wahr?«

»Das ist ... zutreffend ...«

»Und deswegen haben Sie uns heute auch kontaktiert, vermute ich?«

»So möchte ich das auf keinen Fall verstanden wissen.« Mager tat erschrocken und fingerte aus der Innentasche seines Jacketts ein Handy heraus, das aber nicht geklingelt oder sich sonst irgendwie bemerkbar gemacht hatte. »Entschuldigen Sie mich ganz kurz«, er sprang auf und lief in Richtung Tür, »ich muss da jetzt ...«

»Will der uns verarschen?«, fragte Sophie, nachdem sie schon fünf Minuten gewartet hatten.

»Das glaube ich nicht«, Alfred kratzte sich am Nacken, »der will uns was mitteilen, das irgendwie mit der Fäustel und unserem Fall in Zusammenhang steht.«

»Und warum stellt er sich dann so an?«

»Weil er seine Schweigepflicht nicht verletzen darf.« Alfred stand auf und ging zum Fenster. Die Aussicht war durch das Herbstwetter etwas getrübt.

»Und jetzt überlegt er, wie er sie umgehen kann?« Sophie zog ihr Smartphone aus der Uniformjacke. »Das hätte er ja auch vorher machen können.«

»Vielleicht hat er das ja.« Alfred setzte sich wieder.

»Dann ist es ihm aber irgendwie missglückt! Wir sollten jetzt gehen, wenn Sie mich fragen.«

»Warten wir noch ein wenig.« Alfred versuchte, die Papiere auf dem Schreibtisch zu entziffern.

»Ich habe noch nie nachgeschaut, was da alles für Spiele drauf sind«, seufzte Sophie und wischte auf dem Handy herum.

»Mein Gott«, rief Alfred und zog die Akte zu sich herüber.

»Wieso?«

»Hier. Das Testament von Frau Fäustel!«

»Meinen Sie, dass er uns ...«

»Genau das meine ich.« Alfred blickte sich hilflos um. »Jetzt wäre ein Kopierer gut.«

»Brauchen wir nicht«, Sophie brachte ihr Smartphone in Stellung, »die Segnungen der Technik!«

*

»Jetzt hast du es immer noch nicht ins Innenministerium geschafft, Herbert?«, fragte Gonzalez scheinheilig. Denn natürlich hätte er das als einer der Ersten erfahren.

»Wer sagt denn, dass ich das überhaupt noch will?« Göttler rang sich ein Lächeln ab. Es war schon Abend, und er hatte es vorgezogen, das Gespräch mit Hermann Gonzalez in eine Location nahe dem Präsidium zu verlegen. Der Laden war in einer Art Gründerzeit-Palais untergebracht und verfügte außer einem stylischen Restaurant auch über eine nicht minder schicke Cocktailbar im Obergeschoss. Die Tageszeit war nun reif für einen Drink, und außerdem wollte Göttler ganz sichergehen, dass ihr Gespräch nicht irgendwie von den internen Sensoren des Flurfunks im Präsidium bemerkt wurde.

Sie bestellten zwei Martinis, und Gonzalez machte sich gierig über die Erdnüsse her.

»Wir können nachher auch runtergehen und was essen«, sagte Göttler.

»Genialer Plan«, Gonzalez lehnte sich in seinem Ledersessel zurück. »Also, was liegt dir denn nun auf der Seele, mein Freund?«

»Wir haben hier diese ... unerfreuliche Situation in Konradshof. Ein paar linke Spinner werfen Farbbeutel, beschmieren die Wände von neu gebauten Häusern und zünden Autos an, weil es ihnen nicht passt, dass ihre verlausten Drecklöcher saniert werden.«

»Nicht ausfällig werden, Herr Kriminaldirektor.« Die Erdnussschale war bereits geleert.

»Na ja, ist doch wahr.« Göttler nahm sein Glas, stellte es dann aber doch wieder ab. »Letzte Woche ist jedenfalls einer von denen in einem angezündeten Auto verbrannt ...«

»Dann erledigen die sich sozusagen selbst«, grinste Gonzalez, »ist doch wunderbar.«

»Ja, wenn wir es beweisen könnten«, Göttler lehnte sich nach vorne und senkte die Stimme, »der Bursche hat die Leute dort schon längere Zeit geärgert, weil er sich einfach in ihre SUVs und Kombis gelegt und dort übernachtet hat. Also könnten auch einige der bislang geschädigten Immobilieneigentümer ein Motiv gehabt haben. Bis hin zu den Bauunternehmen, denen diese Krawallmacher langsam das Geschäft vermiesen. Die Preise sind schon gefallen, verstehst du?«

»Dafür reicht's noch … Äh sorry«, Gonzalez schnippte mit den Fingern in Richtung einer Bedienung, »könnten wir noch mehr Nüsse haben? Danke!«

»Dazu kommt, dass wir eigentlich einen wunderbaren Verdächtigen haben.« Göttler nahm nun einen großen Schluck und erinnerte sich, dass er Martinis noch nie gemocht hatte.

»Na, dann ist doch alles in Butter.«

»Ist es eben nicht! Weil meine großartigen Mitarbeiter noch kein Geständnis aus ihm herausgekriegt haben.« Er zwang sich, seine Stimme wieder zu senken.

»Aber das ist ja schon an der Grenze zum Terrorismus. Warum hast du dann nicht schon länger das LKA oder BKA miteinbezogen?« Gonzalez betrachtete scheinbar beiläufig die aufgespießte Olive in seiner rechten Hand. Das Dummstellen war schon immer eine seiner größten Kompetenzen gewesen.

»Das ist eben so ein Grenzfall«, Göttler nippte an seinem Drink – ein Bier, das wäre jetzt was, »und du weißt ja, dass sich die örtlichen Profis nicht gerne von Besserwissern aus München oder Wiesbaden belehren lassen!«

»Jetzt wirst du aber unhöflich.« Gonzales schnalzte mit der Zunge.

»Anwesende natürlich ausgenommen«, lächelte Göttler. »Nein, ich habe das schon so gedreht, dass ich sicher sein konnte, wer da kommt.«

»Ich fasse das als Kompliment auf … Oh, danke!« Die Bedienung hatte soeben eine neue Schale Nüsse auf den Tisch gestellt.

»Selbstverständlich.« Göttler beugte sich erneut vor. »Ich brauche nämlich keine blödstudierten Flachdenker, davon habe ich schon genug. Aber einen richtigen

Verhörspezialisten, den habe ich nicht. Und deswegen bist du unser Mann, Gonzalez. Wenn einer aus diesem Anarcho ein Geständnis rauskriegt, dann du.«

»Und das zeitnah, wie ich vermute?«

»Das wäre optimal!«

VII. Was kann ich allein dagegen tun?

»Also, noch mal ganz langsam zum Mitschreiben.« Renan wollte intuitiv die Beine anziehen, musste aber feststellen, dass ihr Bauch im Weg war. Also lehnte sie sich in dem Sofa zurück und legte die Füße auf einen Stuhl. »Dieser Winkeladvokat unterstützt jetzt unsere Ermittlungen, oder was?«

»Irgendwie schon.« Alfred kippte seinen Espresso in einem Schwung runter und tippte auf den Ausdruck des Fotos, das Sophie in der Kanzlei geschossen hatte.

»Das ist das Testament von der alten Fäustel«, erklärte Sophie, »ihr gehört das Haus. Nicht nur das Hinterhaus, sondern auch das Vorderhaus, und dazu ein Grundstück auf der anderen Straßenseite, etwas weiter stadtauswärts.«

»Abgefahren.« Renan nahm das Papier. Sie saßen mal wieder im *Rassel* zu einer verspäteten Mittagspause. Renan hatte sich drei Butterbrezen und ein Stück Käsekuchen einverleibt, während Alfred ein Chili verdrückt hatte und Sophie es bei einem Salamibaguette bewenden ließ. Die zwei liefen immer noch in Uniform durch die Gegend, was einerseits Aufsehen erregte, andererseits bei so ausgedehnten Pausen dem Ruf der Polizei nicht unbedingt zuträglich war.

»Warum hat er das getan? Will er unsere Arbeit machen, oder wie?«

»Wahrscheinlich verspricht er sich davon eine Entlastung seines Mandanten.« Alfred zog den Tabak aus der Innentasche.

»Inwiefern denn?«

»Das ist jetzt unsere Hausaufgabe«, sagte Sophie, »er scheint sicher zu sein, dass dieses Testament Engelbrecht irgendwie entlastet. Dazu kommt, dass wir ja schon länger den Verdacht hatten, dass seine Kumpels von der AFKO immer wieder versucht haben, in die Wohnung der Fäustel zu kommen und dort irgendwas zu suchen.«

»Dieses Testament? Aua ...«

»Alles okay?« Alfred war aufgesprungen und machte Anstalten, sein Handy herauszuholen.

»Ja«, Renan winkte ab, »er hat mich nur getreten. Macht er nicht oft, deswegen erschrecke ich immer ...«

»Er?«, fragte Sophie.

»Ja natürlich *er*.« Renan schüttelte verständnislos den Kopf.

»Ich wollte das damals nicht wissen.«

»*Wissen* tue ich es auch nicht. Aber *spüren*. Eine Mutter spürt so was!«

»Und was spürt der Vater?« Alfred hatte sich wieder gesetzt.

»Was anderes«, Renan winkte ab, »aber woher soll der das wissen?«

»Jedenfalls könnte es doch gut sein, dass die Kerle genau dieses Testament finden wollten«, fuhr Sophie fort, »es ist jedenfalls nicht uninteressant.«

»Inwiefern?« Renan überflog den pixeligen Ausdruck. »Weil die Fäustel diesen Pflegedienst als Erben eingesetzt hat?«

»Das ist doch zumindest ungewöhnlich, oder?« Alfred war wieder mit seinem Tabak beschäftigt.

»Na ja, wenn du sonst niemanden mehr hast, der sich um dich kümmert ...« Renan kniff die Augen zusammen. »Und was ist das da unten links?«

»Ein Post-it«, Sophie nahm einen Schluck Kaffee, »und das scheint mir ganz entscheidend zu sein.«

»Warum?«

»Weil Mager es extra dran gelassen hat. Wenn er das alles schon so inszeniert, dass wir dieses Testament zu sehen kriegen, dann kann es kein Zufall sein, wenn er den Zettel da dran lässt.«

»Ich kann das nicht entziffern.« Renan warf das Papier wieder auf den Tisch.

»Da steht: *Anruf Frau Fäustel. Möchte Testament ändern. Neuer Begünstigter.*« Sophie hielt ihr Smartphone hoch, auf dem sie den Ausschnitt vergrößert hatte.

»Die wollte das jemand anderem vererben?!«, rief Renan.

»Offensichtlich.«

»Und wem?«

»Das sind jetzt unsere Hausaufgaben.« Alfred stand ächzend auf und ging zum Rauchen.

*

»Und wer sind jetzt Sie?«, fragte Engelbrecht.

»Gonzalez, LKA, falls Ihnen das was sagt.« Hermann Gonzalez lehnte sich in seinem Stuhl zurück und musterte den Verdächtigen. Normalerweise hatte er ein ausgefeiltes psychologisches Profil seiner »Kunden« vorliegen, aber zur Not ging es auch einmal ohne.

»Wo ist mein Anwalt?« Engelbrecht schien schon beunruhigt.

»Wir haben versucht, ihn zu erreichen, aber leider geht er nicht an sein Handy. Sie wissen ja, wie das ist. Solche Prozesse können sich ziemlich hinziehen.« Gonzalez schenkte sich demonstrativ langsam einen Becher Wasser ein. Von irgendwoher dröhnte ein Schlagbohrer durch die Wände.

»Und? Wollen Sie mich jetzt verhören, oder was?«

»Ich würde Ihnen in der Tat gerne einige Fragen stellen.«
Gonzalez trank genüsslich den halben Becher aus.

»Ich sage nichts mehr ohne meinen Anwalt.« Engelbrecht
verschränkte trotzig die Arme vor der Brust. »Ihr wollt mir
einen Mord anhängen, das habe ich schon kapiert!«

»Ihr Anwalt scheint nicht gerade die hellste Kerze auf
dem Kuchen zu sein.« Gonzalez hielt den Plastikbecher wie
ein Weinglas vor seine Augen.

»Wie meinen Sie das?«

»Wenn Sie dieses Auto angezündet haben, ohne zu wissen, dass da ein ... Wie nennen Sie sich? Kumpel, Compa-
ñero, Genosse?«

»Vielleicht war er sogar ein Freund?«

»Gut. Also ein ... *Freund* drin lag, dann hat das mit
Mord nichts zu tun. Fahrlässige Tötung. Schlimmstenfalls.
Höchststrafe nach StGB fünf Jahre, bei guter Führung raus
nach dreieinhalb.«

»Tolle Aussichten!«

»Ein guter Anwalt«, Gonzalez beugte sich nach vorne,
sodass seine Nasenspitze fast die des Verdächtigen berührte, »und die Betonung liegt auf *gut*, beschert Ihnen sicherlich noch einiges weniger. Vorausgesetzt Sie sind geständig
und zeigen Reue!«

»Ich falle auf eure Stasimethoden nicht rein! Wenn Sie
mich verhören wollen, dann nur mit meinem Anwalt!«

»Ist es, weil er Ihnen die Freundin ausgespannt hat?«
Gonzalez blätterte in der Akte, die er sorgsam in den Händen behielt, sodass sein Gegenüber den Inhalt nicht sehen
konnte. »Das ist ein kleines Problem, nicht wahr? So bekommen Sie nämlich ein Motiv, ratzfatz geht das ...«

»Schwachsinn«, Engelbrechts Erregung stieg, sehr zur
Freude seines Gegenübers.

»Na ja, verdenken könnte man es Ihnen nicht«, Gonzalez blätterte weiter, »ist ja ganz schnucklig, die kleine Sarah ... ein bisschen blass vielleicht ...«

»Halt die Klappe«, rief Engelbrecht und sprang auf.

»Hinsetzen«, brüllte Gonzalez. Die gute alte Feldwebelschule verfehlte ihre Wirkung nicht, und der Verdächtige saß in Sekundenbruchteilen wieder auf seinem Allerwertesten.

»Ich will jetzt endlich meinen Anwalt sprechen«, sagte Engelbrecht trotzig und blickte nervös von links nach rechts.

»Gut, Sie haben es so gewollt«, lächelte Gonzalez und stand auf. »Dann müssen wir eben warten.«

»Wann hört denn dieser Krach endlich auf?«

»Wie lange wirst du brauchen?«, fragte Göttler, der die Szene hinter dem Spiegel verfolgt hatte.

»36 Stunden«, Gonzalez zündete sich unerlaubterweise einen Zigarillo an, »48 allerhöchstens. Der ist nur ein großmäuliges Weichei.«

»Hervorragend«, Göttler klopfte Gonzalez auf die Schulter, »aber was machen wir mit seinem Anwalt?«

»Es dürfte doch für dich kein Problem sein rauszukriegen, wann er Verhandlungen hat, oder?«

»Nein«, Göttler musste kurz überlegen, »nein. Kein Problem.«

»Gut. Dann sorge dafür, dass er immer in einer Verhandlung angerufen wird. Keine Nachrichten auf der Mailbox!«

»Klar. Aber wenn wir es darüber hinaus nie probieren, könnte das auch Schwierigkeiten geben ...«

»Gib mir die Nummer«, seufzte Gonzalez, »wir können dafür sorgen, dass sie vorübergehend gestört wird.«

»Natürlich.« Göttler nickte in jäher Erleuchtung.

»Das muss ja alles sauber aussehen, hinterher.«

»Blitzblank muss das aussehen!«

»Tut es immer!«

»Ah, ich wusste, dass du der richtige Mann bist«, sagte Göttler und hielt die Tür zum Beobachtungsraum auf.

»Abwarten.« Gonzalez blickte auf seine schwere silberne Armbanduhr. »Wir haben jetzt fast 4 Uhr. Lass den Tisch und den zweiten Stuhl aus dem Raum schaffen. Die werden ganz dringend woanders gebraucht!«

»Ja«, Göttler folgte Gonzalez auf den Gang, »ja, uns fehlt es hier an allen Ecken und Enden!«

»Sehr gut.« Gonzalez blieb stehen und tippte Göttler mit dem Zeigefinger an die Brust. »Und zu trinken gibt es immer nur einen halben Becher Leitungswasser. Essen geht gerade nicht.«

»Alles klar.«

»Und diese Bauarbeiter können ruhig ein paar Überstunden machen.« Aus dem Hof war nun ein Presslufthammer nicht zu überhören.

»Das müssen die sowieso, weil sie schon ziemlich in Verzug sind ...«

»Wunderbar. Um halb 8 mache ich weiter.«

*

»Ich muss Sie warnen«, Annette Krüger deutete auf Renans Bauch, »wir sind hier auf Altenpflege spezialisiert, nicht auf Geburtshilfe.«

»Ein paar Tage habe ich noch«, sagte Renan und blieb gegenüber dem Schreibtisch der Chefin des Pflegedienstes stehen.

»Das haben schon viele geglaubt.« Die Krüger schlug eine Akte auf und machte sich Notizen. Das Büro wirkte eher wie das eines Bankberaters. Viel Glas und Edelstahl, dazu ein weicher dunkelroter Teppich. An der Wand die Urkunde einer Hochschule, die Annette Krüger den Grad einer *Bachelor of Arts im Pflegemanagement* verliehen hatte. Anstatt eines Computers lag ein iPad auf dem Glastisch.

»Aber deswegen sind Sie ja auch sicher nicht hier.«

»In der Tat.« Renan stützte sich mit den Händen auf die Rückenlehne eines Besucherstuhles. »Wussten Sie, dass Frau Fäustel Ihren Pflegedienst als Erben in ihrem Testament eingesetzt hatte?«

»Was?« Die Krüger legte den Stift weg und sah Renan ungläubig an.

»Wussten Sie es oder nicht?«

»Nein, äh …« Sie blickte etwas hilflos von links nach rechts. »Also, sie hat immer wieder mal so was gesagt. À la *ihr seid ja die Einzigen, die sich noch um mich kümmern. Eigentlich müsstet ihr das alles kriegen.*«

»Na also …«

»Ja, aber dass sie damit auch ernst gemacht und es in ihr Testament geschrieben hat, das wusste ich nicht, wirklich.«

»Sie führen diesen Dienst als Einzelunternehmerin, oder?«

»Richtig.«

»Dann sind genau genommen Sie persönlich die Erbin – und nicht der Pflegedienst.« Renan ließ die Frau nicht aus den Augen.

»Und, was sollte das ändern?«

»Nun ja.« Renan ging in dem kleinen Raum so gut es ging auf und ab. »Wenn ich ein altes Haus in Konradshof erben würde und dazu noch ein unbebautes Grundstück etwas weiter die Straße runter, dann würde ich mir ernsthaft überlegen, das an einen dieser Betonvergolder zu verkaufen und mich zur Ruhe zu setzen.«

»Da ich erst seit zwei Minuten davon weiß, konnte ich mir noch keine Gedanken darüber machen«, erwiderte die Krüger scharf.

»Und genau das glaube ich Ihnen nicht«, schoss Renan zurück. »Selbst wenn Sie es nicht mit letzter Gewissheit gewusst haben, können Sie mir nicht erzählen, dass Sie nicht darüber nachgedacht haben, was Sie mit so einer Erbschaft anfangen würden! Es hat sich doch auch jeder schon einmal überlegt, was er wohl mit einem Lottogewinn machen würde!«

»Sie wissen wahrscheinlich nicht, was es heißt, so einen Laden hier zu leiten.« Annette Krüger gab sich bemüht ruhig und schenkte sich ein Mineralwasser ein. »Da bleibt Ihnen kaum Zeit, darüber nachzudenken, was Sie heute zu Abend essen. Geschweige denn über einen Lottogewinn!«

»Die gute Frau Fäustel ist ja sehr redselig.« Renan griff sich die angebrochene Flasche und nahm einen Schluck. »Nur schwer vorstellbar, dass sie nichts darüber gesagt haben soll.«

»Mir gegenüber jedenfalls nicht!«

»Wir werden sie fragen, sobald es ihr wieder besser geht … danke.« Renan stellte die Flasche zurück auf den Tisch.

»Tun Sie das …« Die Pflegemanagerin nahm eine weitere Akte und schlug sie auf. »Kann ich sonst noch etwas für Sie tun, Frau Müller?«

»Der Vollständigkeit halber muss ich Sie noch fragen, ob Sie etwas davon wussten, dass Frau Fäustel ihr Testament ändern wollte.«

»Da wissen Sie auch schon wieder mehr als ich.« Annette Krüger sah kaum von ihrem Papierkram auf.

»Dachte ich mir.«

»Wer sollte denn der neue Erbe werden?« Die Frage kam etwas zu beiläufig.

»Sehen Sie, das weiß ich nun einmal nicht«, lächelte Renan, »aber auch das werden wir sie fragen.«

»Wäre interessant zu wissen.« Die Krüger griff zu ihrem iPad und tippte darauf herum.

»Ja, das wäre nämlich ein handfestes Motiv für so manche Straftat!«

»Brauch ich etwa einen Anwalt?« Sie sah provokant von ihrem iPad auf.

»Ich glaube schon.« Renan machte Anstalten, ihre Jacke über dem Bauch zu schließen. »Aber nehmen Sie nach Möglichkeit nicht Bernd Mager!«

»Kenne ich nicht.«

»Ist auch besser so.« Renan erhob sich stöhnend und griff nach der Wasserflasche. »Darf ich die mitnehmen? Ich habe immer solche Durstanfälle …«

»Tun Sie sich keinen Zwang an.«

*

Gonzalez schnappte sich einen Stuhl und betrat mit einer Flasche Cola in der Hand den Vernehmungsraum. Engelbrecht blickte ihn mit einer Mischung aus Hoffnung und Feindseligkeit an, die der Verhörspezialist schon oft gesehen hatte. Er stellte sich vor dem Verdächtigen auf, nahm einen großen Schluck, schnalzte mit der Zunge und setzte sich rittlings auf seinen Stuhl. Ihre Nasen waren höchstens dreißig Zentimeter voneinander entfernt. Engelbrecht schien begriffen zu haben, wie das hier lief. Er fragte gar nicht mehr nach seinem Anwalt. Gonzalez blickte ihm etwa eine Minute lang schweigend in die Augen. Die Bauarbeiter hatten vor einer halben Stunde Feierabend gemacht.

»Sie sollten mal wieder duschen, Herr Engelbrecht«, sagte er schließlich.

»Ihr Scheißkerle«, knurrte der Verdächtige.

»Das ist Ihr Problem, nicht wahr?« Gonzalez nahm noch einen Schluck Cola. »Sie sind unbeherrscht, können sich nicht zurückhalten. Auf Autorität reagieren Sie aggressiv …«

»Ich bin halt so. Da kann man nichts machen!«

»Ein Sklave Ihrer Emotionen«, lächelte Gonzalez. »Mit Nebenbuhlern haben Sie es auch nicht so, oder?«

»Ich habe Rocco nicht umgebracht, verdammt noch mal!«

»Gut«, Gonzalez stand auf, drehte seinen Stuhl um und lümmelte sich darauf, »dann müssen wir eben noch einmal ganz von vorne anfangen.«

»Ich habe Hunger. Ich will was zu essen!«

»Tut mir leid, der Zimmerservice ist schon außer Dienst …«

»Das ist eine Menschenrechtsverletzung, was ihr hier treibt.« So richtig aufmüpfig hörte sich das schon nicht mehr an.

»Versuch's mal höflich«, sagte Gonzalez im scharfen Ton.

»Was?«

»Wenn meine Tochter mir so kommt, erinnere ich sie immer an das Zauberwort …«

»Zauberwort?«

»Ja, hat man Ihnen das als Kind nicht beigebracht?«

»Das könnt ihr vergessen!«

»Gut«, seufzte Gonzalez. »Also dann: Wo waren Sie in der Nacht von Sonntag auf Montag, zwischen 0 Uhr und 2 Uhr?«

»Daheim.«

»Wer kann das bezeugen?«

»Niemand.«

»Das ist schlecht. Was haben Sie gemacht?«

»Einen durchgezogen. Vielleicht auch zwei.«

»Hm, hm. Wie kann es dann sein, dass Sie auf einer Überwachungskamera am Richter-Platz zu sehen sind, um 0:47 Uhr und um 1:20 Uhr, nur einen Steinwurf vom Tatort entfernt?«

»Ich bin wahrscheinlich zum Kippenautomaten gegangen, weil mir der Tabak ausgegangen ist.«

»Was heißt *wahrscheinlich*?«

»Dass ich dabei nicht auf die Uhr geschaut habe … Ich habe Durst.«

»Und?«

»Ich will was zum Trinken.«

»Zauberwort?«

»Sie können mich mal!«

»Junge, mach's dir doch nicht so schwer.« Gonzalez stand auf, verließ den Raum und kehrte kurz darauf mit einem halbvollen Plastikbecher zurück, den er Engelbrecht reichte. »Köstliches Wasser aus der Toilette. Also aus dem Wasserhahn im Herrenklo natürlich. Wie gesagt: Der Zimmerservice ist schon im Feierabend.«

»Schweine«, giftete Engelbrecht, nahm den Becher, roch daran und stürzte ihn hinunter.

»Na ja«, lächelte Gonzalez. »Das mit dem Danke kriegen wir bestimmt auch noch hin.«

»Mich brecht ihr nicht!«

Was für ein erbärmliches Würstchen, dachte Gonzalez. Dich kriege ich für eine Flasche Cola und einen Schokoriegel.

»Wollen Sie leugnen, dass Sie eine intime Beziehung zu Sarah Palmer hatten?«

»Nein, warum sollte ich?«

»Und dass sie diese Beziehung zwischenzeitlich beendet und sich dafür Herrn Baierlein zugewandt hatte?«

»Ihr denkt immer in Besitzkategorien.« Engelbrecht fuhr sich durch die Haare. »Es zählt nur, was einem gehört. Aber so denken wir nicht. Sarah war nicht mein Eigentum. Sie kann machen, was sie will.«

»Rührend.« Gonzalez griff zur Colaflasche und blickte sie nachdenklich an. »Aber das hat schon in der Kommune 1 nicht funktioniert, Kumpel. Wenn es nur um Sex ginge, dann könnte das klappen. Aber ihr seid ja alle so engagiert, so emotional, nicht wahr? Da geht es nicht nur ums Ficken, Kiffen oder ... um Hunger ...«

Engelbrecht sah ihn an, sein linkes Augenlid zuckte.

»Da geht es um Liebe ...«

»Hör auf!« Engelbrecht sprang auf und machte Anstalten, sich auf Gonzalez zu stürzen, was den Streifenkollegen auf den Plan rief, der bislang schweigend und teilnahmslos in der Ecke gestanden hatte. Er warf sich auf den Verdächtigen und nahm ihn in den Polizeigriff, was Engelbrecht mit einem Schmerzensschrei quittierte, während sich Gonzalez mit einem geübten Sprung aus der Gefahrenzone gebracht hatte. Die Colaflasche war dabei umgekippt und ausgelaufen.

»Sollen wir ihn in die JVA zurückbringen, Herr Hauptkommissar?«, fragte der Streifenbeamte.

»Nein«, Gonzalez prüfte sein Äußeres im venezianischen

Spiegel. »Nein, das wird nicht nötig sein. Machen wir eine halbe Stunde Pause.«

*

»Was tun wir jetzt mit diesem Meßthaler?«, fragte Karla Neumann bei einer improvisierten Lagebesprechung am nächsten Morgen.

»Wir haben eigentlich niemanden gefunden, der ein Motiv gehabt hätte, ihn von diesem Haus zu stürzen«, sagte Sophie, nachdem weder Alfred noch Renan Anstalten gemacht hatte, die Frage zu beantworten.

»Niemanden?« Die Neumann schaute prüfend zwischen ihren Untergebenen hin und her. »Wir haben eine Gruppe von linken Aktivisten, die es sich zur Mission gemacht hat, gegen das zu kämpfen, was Meßthalers Arbeitgeber tut. Ich finde, dass sich hier ein großartiges Motiv erkennen lässt, Herrschaften.«

»Er wird kaum mit jemandem von der AFKO auf dem Dach Champagner getrunken und es dann auf einer Palette Zementsäcke getrieben haben.« Renan blies in ihre Teetasse.

»Achten Sie auf Ihre Wortwahl, Frau Müller!«

»Entschuldigung, die Hormone …«

»Ist dieser Verlauf des Abends zweifelsfrei festzustellen, Herr Hübner?«

»Es spricht alles dafür.« Der Chef der Spurensicherung fühlte sich zwischen den drei Frauen sichtlich unwohl, »wir haben den Sekt nachgewiesen, Spermaspuren und die Schuhabdrücke, Größe 38, mit hohen Absätzen … sehr hohen Absätzen.«

»Wenn es Schuhabdrücke gibt, dann müssen die doch auch Aufschluss darüber zulassen, wie es zu dem Sturz kam.« Die Neumann nahm ihre Brille ab und musterte Pit eindringlich. »Befinden sich die Abdrücke dieser High Heels auch an der Absturzkante? Hinter denen von Meßthaler?«

»Das wäre schön«, seufzte Pit, »leider ist es aber so, dass der Staub sich vor allem im inneren Bereich dieser Etage befindet. Je näher es zum Rand geht, desto weniger Staub. Auf der zukünftigen Dachterrasse wurde noch nicht gearbeitet, und dann der Wind und hin und wieder ein Regenguss ...«

»Was den Staub betrifft, haben wir hier mehr davon.« Renan konnte sich diese Bemerkung nicht verkneifen, nachdem irgendwo draußen eine Flex zu kreischen begonnen hatte.

»Es wäre durchaus möglich, dass er sich da oben mit einer Liebschaft getroffen hat«, meldete sich Alfred betont ruhig zu Wort. »Es kommt zum Geschlechtsverkehr, und danach eröffnet sie ihm, dass sie ihn verlassen wird, dass dieses Mal das letzte Mal war. Das verkraftet er nicht und springt in einer Kurzschlussreaktion vom Dach.«

»Wenn es so war, wunderbar.« Karla Neumann setzte die Brille wieder auf. »Ich habe keinerlei Verlangen nach einem weiteren Mord. Aber dafür müssen wir dann schon stichhaltigere Beweise haben. Ihre Fantasie in allen Ehren, Herr Albach. Hat denn die Befragung seiner Angehörigen oder Kollegen irgendwas in dieser Richtung ergeben?«

»Wir haben die Mutter befragt.« Sophie griff zu ihrem Block. »Die schließt es aus, dass ihr Sohn jemals zu einem Selbstmord hätte fähig sein können. Der Vater lebt wohl schon seit fünf Jahren in der Schweiz ...«

»War da nicht eine Lebensgefährtin?«

Sophie fragte sich, woher die Neumann das schon wieder wusste.

»Ja, wobei es sich eher um eine Exfreundin zu handeln scheint«, ergriff Alfred wieder das Wort. »Sie studiert in Leipzig und hält sich unter der Woche dort auf. Wir haben die dortigen Kollegen um Amtshilfe gebeten, damit zumindest ihr Alibi für die Tatzeit und ihre Schuhgröße überprüft wird. Die von mir befragten Kolleginnen und Kollegen des Toten konnten sich auch keinen Selbstmord vorstellen. Eine andere Verkäuferin, die etwas neidisch auf ihn schien, hat die falsche Schuhnummer und außerdem ein Alibi.«

»Das habe ich gelesen ... So kommen wir nicht weiter«, stellte Karla Neumann fest.

»Richtig«, sagte Renan.

»Sie müssen diese ominöse Frau vom Dach finden. Wie es aussieht, ist sie ja wohl die Einzige, die Licht in dieses Dunkel bringen kann.«

»In diesem Zusammenhang muss ich Sie auf unsere begrenzten personellen Ressourcen hinweisen.« Alfred lehnte sich auf die Tischplatte und sah die Kriminalrätin eindringlich an.

»Die sind mir bewusst, Herr Albach. Und mir ist auch bewusst, dass Frau Müller demnächst in den Mutterschutz geht.«

»Mal sehen«, murmelte Renan, was ihr strafende Blicke sowohl von der Neumann als auch von Alfred einbrachte.

»Was ist denn mit Frau Welker? Wie lange wird denn der Einsatz im Klinikum noch dauern?«

»Das ist nicht ganz klar«, sagte Renan. »Sie erhält tatsächlich Informationen von der Zeugin ...«

»Ja, diese Bilder habe ich bereits gesehen. Und ich muss sagen, dass ich durchaus beeindruckt war.« Karla Neumann schielte auf Renans Teetasse. »Ich gebe zu, dass es richtig war, das zu versuchen. Aber wenn die Zeugin nicht bald klare und eindeutige Hinweise liefert, wird uns Frau Welker hier wahrscheinlich nützlicher sein.«

»Das ist nicht ganz von der Hand zu weisen«, sagte Alfred.

»Hören Sie«, Renan stand von ihrem Stuhl auf, »Karina steht wahrscheinlich ganz kurz davor, entscheidende Informationen zu diesem Brand zu bekommen. Und ich bin mir ganz sicher, dass der Tod von diesem Meßthaler irgendwie damit zusammenhängt. Wenn wir bei der Leiche vom Richter-Platz weiterkommen, dann sind wir auch bei Meßthaler weiter.«

»Wie kommen Sie darauf?« Die Neumann schnappte sich Renans Tasse und nahm einen Schluck. »Roibusch-Vanille?«

»Intuition.« Renan stürzte zum Tisch und riss die Tasse wieder an sich.

»Ihre Intuition in Gottes Ohr, Frau Müller.«

»Apropos Brand am Richter-Platz«, Alfred räusperte sich, »ich habe gehört, dass Engelbrecht seit gestern von einem Spezialisten verhört wird.«

»Ja.« Karla Neumann schien es plötzlich eilig zu haben und stand auf. »Das habe ich auch gehört. Es war die Entscheidung von Kriminaldirektor Göttler, diesen ... Kollegen hinzuzuziehen. Nicht meine.«

»Sie wissen nicht zufällig seinen Namen?« Alfred hatte sich ebenfalls erhoben.

»Gonzalez, wenn ich mich recht entsinne. Sie entschuldigen mich jetzt bitte.«

»Dachte ich mir's doch«, flüsterte Alfred.

*

Karina kam sich wie eine Verbrecherin vor, als sie das fremde Zimmer in einem weit abgelegenen Teil des Geländes betrat. Tatsächlich war die Gerontologie so weit von der Psychiatrie entfernt, dass es sie zehn Minuten Fußweg gekostet hatte – den Abstecher in die Cafeteria mitgerechnet. Alfred hatte ihr einen genauen Einsatzplan diktiert und eine Frage, die unbedingt beantwortet werden musste, und zwar am besten gestern. Die Ärzte machten aber keine Anstalten, die alte Frau abermals vernehmen zu lassen, und da traf es sich gut, dass die Kripo ohnehin gerade ein U-Boot im Klinikum hatte. Vielleicht würde das ja mal ein neues Fachgebiet werden: verdeckte Ermittlungen in Krankenhäusern – künstlerisches Talent und vorherige Pflegeausbildung von Vorteil. Ersteres hatte Karina, Letztere leider nicht.

»Frau Fäustel?« Die alte Dame lag in ihrem Bett und schnarchte. Eine weitere betagte Patientin lag teilnahmslos da und blickte zur Decke. Das dritte Bett war gerade leer. »Frau Fäustel«, Karina berührte die Patientin leicht an der Schulter und setzte sich auf einen Stuhl neben dem Bett. Die Fäustel machte Anstalten, die Augen zu öffnen.

»Haben Sie ganz kurz Zeit für mich?«

»Wo, wo bin ich denn jetzt schon wieder?« Die Augen waren nun offen und blickten suchend von links nach rechts. Ihre Aussprache war undeutlich.

»Sie sind immer noch im Krankenhaus.« Karina ergriff die knochige Hand. »Mein Name ist Karina. Ich soll Ihnen einen ganz lieben Gruß sagen, vom Herrn Albach ... dem Kriminalpolizisten.«

»Ach ja, der gute Inspektor«, sie schien sich zu erinnern und musterte Karina mit wachsendem Interesse, »mit der blonden Frau ... dann sind Sie bestimmt die Tochter, gell?«

»Ich, äh …« Vor einer Woche hätte sie noch Nein gesagt, aber die Tage in der Psychiatrie hatten offenbar schon ihre Wirkung entfaltet. »Ja. Ich bin seine Tochter … Ich arbeite hier im Klinikum und … Papa hat gesagt, ich soll Sie unbedingt mal besuchen.«

»Das ist aber nett von ihm.« Sie versuchte zu lächeln, brachte aber nur den rechten Mundwinkel nach oben.

»Und ich soll Ihnen was mitbringen.« Karina griff in ihre Trainingsjacke und nahm die Flasche heraus, die sie in der Cafeteria besorgt hatte. »Herr … äh, Paps meinte, Sie hätten sicher Lust auf ein Bier.«

»Bier?« Die Augen wurden größer. »Ach Gott, das wäre ja ein Segen!«

»Ist aber alkoholfrei.« Karina stellte die Flasche zögernd auf den Nachttisch. »Wir wollen ja nicht, dass Sie noch einmal der Schlag trifft.«

»Ist schon recht.« Frau Fäustel schielte zum Nachttisch. »Ach bitte, Fräulein …«

»Karina.«

»Fräulein Karina. Seien Sie doch so gut und machen S' mir das gleich auf.«

»Ja … gerne.« Karina sah sich um. Sie hatte weder einen Flaschenöffner noch ein Feuerzeug dabei. Auf dem Nachttisch am leeren dritten Bett stand noch ein Tablett mit einem abgedeckten Teller, einer Tasse und einem Löffel. Sie holte das Besteckteil und schaffte es nach mehreren Anläufen, den Kronkorken zu entfernen. Sie hoffte inständig, dass keine Schwester und kein Arzt reinkam.

»Jetzt brauchen wir noch ein Glas …«

»Da ist so ein Dings.«

Die Alte deutete auf eine Schnabeltasse, die neben ihrem Bett stand. Karina nahm sie, leerte den enthaltenen

Kräutertee im Bad aus, spülte zweimal mit Wasser nach und füllte sie zur Hälfte.

»Ah, das tut gut«, seufzte Frau Fäustel, nachdem sie mehrmals an der Tasse gesaugt hatte.

»Wir dürfen uns nur nicht erwischen lassen«, flüsterte Karina und wusste nicht recht, wo sie die Flasche hinstellen sollte.

»Ich kann ja nicht aufstehen, wissen S'. Sonst hätte ich mir schon selbst eines geholt.«

»Das machen Sie auf keinen Fall«, flüsterte Karina. »Ich kann gerne noch öfter kommen und Ihnen was bringen. Aber Sie dürfen keine Dummheiten machen. Herr ... äh, mein Vater braucht Sie noch ganz dringend als Zeugin.«

»Als Zeugin? Wie?« Sie trank weiter.

»Es gibt halt noch Fragen, Sie wissen schon.« Karina platzierte die Flasche am Boden hinter dem Nachttisch.

»Ja? Aber ich habe dem Herrn Inspektor doch schon alles gesagt, oder?«

»Aber hin und wieder kommen ihm neue Fragen.« Karina musste jetzt zum Punkt kommen. Das war hier schon zu lange gut gegangen.

»So? Ach, könnten Sie noch einmal?« Sie hielt das Trinkgefäß hoch.

»Ja ...« Karina griff sich schnell die Tasse und öffnete den Deckel. »Also er hat mich gebeten, Sie was zu fragen.« Sie schenkte nach und gab der Alten eine weitere Dosis.

»Dann fragen S' ruhig, Fräulein.« Sie versuchte sich aufzusetzen. »Ich kann mich nur nicht immer an alles erinnern, wissen S'.«

»Es geht um Ihr Testament.« Karina ließ die Flasche wieder verschwinden.

»Mein Testament?«

»Ja, können Sie sich daran erinnern?«

»Freilich, das ist bei dem Anwalt, dem äh, Herrn ... dem Nachfolger vom Dr. Störzel ...«

»Genau. Und der darf meinem Vater das nicht sagen, wegen seiner Schweigepflicht. Deswegen soll ich Sie fragen, weil Sie das doch ändern wollten vor Kurzem und einen neuen Erben einsetzen.«

»So?«

Oh Gott, jetzt bitte kein Blackout, dachte Karina.

»Ja, bislang wollten Sie alles dem Pflegedienst vermachen, aber jetzt wohl nicht mehr ...«

»Ach so«, Frau Fäustel nuckelte wieder kräftig an der Tasse, »ja, ja, das stimmt schon.«

»Und wissen Sie noch, wen Sie einsetzen wollten?«

»Ja, freilich ...«

*

»So! Und wer ist jetzt dieser Gonzalez, und was macht er mit unserem Verdächtigen?«, fragte Renan, als sie sich wieder in ihrem Büro befanden.

»Hermann Gonzalez.« Alfred hatte sich ans Fenster gestellt und blickte auf die Fußgängerzone, die an diesem Herbstmorgen noch relativ leer war. »Früher auch *Speedy Gonzalez* genannt, weil er sich manchmal ein paar sichergestellte Drogen ...«

»Das interessiert mich nicht«, fauchte Renan. »Wo kommt der her und mit welchem Auftrag?«

»Der hat kurz nach Herbert und mir hier angefangen ...«

»Heißt der wirklich so?«, fragte Sophie, die sich als Einzige auf einen Stuhl niedergelassen hatte.

»Ja.« Alfred kratzte sich am Kopf. »Der Vater war

spanischer Gastarbeiter und hat sich vom Acker gemacht, nachdem Franco weg war. Speedy, also Hermann, war zuerst bei den Eigentumsdelikten. Da ist es ihm aber dann zu langweilig geworden, und er ist zur Sitte gekommen, wo er sich schnell einen Namen gemacht hat. Der hat mit seinem Team ziemlich aufgeräumt im Milieu, wobei er sich nicht immer ganz zulässiger Methoden bedient hat ...«

»Also war er gewalttätig.« Renan packte Alfred an der Schulter und drehte ihn vom Fenster weg.

»Nein, gewalttätig war er so gut wie nie. Er hat den Burschen halt Drogen zugesteckt, die dann gefunden wurden, oder manchmal auch Waffen in den Autos deponiert, die bei anderen Delikten Tatwaffen waren ...«

»Weiter«, befahl Renan.

»Einmal hat er wohl eine Prostituierte zu hart angefasst, die das entlaufene Töchterlein eines Landtagsabgeordneten war. Das ist dann rausgekommen, und Hermann ist versetzt worden. Zuerst hieß es nach Passau, aber dann ist er nach einigen Jahren in München wiederaufgetaucht und zwar beim LKA, wobei andere Gerüchte vom Verfassungsschutz sprachen.«

»Und wie ist er da hingekommen?«, fragte Sophie.

»Offensichtlich verfügte er über die dafür notwendigen Kompetenzen«, knurrte Renan.

»Er war nicht nur kreativ beim Legen von Spuren.« Alfred ging zu seinem Schreibtisch und ließ sich in den Sessel plumpsen. »Er war ziemlich gut im Verhören. Hat viele zum Singen gebracht, von denen das keiner geglaubt hätte.«

»Aber doch nicht gewaltfrei?« Sophie war immer noch skeptisch.

»Anscheinend schon ...« Alfred breitete die Arme aus. »Ich habe keine Ahnung, ob das was mit seinem Vater zu tun hatte, der wohl in Spanien schon in Kontakt mit Francos Geheimpolizei gekommen war, oder ob er sich anderweitig kundig gemacht hat oder vielleicht so was wie ein Naturtalent war. Aber auch in der DDR hat die Stasi in den seltensten Fällen noch physische Gewalt gebraucht. Man bringt Leute auch anders zum Reden.«

»Ja, wenn man einen totalitären Staat im Rücken hat.« Renan hatte sich immer noch nicht beruhigt.

»Na ja«, Sophie musterte ihre beiden Kollegen, »ich kann mir schon vorstellen, dass es da Grauzonen gibt ...«

»Wir alle wissen, dass es da *große* Grauzonen gibt«, sagte Alfred.

»Und warum holt der Göttler den gerade jetzt?«

»Und mit welchem Auftrag.« Sophie spielte mit ihrer Zigarettenpackung. »Na gut ... das ist ja ziemlich klar, oder ...?«

»Der soll ihn möglichst schnell zu einem Geständnis bringen.« Alfred holte ebenfalls seinen Tabak hervor.

»Aber warum ausgerechnet jetzt und warum kann er nicht warten, bis wir das erledigen?« Renan versuchte, ein paar unbeholfene Dehnungsübungen zu machen. »Will er den Fall jetzt einfach nur schnell zu den Akten legen?«

»Zu viel Gründlichkeit ist manchmal nicht erwünscht.« Alfred rieb sich das Kinn. »Vielleicht hat er von irgendwoher Druck bekommen. Da ist ja gerade ziemlich Dampf drin in Konradshof.«

»Ja, aber da wäre er doch sonst erst zu uns gekommen und hätte uns Druck gemacht.« Renan versuchte es nun mit Atemübungen, die ihr das Reden etwas erschwerten. »Abgesehen davon, dass er sich in der letzten Zeit überhaupt nicht mehr für die Ermittlungsergebnisse seines Präsidiums interessiert hat. Der hatte doch abgeschlossen, nachdem klar war, dass er es nicht mehr in irgendein Ministerium schafft ...«

»Und eindeutig sind die Hinweise doch nicht, die wir gegen den Engelbrecht haben«, sagte Sophie.

»Ja, eben«, rief Alfred.

»Wie?«

»Der will jetzt einen Schuldigen präsentieren. Und weil er uns da nicht vertraut, hat er Gonzalez geholt. Da kann er gleichzeitig nachweisen, dass er Hilfe vom LKA annimmt und ...«

»Was und?« Renan hatte erkannt, dass Alfred in größeren Dimensionen dachte.

»Vergesst nicht, was ich euch erzählt habe, bezüglich Sarah Palmer ...«

»Dass er ihr Vater ist.« Renan zog die Augenbrauen zusammen.

»Ja, aber ...« Sophie dachte ebenfalls nach, kam aber zu keinem Ergebnis. »Was hat das denn jetzt mit dem Engelbrecht zu tun? Glaubt Göttler, dass er einen schlechten Einfluss auf sie hat und will ihn deshalb wegsperren?«

»Vielleicht weiß Herbert etwas, das wir noch nicht wissen, in Bezug auf seine Tochter. Und er empfindet plötzlich einen Schutzinstinkt ...«

»Was für einen Schutzinstinkt?« Sophie schüttelte den Kopf.

»Wer weiß denn alles von diesen Zeichnungen?«, fragte Alfred.

*

Karina hatte lange überlegt, womit sie das *Gespräch* mit Sarah in die gewünschte Richtung lenken könnte. Auf das

Feuer musste sie eingehen, das war klar und auch noch halbwegs unverfänglich. Aber irgendwie musste sie auch die Frage aufwerfen, wer das Feuer gelegt hatte. Sie hatte also zaghaft begonnen, den Scheiterhaufen aus Geldscheinen, den Sarah gezeichnet hatte, zu kopieren. Zuerst hatte sie es mit einer Hand probiert, die ein Streichholz daran hielt und an der kein Körper hing. Aber das schien ihr dann zu sehr der Holzhammer zu sein. Also hatte sie es noch einmal versucht. Mit dem Scheiterhaufen, dem Opfer darauf, das hinter den Flammen und dem Qualm ohnehin nicht zu sehen war, und einer Figur, die eine Fackel daran hielt. Der Figur hatte sie eine mönchhafte Kutte verpasst und eine Kapuze, die ebenso zu einem Mönch wie zu einem Henker hätte passen können, allerdings in Weiß. Das Bild hatte sie Sarah aufs Bett gelegt, die sich wohl mal wieder in einer Therapiesitzung befand, wo man sie zum Reden bewegen wollte.

Dann machte Karina sich auf den Weg ins Erdgeschoss, wo sie hoffte, unbeobachtet mit ihrem Handy telefonieren zu können. Sie war nicht ganz auf dem Laufenden, was die Ermittlungen ihrer Kollegen betraf. Dennoch war sie sich sicher, dass die Information, die sie heute der alten Frau Fäustel entlockt hatte, von entscheidender Bedeutung war. Noch eine halbe Stunde bis zur Tontherapie. Das müsste gerade so reichen, denn die wollte sie auf keinen Fall verpassen!

*

»Bitte«, flüsterte der Verdächtige. »Bitte nur einen Schluck.«

»Na, geht doch.« Gonzalez lächelte, tätschelte dem jungen Mann die Schulter und drückte ihm die Colaflasche in die Hand.

Engelbrecht setzte sie an den Lippen und trank die verbliebene Hälfte in zwei Zügen aus. Das hatte wirklich nicht lange gedauert. Fast war Gonzalez ein wenig enttäuscht. Für so was hätte Göttler ihn eigentlich nicht holen müssen. Nach einer sehr kurzen Nacht in der Untersuchungshaft hatte er Engelbrecht um halb 7 wieder ins Präsidium schaffen lassen, wo er erst einmal bis 10 Uhr warten durfte. Ein Verhörraum, ein Stuhl – fertig. So was konnten heutzutage nur noch sehr wenige Menschen ertragen. Die ständige Ablenkung durch Fernsehen, Internet, Freizeitindustrie, Freunde und Arbeit hatte sie abhängig gemacht wie Junkies. Wobei *fehlende Arbeit* bei Engelbrecht sicherlich keine Entzugserscheinungen hervorrief. Aber dafür vielleicht fehlende Joints. So was konnte man sich im Strafvollzug zwar organisieren, nicht aber in der U-Haft und schon gleich gar nicht in einem Verhörraum des Polizeipräsidiums. Nein, dieser Engelbrecht war wirklich keine Herausforderung. Ein Klosterbruder, das wäre mal was, dachte Gonzalez, oder ein buddhistischer Mönch. Engelbrecht dagegen hatte er am späten Vormittag eine halbe Stunde befragt – die gleiche Litanei wie am Vortag. Immer schön alles noch einmal von vorne. Als der Verdächtige sich wieder nicht geständig zeigte, war Gonzalez seufzend aufgestanden und hatte eine weitere Pause angekündigt, er müsse noch weitere Nachforschungen anstellen.

»Lassen Sie mich dann wenigstens in den Knast zurückbringen?« Der rotzige Ton war schon einem versteckten Flehen gewichen.

»Ja, was glauben Sie denn«, hatte Gonzalez entgeistert geantwortet. »Hier fehlt es hinten und vorne an Personal. Da braucht jetzt eine Streife mit zwei Kollegen eine halbe Stunde, um Sie in die JVA zu fahren und dann wieder eine halbe Stunde zurück. Am selben Tag! Hätten Sie und Ihre Compañeros mal nicht so die Sau rausgelassen in Konradshof, dann wäre so was vielleicht denkbar, aber in dieser Lage … Tut mir leid!«

Nach weiteren vier Stunden auf dem Stuhl, einem bescheidenen Mittagessen mit Leitungswasser und fast durchgängigem Baulärm war Engelbrecht das erste Mal bereit, Bitte zu sagen.

»Und wenn du weiter auf mich hörst, dann ist das hier ganz schnell vorbei, und du kannst dir in deiner Zelle einen Dübel reinziehen«, nahm Gonzalez das Gespräch wieder auf.

»Ich habe nichts.« Engelbrecht hielt die leere Flasche krampfhaft fest. »Das habt ihr mir doch alles abgenommen.«

»Ich besorg dir was.« Gonzalez nickte gütig. »Kein Problem, wenn du endlich glaubst, dass ich dir nur helfen will.«

»Echt?«

»Hey, wir sitzen hier praktisch an der Quelle.« Gonzalez senkte die Stimme in einem verschwörerischen Ton.

»Aber ich habe Rocco doch nicht …«

»Pschschscht«, Gonzalez legte den Finger an die Lippen. »Jetzt lass uns dieses Spiel nicht wieder von vorne anfangen, sonst muss ich gleich wieder einige Stunden Pause machen!«

»Nein, nein, bloß das nicht …« Engelbrecht wurde bleich.

»Also …« Gonzalez legte die Hand auf dessen Unterarm. »Es ist völlig verständlich, wenn man so eine Tat verdrängt. Unsere ethische Programmierung funktioniert da doch ganz gut. Außer bei Psychopathen natürlich. Und du bist kein Psychopath, Charlie. Du bist nur ein dummer Junge, der einen ziemlich großen Bock geschossen hat. Aber eine

Hand wäscht die andere. Wenn du bereit bist, zu gestehen, dass du diese Karre angezündet hast, bin ich bereit, dir zu glauben, dass du deinen Kumpel da drin nicht gesehen hast und dass das alles ein saublöder Zufall war. Dann sorge ich dafür, dass du nur wegen Brandstiftung mit Todesfolge angeklagt wirst, und wenn du dann vor Gericht schön kooperierst, dann kommst du mit fünf Jahren davon, selbst bei deinem Anwalt! Und wenn du dich dann im Knast zusammenreißt, bist du nach drei Jahren draußen ... Vielleicht sogar mit einer Ausbildung!«

»Aber ich ...«

»Pschschscht.« Gonzalez stand auf und packte seinen Stuhl. »Denk mal drüber nach, Charlie. Ich komme in einer Stunde wieder, mit einem Snickers!«

»Wie lange noch?«, fragte Göttler, der wieder hinter dem Spiegel zugesehen hatte.

»Vielleicht schon heute Abend.« Gonzalez stellte den Stuhl ab und zündete sich einen Zigarillo an. »Ansonsten spätestens morgen.«

»Heute wäre besser.« Göttler hielt die Kopie einer Zeichnung hoch, die Gonzalez im schummrigen Licht nicht richtig erkennen konnte. Irgendein Feuer mit einer Figur daneben. »Es hat sich jetzt nämlich herausgestellt, was ich befürchtet hatte.«

»Besser, du sagst mir nicht zu viel, Herbert!«

»Nein, nein. Schon klar. Du machst nur deinen Job.« Göttler klopfte ihm auf die Schulter. »Sehr beeindruckend übrigens. Zum Glück sind meine Leute kaum in der Lage, zwei und zwei zusammenzuzählen.«

»Jeder tut halt, was er kann«, lächelte Gonzalez und schnippte Asche auf den Boden.

»Also, morgen dann.« Göttler machte Anstalten, den Raum zu verlassen.

»Ein Problem gibt's noch.«

»Den Anwalt?« Göttler drehte sich noch mal um.

»Ganz genau.« Gonzalez blies seinem alten Freund ein wenig Qualm ins Gesicht. »Wir müssen dafür sorgen, dass er danach nicht wieder alles auseinandernimmt und Engelbrecht sein Geständnis widerruft. Dann war alles für die Katz!«

»Wir brauchen belastendes Material«, nickte Göttler.

»Wäre nicht schlecht«, sagte Gonzalez.

»Ich kümmere mich drum!«

VIII. Hätt'ste bloß diesen Tag verpennt

»Da sind wir ja mal wieder unter uns«, stellte Renan fest, als sie – nicht ohne Mühe – auf dem Beifahrersitz von Alfreds Alfa Platz nahm. Diese Italiener schienen es chic zu finden, wenn man sich mit dem Hintern nur zehn Zentimeter über dem Asphalt befand.

»Ja, irgendwie sind wir in diesem Fall ziemlich voneinander getrennt worden.« Er ließ sich etwas zu forsch in den Fahrersitz plumpsen, was Renan wieder einmal verriet, dass dieses Fahrzeug weniger Alfreds Ergonomie als vielmehr seinem Ego gerecht werden sollte.

»Was du natürlich sehr bedauerst!«

»Selbstverständlich.« Er sah ihr den Bruchteil einer Sekunde länger in die Augen, als nötig gewesen wäre. »Also, nicht falsch verstehen: Sophie ist wirklich klasse, erinnert mich stark an dich. Aber wir sind halt irgendwie zusammengewachsen in den letzten Jahren ...« Er startete den Motor und räusperte sich etwas verlegen.

»Hast ja recht«, lächelte sie.

»Und wenn die kleine Yasmin erst mal da ist, werde ich noch länger auf dich verzichten müssen. Furchtbar ...«

»Yasmin? Wieso Yasmin?«

»Markus meinte doch, das wäre der perfekte Name, weil er sowohl deutsch als auch türkisch ist.« Alfred lenkte den Wagen durch die Stadtmauer in Richtung Ring.

»Erstens wird es ein Junge, und zweitens wird er ganz sicher keinen türkischen Namen tragen ...«

»Ich dachte, es wird kein Junge ...«

»Also wenn ...« Sie versuchte, ihre Atmung zu kontrollieren. »Also *es* wird sicher keinen türkischen Namen tragen.

Türkische Jungennamen sind völlig indiskutabel. Volkan, Orhan, Tayfun ... paschamäßiger geht's ja nicht mehr! Mädchennamen sind nicht ganz so schlimm, aber ...«

»Es wird ein Junge!«

»Genau! Und der wird Paul heißen!«

»Ist nicht dein Ernst!« Alfred sah sich gezwungen, den Kurs zu korrigieren, nachdem er fast den Bordstein gerammt hätte. »Ist ja okay, wenn es kein türkischer Name sein soll. Aber *Paul Müller*? Warum nicht gleich Karlheinz oder Norbert oder Horst?«

»Horst!«, rief Renan und täuschte Begeisterung vor. »Dass ich daran noch nicht gedacht habe ... Klar, das ist es. Horst!«

»Nehmt halt wenigstens etwas Internationales.« Er überlegte kurz. »Thomas zum Beispiel, oder Rick oder Mark, das passt in vielen Sprachen ... Ich habe übrigens noch kein Patenkind. Meine zwei Neffen wurden nicht getauft, auf Wunsch meiner Schwägerin ...«

»Das wird Paul sicher auch nicht!«

»Ihr Heiden!«

»Jetzt genießen wir erst mal unseren gemeinsamen Einsatz.« Renan spürte, dass sie sentimental wurde. Konnten nur die Hormone sein! »Wer weiß, wie viele noch kommen ...«

Annette Krüger wohnte in einem Loft in der Nachbarstadt. Man hatte hier vor einigen Jahren auf einem alten Kasernengelände ehemalige Pferdeställe in Wohnungen verwandelt und die freien Flächen dazwischen mit Reihen- und Doppelhäusern gefüllt, die Alfred irgendwie bekannt vorkamen. Sie hatten Glück, ein Polo mit der Aufschrift des Pflegedienstes parkte auf dem dazugehörigen Stellplatz, und es brannte Licht. Die Wohnung war nobel eingerichtet. In der offenen Wohnküche dominierten Edelstahl und Hochglanzweiß. Dazu ein Glastisch mit Stahlrohrstühlen und drei Meter weiter eine Ledercouch-Landschaft um einen Flachbildfernseher von der Größe einer Tischtennisplatte. An den Wänden hingen drei großformatige Schwarz-Weiß-Fotografien. Sie zeigten Ausschnitte von Metropolen: New York und London und eine dritte Stadt, die Alfred nicht sofort zuordnen konnte. Es roch leicht nach Putzmittel und nach Rauch.

»Da haben Sie es aber schön«, sagte Alfred, nachdem die Chefin des Pflegedienstes sie widerstrebend hereingelassen hatte.

»Kommen Sie deswegen so spät noch hierher, um meine Einrichtung zu begutachten?« Annette Krüger ließ sich in ihre Ledercouch fallen und griff zu einem Weißweinglas, das dort bereits gestanden hatte. Neben ihr lagen zwei aufgeschlagene Aktenordner.

»Leider nein.« Alfred setzte sich ebenfalls, während Renan sich in Richtung der Küchenzeile bewegte und dort stehen blieb.

»Wir haben nur einige neue Erkenntnisse, die es notwendig machen, dass wir Ihnen zeitnah ein paar Fragen stellen.« Er zückte seinen Notizblock.

»Dann tun Sie, was Sie nicht lassen können!«

»Wussten Sie, dass Sie beziehungsweise Ihre Firma Begünstigte in Frau Fäustels Testament waren?«

»Das habe ich Ihrer Kollegin doch schon alles gesagt«, stöhnte sie. »Nein, davon, dass es tatsächlich so war, wusste ich nichts.«

»Und dass Frau Fäustel vorhatte, ihr Testament zu ändern und statt Ihrem Pflegedienst den Untermieter Rocco

Baierlein als Erben einzusetzen?« Alfred kniff die Augen zusammen und beobachtete die Regungen der Frau auf das Genaueste.

»Wen?«

»Rocco Baierlein«, meldete sich Renan von weiter hinten. »Das ist der junge Mann, der vor ein paar Tagen bei dem Autobrand am Richter-Platz ums Leben gekommen ist.«

»Hören Sie.« Die Krüger nahm einen großen Schluck Wein und lehnte sich nach vorne. »Wenn ich von der einen Sache nichts wusste, dann logischerweise auch nicht von der anderen. Ich kannte diesen ... Baierlein überhaupt nicht.«

»Sind Sie ihm nicht vielleicht einmal im Haus von Frau Fäustel begegnet?«, fragte Alfred.

»Ich leite dieses Unternehmen.« Annette Krügers Ton wurde leicht überheblich. »Pflegedienste übernehme ich nur, wenn wir massive Engpässe haben. Daher war ich nur zwei oder drei Mal bei Frau Fäustel im Haus. Und nein, einen jungen Mann habe ich dabei nie gesehen.«

»Wo waren Sie denn in der Nacht vom 11. auf den 12. zwischen 0 Uhr und 2 Uhr?«, fragte Renan aus dem Hintergrund.

»Na prima.« Die Krüger lehnte sich zurück und erhob die Stimme. »Was glauben Sie denn, wo eine alleinstehende Frau sich zu dieser Zeit befindet?«

»Was wir glauben, spielt keine Rolle, Frau Krüger«, bemühte Alfred einen Standardsatz der Kripo.

»Ich war hier. Zu Hause. Im Bett. Alleine!«

»Und da sind Sie sich sicher?« Alfred tat so, als würde er sich Notizen machen.

»Allerdings. Ich liege normalerweise spätestens um halb 11 im Bett. Ich weiß nicht, ob Sie sich das vorstellen können, aber mein Job ist ziemlich anstrengend, und ich bin keine zwanzig mehr!«

»Es war nur eine Frage«, lächelte Alfred. »Eine von vielen …«

»37 ist aber auch noch nicht *so* alt«, hörte man Renan aus der Küche.

»Ich brauche jetzt eine Zigarette«, stöhnte Annette Krüger, stand auf und ging in Richtung Balkontür.

»Gute Idee«, sagte Alfred und folgte ihr. Renan blieb noch im Inneren der Wohnung.

»Ich weiß wirklich nicht, was Sie mir da anhängen wollen«, knurrte die Krüger, nachdem sie eine Marlboro aus der Schachtel gezogen und Alfred ihr Feuer gegeben hatte.

»Wir müssen allen Spuren nachgehen«, sagte er. »Das verstehen Sie doch sicher.« Er stützte sich auf das Balkongeländer und ließ den Blick über den Park schweifen, der vor vielen Jahren einmal das Exerzierfeld erst kaiserlicher, dann nationalsozialistischer und schließlich amerikanischer Soldaten gewesen war. Es war nun dunkel und ziemlich frisch geworden. Ein kühler Wind blies von Westen her, und auf dem Gelände befanden sich nur noch einige Jogger sowie Hundebesitzer mit ihren Tieren. Es war ruhig. Sogar sehr ruhig, wenn man bedachte, dass man sich inmitten eines großstädtischen Ballungsraums befand. Für Familien mit Kindern war das hier sicher der richtige Ort. Aber für eine Singlefrau mit beruflichen Ambitionen?

»Wie lange wohnen Sie denn schon hier, Frau Krüger?«, fragte Alfred.

»Drei Jahre … oder vier …« Sie lehnte mit dem Rücken zum Park am Geländer und blies den Rauch heftig in den Abendhimmel.

»Wer hat diese Gebäude denn umgebaut? War das nicht auch die *Wohntraum AG*?«

»Ja, und? Die bauen doch überall!«

»Diese Wohnung hier haben Sie gekauft, wie ich annehme?«

»Ich weiß nicht, warum das wichtig ist, aber ja. Macht mich das verdächtig?«

»Nein, natürlich nicht.« Er hob die Hände. »Aber das war ja bestimmt nicht billig, und das Geschäft in der mobilen Altenpflege ist doch ziemlich hart. Und nicht sehr einträglich, wenn man den Berichten in den Medien Glauben schenken darf.«

»Ein Grund mehr, sein sauer verdientes Geld nicht einem Vermieter in den Rachen zu werfen, oder?«

»Wie wahr«, sagte Renan, die mittlerweile im Rahmen der Balkontür lehnte.

»Wo auch immer das hinführen soll«, Annette Krüger drückte ihre Zigarette hastig in einem Aschenbecher aus, der auf einem kleinen runden Balkontisch stand, »ich leite ein völlig legales Unternehmen. Ich wollte mich nach meiner Ausbildung nicht weiter von irgendwelchen Wohlfahrtsverbänden oder Sozialkonzernen ausbeuten lassen. Deswegen habe ich mich reingehängt, ein weiterführendes Studium abgeschlossen und diese Firma aufgebaut. Die Pflegekassen lassen uns kaum Luft zum Atmen, völlig richtig. Aber wenn Sie keinen Wasserkopf mitfinanzieren müssen und es schaffen, Ihre Leute halbwegs bei Motivation zu halten, dann können Sie mit so was über die Runden kommen. Und dann verdienen Sie mit etwas Glück nach 14 Stunden am Tag auch so viel wie ein Facharbeiter bei Siemens nach sieben Stunden. Und genau wie der können Sie sich dann auch den Kredit für eine Wohnung leisten. Mit etwas Glück habe ich sie in zwanzig Jahren abbezahlt. Und wenn ich noch mal auf die Welt kommen sollte, weiß ich es besser: Dann halte ich mich nicht mehr mit dem Dienst am Menschen auf, sondern werde auch Architektin oder Bauunternehmerin ... oder Beamtin!«

»Niemand will hier Ihre Leistungen in Abrede stellen, Frau Krüger«, beeilte sich Alfred zu versichern.

»Und wo waren Sie vorgestern Nacht zwischen 23 Uhr und 2 Uhr«, fragte Renan unvermittelt.

»Was? Wie?« Annette Krüger fuhr herum und blickte Renan prüfend an.

»Vorgestern, zwischen 11 und 2«, wiederholte Renan.

»Was war da?« Sie zog die nächste Zigarette aus der Packung.

Renan antwortete nicht.

»Ach ja«, Annette Krüger blies einen Schwall Rauch aus der Nase, »diesen toten Immobilienverkäufer wollen Sie mir wohl auch noch anhängen?«

»Es geht nicht darum, Ihnen was anzuhängen«, beteuerte Alfred. »Wir müssen ermitteln, und da sind Sie nicht mehr oder weniger verdächtig als jeder andere, der in Konradshof eine Rolle spielt.«

»Und welchen Grund sollte ich haben, diesen, diesen, äh ... Wie hieß er noch?«

»Meßthaler«, sagte Renan, »Stefan Meßthaler.«

»Diesen Meßthaler von einem Rohbau zu stoßen?« Sie gestikulierte wild mit den Armen. »Ich – einen ausgewachsenen Mann? Das ist doch lächerlich!«

»Also, wo waren Sie?«, fragte Renan nach einer kurzen Pause.

»Wie ich vorhin schon erklärt habe, befinde ich mich meistens ab 10 Uhr im Bett, weil ich am nächsten Morgen um halb 6 wieder fit sein muss!«

»So auch vorgestern?«, hakte Renan nach.

»So auch vorgestern!«

»Mehr wollte ich nicht wissen!«

*

»So.« Göttler ließ das Papier auf den Tisch fallen. »Und was soll das jetzt bringen?«

»Das Gutachten dieses Sachverständigen ist doch ziemlich eindeutig.« Staatsanwalt Klatte hielt einen Tablet-Computer in der Hand und wischte darauf herum.

»Eindeutig?« Göttler senkte den Blick und sah den Staatsanwalt sowie Karla Neumann über den Rand seiner Brille prüfend an. Sie befanden sich im Büro des Kriminaldirektors. Der Morgen war noch jung, und das Tageslicht schien sich mal wieder Zeit lassen zu wollen, ganz im Gegensatz zu den Faustschaffenden, die in den oberen Geschossen schon wieder eifrig am Hämmern und Bohren waren. Karla Neumann hatte bereits zwei kurze Espresso intus und die Hoffnung aufgegeben, dass sich ihre Stimmung noch wesentlich verbessern würde. Sie fragte sich nur, was diese nordische Frohnatur von Staatsanwalt jeden Morgen einwarf.

»Auf diesem letzten Bild von Sarah Palmer ist deutlich eine junge Frau zu sehen, die einen Scheiterhaufen in Brand setzt«, sagte Karla Neumann.

»Ich bin ja nicht blind«, herrschte Göttler sie an. »Aber mir ist beim besten Willen nicht klar, wie das Gekritzel einer … *Gestörten* ernsthaft Einfluss auf unsere Ermittlungen nehmen sollte!«

»Sie mag ja traumatisiert sein.« Klatte legte sein Spielzeug weg. »Aber sie ist dennoch eine Zeugin, und nachdem wir nicht wenig Aufwand betrieben haben, um Informationen von ihr zu bekommen, verstehe ich nun meinerseits nicht, warum Sie, Herr Kriminaldirektor, das nicht ernst nehmen wollen.«

»Was würde das denn heißen, es *ernst nehmen*?«

»Außer Sarah Palmer ist in diesem Zusammenhang keine junge Frau bekannt, die derjenigen auf der Zeichnung auch nur halbwegs ähnlich sieht.« Die Neumann tippte auf das Bild am Tisch.

»Und? Was sollen wir mit einer Zeichnung anfangen?« Göttler nahm die Brille ab. »Das ist eine Zeichnung, die von einem Seelenklempner interpretiert wurde. Das ist keine Aussage in einem ordentlichen Verhör. Die Frau ist nicht darüber aufgeklärt worden, dass sie polizeilich vernommen wird. Sie ist nicht über ihre Rechte belehrt worden und hatte nicht die Möglichkeit, einen Anwalt zu konsultieren. Ich wundere mich, dass ich *Ihnen* das erklären muss, Frau Kriminalrätin. Sonst wachen doch Sie immer so streng darüber, dass alles korrekt abläuft!«

»Herr Göttler, ich muss doch bitten.« Klatte machte eine beschwichtigende Handbewegung.

»Niemand will damit eine Anklage führen.« Karla Neumann riss sich zusammen und blieb sachlich. »Aber das sind ernst zu nehmende Hinweise, die wir im weiteren Vorgehen berücksichtigen sollten.«

»Vor allem sollten wir die junge Kollegin aus der Psychiatrie wieder abziehen«, knurrte Göttler. »Die können wir hier – weiß Gott – besser brauchen.«

»Dem stimme ich zu.« Karla Neumann lächelte eisig. »Und gleichzeitig sollten wir uns um einen weiteren externen Sachverstand bemühen, damit wir auf der Grundlage, die wir jetzt haben, eine verwertbare Aussage von Frau Palmer bekommen.«

»Kann das dieser Bursche nicht auch machen?«, fragte Göttler und deutete auf das Gutachten zu den Zeichnungen.

»Professor Meiners wäre für den Rest der Woche noch verfügbar«, sagte Karla Neumann. »Er ist zwar wieder nach Köln abgereist, wäre aber bereit, noch einmal herzukommen.«

»Wunderbar«, sagte nun Klatte, »dann nehmen wir den, wenn er qualifiziert ist ...«

»Er scheint eine Kapazität in der psychologischen Kommunikationsforschung zu sein. Therapeut ist er natürlich auch ...«

»Natürlich«, wiederholte Klatte, »dann kann er ja auch gleich noch mal fünfzig Euro mehr pro Stunde in Rechnung stellen. Aber gut, vielleicht gibt er uns ja Rabatt, haha!«

»Ich werde ihn gleich anrufen.«

»Das ist zwar pure Zeit- und Geldverschwendung«, stöhnte Göttler, »aber tun Sie halt, was Sie nicht lassen können. Ich glaube ja, dass wir den Täter schon längst gefunden haben. Warten Sie noch ein oder zwei Tage, und Sie können sich das alles sparen!«

»Wie darf ich das verstehen?«, fragte Klatte, der soeben wieder zu seinem iPad greifen wollte, es aber nun doch unterließ.

»Das bedeutet, dass Herr Göttler einen Verhörspezialisten hinzugezogen hat, der den Verdächtigen Engelbrecht seit zwei Tagen in die Mangel nimmt.« Karla Neumann schien nun jede Zurückhaltung aufgegeben zu haben.

»Tatsächlich?« Klatte hob die Augenbrauen.

»Es ist nichts weiter als Amtshilfe.« Göttler lächelte säuerlich in die Richtung seiner Kollegin. »Ich kenne Herrn Gonzalez seit vielen Jahren. Er ist beim LKA und war bereit, uns in dieser Sache kurzfristig zu unterstützen. Das könnte übrigens noch einmal von Vorteil sein, wenn irgendjemand im Innenministerium auf den Gedanken kommen sollte, dass wir diese Sache hier vor Ort nicht geregelt kriegen und dringend Hilfe aus München brauchen. Die haben wir damit nämlich schon angefordert.«

»Ich dachte, Ihre Leute seien qualifiziert genug, alle möglichen Formen von Verhören durchzuführen«, sagte Klatte.

»Das dachte ich auch.« Karla Neumann konnte sich diesen Seitenhieb nicht verkneifen.

»Wie Sie wissen, haben wir einen chronischen Personalmangel.« Göttler tat unschuldig. »Dazu kommt, dass wir eine komplette Kraft durch verdeckte Ermittlungen in der Klapse verlieren und Frau Müller wegen ihres Zustandes nicht alleine mit einem möglicherweise Gewalttätigen in einem Raum sein darf. Also, was soll ich tun, Herr Staatsanwalt? Der Oberbürgermeister will endlich wieder Ruhe haben in Konradshof!«

»Nein, nein«, Klatte hob abwehrend die Hände, »nichts liegt mir ferner, als Ihnen in Ihre Organisation hineinzureden, Herr Göttler. Wir sind uns aber einig, dass dieser Kollege sich streng auf dem Boden des § 163a der Strafprozessordnung bewegt und wir nicht irgendwann von einem Richter alle Aussagen um die Ohren gehauen bekommen, weil sie womöglich nicht ganz korrekt zustande gekommen sind?«

»Darauf können Sie sich verlassen, Herr Staatsanwalt!«

»Hieß das nun, dass ich mich auf die Korrektheit dieses Spezialisten verlassen kann – oder auf das Gegenteil?«, fragte Klatte, als er und Karla Neumann sich wieder auf dem Gang vor Göttlers Büro befanden und in Richtung Aufzug gingen.

»Wenn ich ehrlich sein soll, traue ich mir darüber kein Urteil zu, Herr Klatte.« Karla Neumann drückte auf den

Aufzugknopf und blickte dem Staatsanwalt, der fast ihr Sohn hätte sein können, in die Augen.

»Sie sollten aber die Möglichkeit in Erwägung ziehen, dass die Ergebnisse dieses Herrn Gonzalez unter Umständen nicht gerichtsverwertbar sein werden ... Was reitet denn den Göttler in diesem Fall?« Klatte stellte seine Aktenmappe auf dem Boden ab und sah Karla Neumann unverwandt in die Augen.

»Ich nehme an, dass er diese Sache auf Biegen und Brechen zu einem Ende bringen will. Wir hatten die Tage Besuch von einem Stabsmitarbeiter des OB. Der redet dann gleich von Terrorismus. Die sehen halt viele Felle davonschwimmen in Konradshof. Und Herr Kriminaldirektor Göttler möchte endlich Ruhe haben an dieser Front, bevor der Innenminister darauf kommt, die Ermittlungen dem LKA zu übertragen.«

»Jaja.« Klatte ignorierte den mittlerweile eingetroffenen Aufzug, und die Türen schlossen sich unverrichteter Dinge wieder. »Vor einigen Jahren hätte ich das auch noch gedacht. Aber ich sage Ihnen, der Göttler ist in letzter Zeit doch arg amtsmüde geworden. Der wird nichts mehr in der großen Politik, und seitdem ist dem alles egal. Eigentlich könnte ihm das so was von Pillepalle sein, wie schnell diese Tötungsdelikte aufgeklärt werden ...«

»Herr Klatte!« Karla Neumann war gleichzeitig entsetzt und erfreut über die plötzliche Offenheit des sonst so überkorrekten Herrn.

»Ja, Verzeihung.« Er zog ein Taschentuch aus der Manteltasche und tupfte sich damit die Stirn ab. »Aber diese Sache in Konradshof zehrt uns allen an den Nerven. Mein Chef ist da auch nicht gerade leidenschaftslos. Jedenfalls frage ich mich, was Herrn Göttler in dieser Sache reitet.

Die Suche nach der Wahrheit scheint es nicht zu sein ...«

»Da könnten Sie leider recht haben, Herr Staatsanwalt.« Karla Neumann vermied es, erneut auf den Knopf zu drücken.

»Ja. Aber die Befriedigung des OB oder die Abwehr des LKA sind es auch nicht, das habe ich im Urin, Frau Neumann.« Nun drückte Klatte auf die Taste mit dem Pfeil nach unten.

»Ich hätte das durchaus für möglich gehalten.« Karla Neumann schwirrte der Kopf. »Es wäre ja keine *so* ungewöhnliche Verhaltensweise für einen Kripo-Chef.«

»Darum geht es hier nicht.« Die Türen hatten sich geöffnet und Klatte ging durch. »Tun Sie mir einen Gefallen und behalten diese Vorgänge im Auge, Frau Neumann.«

»Das tue ich immer«, erwiderte sie, wobei sie sich des Verdachts nicht erwehren konnte, diesmal womöglich nicht weit genug zu sehen.

*

Es hatte dann doch etwas länger gedauert, bis Gonzalez das Verhör fortsetzte. Am Nachmittag kam er wieder, ließ einen Tisch zwischen sich und den Verdächtigen stellen und legte ein in markanter Form gedrehtes Rauchobjekt darauf.

»Wie sieht's aus, Charlie?«, fragte er und lehnte sich zurück.

»Ist das ein ...« Engelbrecht konnte den Blick kaum von dem kleinen, weißen Gegenstand abwenden.

»Schwarzer Afghane«, lächelte Gonzalez. »Von Jungfrauen bei Vollmond geerntet. Beste Ware, mein Freund!«

Engelbrecht wollte zugreifen, aber Gonzalez war schneller.

»Nicht so hastig, Kumpel.« Er hielt den Dübel vor sein Gesicht und drehte ihn langsam zwischen den Fingern. »Erst will ich was von dir hören!«

Engelbrecht stützte den Kopf in die Hände und massierte sich die Schläfen. Er atmete heftig.

»Da gibt's doch eigentlich nichts zu überlegen.« Gonzalez' Tonfall wurde gönnerhaft. »Wenn du gestehst, gibt's drei Jahre. Wenn du es auf einen Indizienprozess ankommen lässt, könnten es zehn werden!«

»Aber ich war's doch nicht ...«

»Glaubst du, dass da nur Schuldige im Bau sitzen? Du hattest ein Motiv, weil Rocco dir die Kleine ausgespannt hat. Du warst zur Tatzeit in der Nähe des Tatorts. Du hast schon mal Autos angezündet. Vielleicht warst du es ja trotzdem nicht, aber wer soll das glauben? Viele Kapitaldelikte werden aufgrund von Indizien abgeurteilt. Das ist eine Schwäche unseres Rechtssystems, aber leider nicht zu ändern, solange wir keinen totalen Überwachungsstaat wollen.«

»Aber ...«

»Na gut«, seufzte Gonzalez. »Dann muss ich halt doch wieder gehen!«

»Nein«, rief Charlie Engelbrecht fast panisch. »Nicht schon wieder ...«

»Dann probieren wir es doch noch einmal.« Gonzalez zog sein Diktiergerät aus der Jackentasche, legte es auf den Tisch und schaltete auf Aufnahme. »Fortsetzung der Vernehmung von Karl Engelbrecht«, sagte er laut und deutlich. »18:42 Uhr ...«

Der Baulärm hatte wie von Zauberhand aufgehört.

*

»Die Palmer!«, rief Renan ungläubig, als sie mit Alfred und Sophie zu einer improvisierten Lagebesprechung in der Kantine zusammentraf. Alfred hatte sich den obligatorischen Kaffee gegönnt, während Sophie gerade das zweite Nusshörnchen vertilgte. Renan war eher nach ein paar scharfen Peperoni, aber die gab es hier kaum und nicht zum Frühstück. Aus Rücksicht auf ihren Rücken blieb sie stehen.

»Das scheint die letzte Zeichnung eindeutig zu belegen.« Alfred spielte mehr mit seinem Kaffee, als dass er ihn trank. »Ist natürlich nicht verwertbar, aber dieser Sachverständige ...«

»Meiners ...«

»Genau. Also der legt sich fest, dass sie damit praktisch die Tat zugegeben hat.«

»Das ist wohl auch eine handfeste Erklärung, warum sie gar so beinander ist«, ergänzte Sophie. »Es wäre schon schlimm genug, wenn du dabei zuschauen musst, wie dein Freund verbrennt. Aber es selbst zu tun ...«

»Gehen wir also davon aus, dass sie es tatsächlich war?« Renans Gedanken fuhren Autoscooter. »Vielleicht ist sie ja doch nur Zeugin ...«

»Höchst unwahrscheinlich«, seufzte Alfred, den die neueste Erkenntnis sichtlich mitgenommen hatte. »Dann hätte sie ihn doch rausholen können. Oder zumindest irgendwelche Rettungsversuche unternehmen. Nichts davon ist geschehen, das wäre der Spurensicherung nicht verborgen geblieben. Stattdessen haben wir diese Ratschenteile ...«

»Zumindest die Fensterscheibe hätte sie einschlagen können«, sagte Sophie.

»Booaah ...« Renan musste sich nun doch setzen. »Da wäre ich echt nie drauf gekommen!«

»Es bleibt bei den klassischen Mustern.«, Alfred stützte das Kinn in die rechte Hand. »In den allermeisten Fällen finden sich die Täter im nächsten Umfeld.«

»Ja schon ... aber ...«

»Um das zu beweisen, müsste Sarah Palmer mal richtig aussagen.« Sophie war mit dem zweiten Hörnchen fertig. »Zeichnungen alleine werden nicht reichen.«

»Genau«, Renan versuchte ihren Faden wieder zu finden, »aber ...«

»Da sind wir zum Großteil raus«, sagte Alfred. »Was sollen wir denn noch tun, als sie zu fragen. Wenn Sie nichts sagt, dann müssen größere Köpfe ran. Wie der Herr Professor aus Köln zum Beispiel.«

»Klar«, Renan winkte heftig ab. »Aber ... aber ... wo genau war denn das Motiv?«

»Motiv?« Alfred blickte von seiner Tasse auf.

»Ja, das Motiv«, Renan verfiel in einen Singsang. »Zu jeder Tat gehört ein Motiv. Warum hat sie es denn getan, wenn sie mit dem Burschen zusammen war und jetzt so fertig deswegen ist?«

»Beziehungstaten sind ja auch nicht gerade selten.« Sophie zuckte mit den Achseln. »Ich hätte meinen Exmann auch manchmal gerne ...«

»Ach, hier stecken Sie.« Karla Neumann hatte sich unbemerkt dem Tisch genähert und baute sich nun an dessen Stirnseite auf.

»Was können wir für Sie tun, Frau Neumann?«, fragte Alfred schnell. Wahrscheinlich befürchtete er, dass Renan schon wieder eine Provokation auf der Zunge lag.

»Ich fürchte, Sie können nichts mehr tun. Zumindest nicht im Fall Baierlein ...«

»Das heißt jetzt aber nicht, dass …« Renan wusste, dass es nichts mehr brachte, sich dumm zu stellen. Dennoch wollte sie es nicht wahrhaben.

»Der Herr Kriminaldirektor gibt heute um 10 Uhr eine Pressekonferenz!«

*

»Meine sehr verehrten Damen und Herren!« Göttler wirkte glatt und professionell wie immer. Aber wenn man ihn genauer kannte, blieb eine gewisse Müdigkeit und Anspannung hinter der Fassade nicht verborgen.

»Ich darf Sie herzlich zu dieser – relativ kurzfristig angesetzten – Pressekonferenz begrüßen. Wie Sie alle wissen, sind Transparenz und Offenheit fundamentale Prinzipien bei der hiesigen Kriminalpolizei …«

Links neben Göttler saß, wie immer, Hofmann, der Pressesprecher des Präsidiums. Rechts der Oberstaatsanwalt, Dr. Kaltenbrunner. Offenbar hatte Göttler Letzteren dazugebeten, damit die Sache mehr Gewicht bekam, und der Strafverfolger wollte sich die schnelle Aufklärung eines möglichen Mordes in Konradshof auch nicht entgehen lassen. Karla Neumann durfte in den meisten Fällen nicht mehr mit aufs Podium, weil sie dem Kriminaldirektor zu oft die Show gestohlen hatte. In der zweiten Stuhlreihe ganz links entdeckte Alfred Speedy Gonzalez. Er lümmelte lässig in dem eher unbequemen Stuhl und tippte auf seinem Smartphone herum.

Die Presse war trotz der kurzfristigen Einladung zahlreich erschienen. Kein Wunder, die Sache in Konradshof hatte ordentlich Staub aufgewirbelt. All die üblichen verdächtigen Blätter und Senderstationen waren mit ihren

Korrespondenten anwesend. Auf dem Podiumstisch stand ein Strauß von Mikrofonen, und an den Rändern des Saales waren insgesamt vier Kameras aufgebaut.

Als das Volksgemurmel verstummt war, sprach Göttler weiter. »Wir dürfen Sie heute Morgen über die Lösung eines Falles informieren, der uns alle sehr beunruhigt hat. Die Umtriebe in einigen unserer Stadtteile, die gerade umfassend saniert werden, sind schon länger unerfreulich – und oft genug auch kriminell. Einen Todesfall hatten wir in diesem Zusammenhang aber noch nicht zu beklagen. Daher war es uns – und auch der Stadt – ein Anliegen, hier schnellstens aufzuklären. Wir haben in alle Richtungen ermittelt, gleichwohl lag schon bald der Schluss nahe, dass der Tote, Rocco B., einer Aktion seiner eigenen Kameraden zum Opfer gefallen ist ...«

Während Göttler die Geschichte noch einmal wiedergab, schweiften Alfreds Gedanken ab. Was ritt den Burschen, sich so angreifbar zu machen? Es war ziemlich klar, dass Gonzalez Methoden angewandt hatte, die das Geständnis von Engelbrecht wertlos machen würden – früher oder später. Das musste keine Gewalt gewesen sein, aber ganz sicher war Speedy nicht streng nach Lehrbuch und Strafprozessordnung vorgegangen. Göttler konnte nicht so dumm sein, das nicht ins Kalkül zu ziehen. Und dass er nun plötzlich der besorgte Vater war, der den Verdacht von seiner Tochter ablenken wollte, von der er bis vor wenigen Tagen überhaupt nichts gewusst hatte ... So viel Fürsorge passte auch nicht ins Bild. Es blieb eigentlich nur, dass er Angst hatte, er würde als ihr Erzeuger mit einer Mörderin in Verbindung gebracht werden und deshalb Schwierigkeiten bekommen. Aber da hatte Göttler schon ganz andere Dinge am Rande der Legalität gedreht, wohingegen er für die Taten eines

Kindes, das er nie gekannt hatte, ja ganz sicher nicht verantwortlich war, nicht einmal moralisch ...

»Wo lag denn nun das Motiv für die Tat?« Als Thormann vom *Morgenblatt* den Reigen der Nachfragen eröffnete, klinkte sich Alfreds Bewusstsein wieder in die Pressekonferenz ein.

»Das ist noch nicht abschließend geklärt.« Göttler machte ein nachdenkliches Gesicht. »Der mutmaßliche Täter gibt an, dass es reiner Zufall gewesen war, dass er ausgerechnet dieses Fahrzeug in Brand gesetzt hat. Gleichzeitig wissen wir aber auch, dass es – sagen wir – Verwicklungen zwischen dem Opfer und unserem mutmaßlichen Täter gegeben hat, hinsichtlich der Beziehung zu einer jungen Frau. Sodass es womöglich auch ein Motiv für eine vorsätzliche Tat geben könnte. Aber das muss nun die Gerichtsverhandlung ergeben.«

»Können wir dann davon ausgehen, dass diesem Terror in Konradshof nun endlich Einhalt geboten wird?«, fragte eine Redakteurin der konservativen Lokalzeitung.

»Bevor wir mit diesem Begriff um uns werfen, muss ich etwas dazu sagen«, meldete sich nun der Oberstaatsanwalt zu Wort. »Terror im Sinne des § 129a StGB liegt nur vor, wenn massive Delikte wie Mord, Totschlag, Freiheitsberaubung et cetera verübt werden – oder eine Behörde oder eine internationale Organisation durch Gewalt oder deren Androhung zu etwas genötigt werden soll. All diese Voraussetzungen sind in Konradshof nicht gegeben. Ich sage das ausdrücklich, wir haben es bei dieser Gruppe, der sogenannten AFKO, *nicht* mit einer terroristischen Vereinigung zu tun. Es könnte durchaus sein, dass nicht einmal die Bezeichnung *kriminelle Vereinigung* anzuwenden ist. Graffiti und Farbbeutel sind kein Terror. Brennende Fahrzeuge auch noch lange nicht. Und wenn diese Aktivisten sich gegenseitig ums Leben bringen, ist das erst recht kein Terror. Wir haben es hier ohne Zweifel mit Straftaten zu tun, teilweise auch mit schweren Straftaten, aber ganz sicher nicht mit Terrorismus. Ich bitte Sie daher inständig, diese Vokabel in Ihrer Berichterstattung nicht zu verwenden!«

»Oder nur mit äußerster Vorsicht«, schaltete sich Göttler ein, der den Widerspruchsgeist der Presse schon geweckt sah.

»Das Strafgesetzbuch ist das eine, die gefühlte Lage der Bevölkerung ist aber was anderes.« Da war schon wieder Thormann, ein berüchtigter Verfechter der Pressefreiheit.

»Halten Sie es nicht für nachvollziehbar, dass sich jemand terrorisiert fühlt, wenn sein Auto angezündet wird?«, fragte eine Kollegin des *BR* nach.

»Das ist natürlich nachvollziehbar«, beschwichtigte Göttler. »Aber Sie sehen ja an diesem konkreten Fall, dass die ... sagen wir: *handelnden Personen* in Konradshof nicht mit dem Mindestmaß an Professionalität vorgehen, das man zur Ausübung von Terror benötigt. Vereinfacht gesagt, sollte man halt einmal einen Blick in ein Auto werfen, bevor man es anzündet.«

»Was ist denn dann mit dem zweiten Mordfall?«, hakte Thormann nach.

»Welchen ...« Göttler war aus dem Konzept geraten.

»Sie meinen den Immobilienverkäufer?«, fragte Hofmann.

»Ja, den halt, der vom Dach dieses Rohbaus gestoßen wurde.«

»Was möchten Sie darüber wissen?« Hofmann hatte das Gespräch offenbar kurz übernommen, um Göttler etwas

Zeit zum Nachdenken zu verschaffen. Dabei war es so klar wie der Kantinenkaffee, dass diese Frage kommen würde.

»Ob der Mann auch von dieser Aktionsfront ermordet wurde. Das Bauunternehmen scheint ja einer ihrer Hauptfeinde zu sein, oder?«

»Zunächst können wir bei diesem Fall noch nicht mit Sicherheit von Mord ausgehen.« Göttler hatte sich nun wieder gefangen. »Ein Unfall kann noch nicht ausgeschlossen werden ...«

»Um 1 Uhr früh?«

»... ebenso wenig ein Selbstmord. Es gibt aber keinerlei Hinweise auf eine Beteiligung dieser Gruppe.«

»Wie können Sie sich da so sicher sein?«

»Einerseits durch die Umstände und den Hergang der Tat und andererseits durch die gesicherten Spuren ...«

»Was sind das für Spuren?«

»Das kann ich Ihnen aus ermittlungstaktischen Gründen heute noch nicht mitteilen.«

*

»Ich würde wirklich gerne wieder zurück«, sagte Karina etwas kleinlaut.

»Das kommt überhaupt nicht infrage, Frau Welker.« Karla Neumanns Ton duldete keinen Widerspruch. »Es war schon riskant genug, dass Sie überhaupt verdeckt in der Psychiatrie ermittelt haben. Nicht auszudenken, wenn da was passiert wäre.«

»Aber ich ...«

»Sie haben ganz hervorragende Arbeit geleistet«, lächelte die Kriminalrätin. »Aber jetzt ist der Einsatz beendet, und Sie werden uns wieder im normalen Dienst unterstützen.«

»Aber wenn sie irgendjemandem etwas anvertraut, dann doch wohl mir.« Karina gab immer noch nicht auf. »Dazu muss ich aber drinbleiben. Denn wenn sie mich jetzt hier als Polizistin sieht, dann ist die Vertrauensbasis, die ich aufgebaut habe, ganz sicher zerstört – und zwar für immer!«

»Herr Professor Meiners?«, seufzte Karla Neumann und lehnte sich zurück. »Was sagen Sie dazu?«

»Es sollte in der Tat vermieden werden, dass die Patientin Frau Welker als Polizistin erlebt. Sie hat sich ihr in gewisser Weise geöffnet und würde diesen verdeckten Einsatz ganz sicher als Verrat ansehen. Gleichzeitig stimme ich Ihnen aber zu, Frau Neumann, dass auf diesem Weg wohl keine neuen Erkenntnisse gewonnen werden können. Zumindest nicht in einer angemessenen Zeit.«

»Gut«, sagte Karla Neumann an Karina gewandt. »Dann ziehen wir Sie endgültig aus dem Klinikum ab. Wir haben hier noch genug zu tun. Herr Göttler ist gerade dabei, einen wahrscheinlich Unschuldigen vor Gericht zu bringen, und vor allem haben wir noch einen zweiten Fall, der noch nicht einmal ansatzweise gelöst ist.«

»Aber wie wollen wir denn Sarah Palmer dazu bringen, dass sie eine ordentliche Aussage macht, wenn sie nicht spricht?« Renan hatte sich mühsam zurückgehalten und schaltete sich nun in das Gespräch ein.

»Dazu haben wir ja Herrn Meiners«, sagte Karla Neumann. »Wir sind für solche Fälle nicht ausgebildet und würden womöglich der jungen Frau auch Schaden zufügen, wenn wir mit dem üblichen Instrumentarium vorgehen.«

»Also wie?«, fragte Renan nochmals.

»Ich muss die Patientin zunächst einmal näher kennenlernen«, erklärte der Professor geduldig. »Ich gehe gleich heute noch ins Klinikum und stelle mich ihr vor. Es gibt keine Patentrezepte für solche Fälle, Frau Müller. Ob und wie ich sie dazu bringen kann, mit mir oder Ihnen zu kooperieren, wird sich zeigen.«

»Gut.« Karla Neumann leerte ihre Teetasse und stellte sie auf den Tisch. »Frau Müller wird Ihre Kontaktperson im Präsidium sein, wenn Sie etwas brauchen …«

»Aber wenn ich gerade …«, versuchte Renan zu protestieren.

»Sie versehen Innendienst, Frau Müller«, erklärte Karla Neumann gereizt. »Ich wünsche, dass diese Anordnung nun endlich befolgt wird, Baustelle hin oder her. Wenn es Ihnen lieber ist, können Sie aber auch das Archiv aufräumen oder die Feedbackbögen der Polizeipuppenbühne auswerten!«

»Ich habe da aber so eine Ahnung, was den Fall Meßthaler betrifft. Der würde ich gerne nachgehen …«

»Tun Sie das«, lächelte die Kriminalrätin. »Je schneller wir hier Ergebnisse haben, desto besser. Aber tun Sie es vom Büro aus. Für alles andere haben Sie Kollegen, unter anderem auch Frau Welker.«

»Darf ich mich wenigstens noch von Sarah verabschieden?«, fragte Karina trotzig.

»Hmmm«, brummte Karla Neumann.

»Ich habe auch noch Sachen im Zimmer, die ich holen muss …«

»Also gut«, seufzte die Kriminalrätin. »Dann fahren Sie gleich mit Herrn Professor Meiners hin und packen zusammen. Klären Sie bitte mit Herrn Dr. Kerner, dass es eine plausible Begründung für Ihre Entlassung gibt. Heute Nachmittag sind Sie aber wieder hier!«

*

Mager staunte nicht schlecht, als er – nach einem Protest bei der Staatsanwaltschaft wegen der vorangegangenen Vernehmungen seines Mandanten ohne Rechtsbeistand – zum Chef der Kriminalpolizei zitiert wurde. Herbert Göttler war keiner, dem ein Feld-Wald-und-Wiesen-Anwalt gewöhnlich in der Ausübung seines Berufes begegnete. Die Kommissare der Drogenfahndung oder die Bearbeiter von Körperverletzungsdelikten kannte man nach einigen Jahren im Job fast alle, aber die Führungsebene der Kripo kannte man nur vom Hörensagen, oder man sah sie ein oder zwei Mal in der Gerichtskantine, wenn sie bei einem der verschiedenen Richter-Kaffeekränzchen saßen – Göttler meist bei den Hardlinern, wie kolportiert wurde. Mager war daher gegen seinen Willen etwas nervös, nahm sich aber vor, sich von dem mächtigen Herrn nicht einschüchtern zu lassen, zumal sein Ansprechpartner ja eigentlich nur die Staatsanwaltschaft war.

»So, Herr Mager.« Der Kriminaldirektor erhob sich aus seinem Ledersessel und reichte ihm mit einem Haifischlächeln die Hand. »Schön, dass Sie es einrichten konnten.«

Das Büro war weniger groß und prächtig als angenommen. Auch die Ausstattung wich nur geringfügig vom Resopal-Charme der einfachen Amtsstuben ab. Lediglich ein dunkelblauer Teppichboden sowie verschiedene Aquarelle und Urkunden an den Wänden verdeutlichten den Rang des Kriminaldirektors. Die vollautomatische Espressomaschine auf einem Sideboard wahrscheinlich auch. Und auf einem Besprechungstisch standen mehrere Flaschen italienisches Mineralwasser. Mager wurde ein Besucherstuhl vor dem Schreibtisch zugewiesen, der auch zwei Nummern größer als die Norm war. Die Bauarbeiten am Präsidium hatte er schon beim Hereingehen bemerkt. Jetzt machten sie sich durch ein dumpfes Stampfen bemerkbar, das sich etwa jede halbe Minute wiederholte.

»Kaffee?«, fragte Göttler und begab sich zu seiner Chef-Maschine.

»Nein, danke. Herr … Kriminaldirektor …« Mager wollte lieber keine Gefälligkeiten von diesem Mann annehmen.

»Gut, wenn Sie doch noch einen trockenen Mund kriegen, dann sagen Sie es einfach.« Göttler drückte auf einen Knopf, und das Mahlwerk machte sich lautstark an die Arbeit.

»Was kann ich denn für Sie tun, Herr Kriminaldirektor«, fragte Mager, sobald sich beide an den vorgesehenen Plätzen befanden und Göttler das erste Mal an seiner Espressotasse nippte.

»Sie können mir verraten, was Sie von dem Geständnis Ihres Mandanten, Karl Engelbrecht, halten«, kam der Kripo-Chef überfallartig zur Sache.

»Ich halte es für nicht glaubwürdig. Und sobald ich Akteneinsicht habe und endlich einmal mit Herrn Engelbrecht alleine sprechen kann, wird er es ziemlich sicher widerrufen.«

»Tatsächlich?«

»Ich glaube schon.«

»Was veranlasst Sie zu diesem … Glauben?« Göttler lehnte sich nach vorne und sah Mager neugierig an.

»Sie haben meinen Mandaten mehrmals ohne mein Wissen verhört, und daher konnte ich ihn nicht angemessen beraten!«

»Wir haben jedes Mal versucht, Sie anzurufen, aber Sie waren leider nicht erreichbar«, seufzte Göttler. »Ist ja auch verständlich, wenn man viele Pflichtmandate hat, nicht wahr?«

»Sonst ist das aber auch kein Problem.« Mager begann sich zu fragen, wo dieses Gespräch hinführen sollte. »Und dann haben diese Vernehmungen ja anscheinend auch ziemlich lange gedauert – und das bis in den späten Abend hinein. All das ohne anwaltlichen Beistand. Ich bin jedenfalls schon sehr auf die Protokolle gespannt. Ob da der Paragraf ... äh, also ...«, Mager dachte angestrengt nach, kam aber gerade nicht auf die richtige Zahl, »also, ob da die Strafprozessordnung wirklich eingehalten wurde, das wage ich zumindest zu bezweifeln.«

»Das hat alles seine Ordnung, das kann ich Ihnen versichern«, lächelte Göttler. »Es ist leider so, dass wir unter einer sehr angespannten Personalsituation leiden, was nicht zuletzt auf die Aktivitäten Ihres Mandanten und seiner Kameraden in Konradshof zurückzuführen ist. Daher war es leider nicht immer möglich, die Vernehmung in einem idealen Zeitrahmen durchzuführen.«

»Oh, Sie müssen sich vor mir nicht rechtfertigen, Herr Göttler.«

»Das habe ich auch ganz sicher nicht vor!«

»Auf der anderen Seite muss ich aber auch meinen Mandanten nicht einfach so mit diesem ... fragwürdigen Geständnis hängen lassen. Das käme ja einem Parteiverrat gleich, und dann würde ich womöglich noch Ärger mit der Anwaltskammer kriegen. Das verstehen Sie doch sicher, Herr Göttler.«

»Ärger mit der Anwaltskammer ist ein gutes Stichwort.« Der Kriminaldirektor lehnte sich in seinem Sessel zurück und sah Mager unverwandt in die Augen.

»Inwiefern?« Mager überlegte heftig, was der Herr wohl im Schilde führte.

»Kann es sein, dass Sie schon einmal Geld eines Ihrer Mandanten veruntreut haben?«

»Wie bitte?« Mager bekam einen Schweißausbruch. Das dumpfe Stampfen der Baustelle dröhnte nun in seinem Kopf. Er sah sein Gegenüber an und wollte sich zwicken, um sicherzugehen, dass er nicht in einem Stasi-Albtraum gelandet war.

»Wenn ich richtig informiert bin, haben Sie vor zwei Jahren in einem Körperverletzungsfall ein Schmerzensgeld von fünftausend Euro erstritten und nicht an Ihren Mandanten weitergeleitet.«

»Also ...« Mager wollte seine Krawatte lockern, bemerkte aber, dass er gar keine trug. »Also, erstens habe ich es weitergeleitet ... nach Abzug meines Honorars und meiner Unkosten ...«

»... und nach Begleichung Ihrer Mietschulden, ein halbes Jahr später ...«

»Und zweitens frage ich mich, woher Sie das wissen?« Mager verschränkte die Arme vor der Brust. Irgendwie war ihm kalt geworden.

»Ihr Mandant hat bei der Polizei Anzeige erstattet.« Göttler hob unschuldig die Schultern. »Dafür kann ich nun wirklich nichts, Herr Mager!«

»Darf ich fragen, was das mit dem Fall von Herrn Engelbrecht zu tun hat?« Der Anwalt versuchte sich nun in der Offensiv-Verteidigung.

»Zunächst einmal nichts.« Göttler blätterte in einem Stapel loser Blätter. »Aber Sie haben es ja öfter mit Körperverletzungen und Schmerzensgeldforderungen zu tun, nicht wahr?«

»Ich unterliege der Schweigepflicht!«

»Dazu kommen wir noch.« Das Grinsen des Kriminaldirektors wirkte nun offen unfreundlich. »Aber da kann man schon mal in Versuchung kommen, dass man gewisse ...

Verbindlichkeiten, die man nicht aus eigenen Mitteln bedienen kann, erst mal von den Mandanten abzweigt, oder?«

»Das haben Sie gesagt!«

»Ich möchte den Kollegen von der Wirtschaftskriminalität natürlich nicht noch mehr Arbeit machen.« Göttler erhob die Stimme, das Grinsen war verschwunden. »Ich hoffe, wir verstehen uns!«

»Nicht ganz, fürchte ich ...« Mager war der Verzweiflung schon sehr nahe, wollte sich aber noch nicht geschlagen geben.

»Nun ja, es wäre vielleicht angebracht, Ihre Konten einmal genauer zu überprüfen und gegebenenfalls Ihre Kanzlei zu durchsuchen, Herr Mager. Sie scheinen notorisch klamm zu sein, und da liegt der Verdacht nahe, dass Sie sich nicht nur einmal bei Ihren Mandanten bedient haben, um ein Cashflow-Problem zu lösen.«

»Und das hat ganz sicher nichts mit dem Fall Engelbrecht zu tun.« Mager fühlte sich gerade wie ein Ertrinkender, der vorgab, Leistungsschwimmer zu sein.

»Nicht das Geringste.« Göttler blätterte weiter. »Es hat nur etwas mit Arbeit zu tun. Und wenn Sie darauf beharren, uns durch einen Geständniswiderruf mehr Arbeit zu machen als nötig, dann würden wir den Schwung womöglich gleich nutzen und uns auch mal für verschiedene Anwaltsdelikte interessieren, die man bei mittelmäßigen Vertretern Ihrer Zunft so vorfinden könnte.«

»Ich glaube, ich bin im falschen Film«, entfuhr es Mager, während die Schläge von der Baustelle wieder seinen Kopf malträtierten.

»Nicht frech werden.« Göttler wackelte mit dem rechten Zeigefinger. »Dazu kommt zum Beispiel, dass Sie im aktuellen Fall anscheinend nicht nur Herrn Engelbrecht vertreten, sondern auch eine Frau ...«, er drehte ein Blatt um, »... Fäustel, deren Testament in direkter Verbindung zu diesem Fall steht, und da wären wir wieder beim Parteiverrat durch Vertretung widerstreitender Interessen. Das sieht alles gar nicht gut aus für Sie und Ihre lausige Karriere, Herr Mager!«

Mager sah sein ganzes bisheriges Berufsleben an sich vorbeiziehen, vom Spickzettel beim Examen bis hin zu seinem aktuellen Kontostand, der bisweilen jenseits der Sollgrenze entlangschlingerte. Er wollte zu einem ausgiebigen Hadern mit seiner Berufswahl ansetzen, wurde sich aber bewusst, dass hier nicht der richtige Zeitpunkt und auch nicht der Ort dafür sein würde. Er rieb sich die Nase, während sein Gegenüber das Kinn in die rechte Hand gestützt hatte und ihn irgendwie mitleidig ansah.

»Was schlagen Sie vor, Herr Kriminaldirektor?«, fragte Mager schließlich.

»Wir müssen doch alle schauen, wie wir zurechtkommen«, sagte Göttler gönnerhaft. »Was bringt es Ihnen denn, wenn Sie sich für die paar Kröten, die Ihnen dieses Pflichtmandat einbringt, über die Maßen engagieren? Zeit ist Geld, nicht wahr? Also, belassen wir es doch bei der Brandstiftung mit Todesfolge, Ihr Mandant kriegt dafür vielleicht fünf Jahre und ist gut bedient, vor allem angesichts seiner Vorstrafen. Sie haben einen besseren Stundensatz und wir keine Arbeit mehr. Damit wäre doch allen gedient, meinen Sie nicht?«

»Ich werde darüber nachdenken«, seufzte Mager.

IX. Nicht sagen, was ich denke

Mit dem Grundbuchamt hatte es wider Erwarten einigermaßen funktioniert. Die Daten zu allen Grundstückskäufen der *Wohntraum AG* in den letzten drei Jahren sollten bis morgen in ihrem elektronischen Postfach sein. Entweder war die Stadtverwaltung für die Konradshof-Problematik ausreichend sensibilisiert worden, oder man ging davon aus, dass diese Informationen ja ohnehin mit etwas mehr Aufwand verfügbar gemacht werden konnten. Die Neubau- beziehungsweise Sanierungsvorhaben wurden immer auf riesigen Bautafeln und in der Zeitung verkündet. Und danach prangte an jeder Immobilie, bei der es sich um ein ehemaliges Projekt der *Wohntraum AG* handelte, ein bronzenes Schild, das diese Tatsache stolz verkündete. Wobei Renan noch das genaue Kaufdatum und der Vorbesitzer wichtig waren, wenn der Zusammenhang, den sie zu spüren glaubte, belegt werden sollte.

Das war der leichtere Teil der Übung gewesen. Das Gegenstück würde ungleich schwieriger werden. Renan überlegte. Wenn es mit rechten Dingen zugehen sollte, müsste sie beim Staatsanwalt einen Durchsuchungsbeschluss erwirken. Bei der Beweislage war das aussichtslos. Sie hatte zwar das Gefühl, dass Klatte in dieser Sache auf ihrer Seite war, aber das würde ihn noch lange nicht dazu bringen, aufgrund von Ahnungen einer Hochschwangeren ein unbescholtenes Unternehmen zu durchsuchen. Im Übrigen musste ja nicht das Unternehmen durchsucht werden, sondern nur dessen Akten. Die waren sicherlich alle auch digital geführt und idealerweise in irgendeinem Netzwerk abgelegt, das mit dem Internet verbunden war. Dann könnten die Polizeinerds vielleicht helfen. Wenn nicht, konnte sie – neben einer Durchsuchung und Hacking – immer noch eine dritte Variante anwenden.

*

»Ich wollte mich verabschieden.« Karina saß auf dem Bett, das bis vor Kurzem noch ihres gewesen war und blickte ihre Zimmergenossin verlegen an. Sarah blickte zurück, sagte aber nichts. Sie saß auf ihrem Bett, den Zeichenblock auf den angewinkelten Beinen.

»Die Kasse will die stationäre Behandlung nicht länger bezahlen ...« Karina kaute an ihren Fingernägeln. Das hatte sie seit der Schule nicht mehr getan.

»Ich soll jetzt in eine Ambulanz, weil sonst die Chancen auf meine berufliche Wiedereingliederung zu schlecht werden ... Dabei weiß ich echt nicht, ob ich das einfach so weitermachen kann ...« Der letzte Halbsatz war nicht gelogen.

Sarah sagte weiter nichts. Stattdessen blätterte sie den Block um und begann mit einer neuen Zeichnung.

»Ich fand die Zeit mit dir wirklich gut. Unsere ... also, unser Austausch hat mir gut gefallen. Ich glaube, das hat mir sogar geholfen.« Karina packte die letzten Klamotten in ihre Tasche und ging ins Bad, um dort ihre spärlichen Habseligkeiten zu holen. Sarah fuhr weiter zackig über ihren Block. Karina fragte sich, ob das Ausdruck einer Art von Ärger war, dass sie sie nun verließ, oder ob Sarah einfach nur schnellmachen wollte.

»Ich habe nie hier reingewollt«, fuhr Karina fort, als sie den Kulturbeutel und das Duschgel verstaut hatte. »Was soll ich schon in der Klapse ... Aber ich habe gemerkt, dass es eigentlich ganz okay ist ... und jetzt würde ich gerne noch länger bleiben ...«

Sarah sah kurz zu ihr auf, zeigte den Anflug eines Lächelns und traktierte weiter mit dem Bleistift das Blatt.

»Ich ... ich habe dir noch was zum Abschied ...« Karina zog nun auch das Papier aus der Jacke, das sie vorbereitet hatte. Es war ebenfalls eine Zeichnung. Sie hatte den Rauch vom Feuer des Scheiterhaufens wieder aufgegriffen. Es qualmte am unteren Rand, und die Rauchwolken formten weiter oben eine Abfolge von Ziffern. Ihre Handynummer.

»Wenn du meinst, dass ich dir irgendwie helfen kann ...« Sie hielt Sarah das Bild hin, die es bereitwillig annahm und ausgiebig musterte.

»Du musst ja auch nicht reden. Kannst mir auch 'ne SMS schicken oder ein Zeichnung abfotografieren. Ich bin auf jeden Fall für dich da!«

Sarah sah noch mehrmals von der Zeichnung zu Karina. Schließlich legte sie das Blatt auf ihren Nachttisch und widmete sich wieder ihrem Werk.

»Tja«, sagte Karina nach einer gefühlten Stunde des Schweigens. »Ich muss dann jetzt ... mach's gut!«

Sie warf sich die Tasche über die Schulter und spürte, wie ihr die Tränen in die Augen stiegen. Kurz bevor sie die Tür öffnete, hörte sie ein »Ratsch« hinter sich. Sarah hatte eine Seite ihres Blocks abgerissen.

»Können Sie mir sagen, was das bedeuten soll?« Karina hatte Meiners abgepasst, bevor sie die Station verließ. Der Experte hatte sich zuerst noch mit Dr. Kerner besprochen und lungerte seitdem im Wartebereich herum, weil er erst mit einem gewissen zeitlichen Abstand zu Karinas Abschied das Gespräch mit Sarah suchen wollte.

»Das scheint mir ein Blaulicht zu sein ...« Er hatte die Brille angehoben und sich der Zeichnung auf eine Nasenlänge genähert. » ... wenn auch in Schwarz-Weiß ...«

»Das sehe ich auch.« Karina wurde entgegen ihrer Gewohnheit etwas lauter. »Aber was will sie mir damit sagen? Hat sie mich durchschaut?«

»Möglich«, brummte Meiners mit immer noch erhobener Brille.

»Oder ist das ein Hilferuf?«

»Auch möglich ...«

»Ja, so schlau bin ich auch ...« Sie riss dem Professor das Blatt aus der Hand. »Aber was davon ist es nun? Und was soll ich damit anfangen?«

»Junge Frau«, erwiderte Meiners milde lächelnd. »Sie müssen damit gar nichts anfangen. Und was immer es bedeuten soll, es ist in jedem Fall ein Fortschritt ...«

»Aber wenn sie weiß, dass ich eine Polizistin bin ...«

»Ja, was ist dann?«

»Dann wäre das doch so was wie Verrat für sie ...«

»Warum?«

»Weil ... weil ...«

»Haben Sie jemals gesagt, dass Sie keine Polizistin sind?«

»Nein, natürlich nicht!«

»Sehen Sie. Es ist durchaus möglich, dass die Patientin es unter gewissen Bedingungen oder gegenüber einer bestimmten Person sogar als Erleichterung empfunden hat, sich ihre Schuld – sozusagen – von der Seele zu zeichnen.«

»Sie meinen, sie hat ganz bewusst mir gegenüber alles zugegeben?«

»Schuld drückt auf die Seele, Frau Welker.« Meiners nahm das Papier wieder an sich. »Und zwar unendlich viel schwerer als das, was Sie gerade empfinden ...«

»Also, ehrlich gesagt fühle ich mich gerade auch ziemlich schuldig!«

»Das wird sich legen.« Er lächelte wieder priesterhaft. »Wir Psychologen sprechen in solchen Fällen von einer *kognitiven Dissonanz*.«

»Na, großartig!«

»Und was die Deutung dieses Bildes betrifft«, Meiners nahm Karina die Zeichnung sachte wieder aus den Händen, »so wäre es gut möglich, dass es beides beinhaltet. Die Aussage, dass sie von Ihrer Agententätigkeit weiß – oder sie zumindest erahnt. Und dass sie Hilfe möchte. Das ist ja kein Widerspruch, nicht wahr?«

»Hilfe? Aber wie soll ich ihr denn helfen? Hier drin?«

»Ja, das überlassen Sie nun erst einmal mir.« Der Professor klopfte Karina motivierend auf die Schulter und ging in Richtung der Krankenzimmer.

*

»Also«, fragte Renan, nachdem sie sich eine halbe Stunde lang eine Vorlesung über die Möglichkeiten der Onlinerecherche angehört hatte, »schaffst du das jetzt, oder nicht?«

»Ich müsste halt wissen, wo ich suchen soll.« Der Nerd hieß Holger, war etwas übergewichtig und trug einen Bart, aber keine Brille. Dazu eine schwarze Jeans und ein schwarzes T-Shirt mit der Aufschrift *ADMIN – I'm never wrong!* Er roch nach einem billigen Deo – immer noch besser, als wenn er keines benutzt hätte.

»Das habe ich doch vorhin lang und breit erklärt«, seufzte Renan. Dass diese Computerfreaks immer so schwer von Begriff waren, wenn's mal nicht um Nullen und Einsen ging!

»Ja, das habe ich schon kapiert.« Holger schien im Gegensatz zu Renan überhaupt nicht ungehalten. »Aber dieser Pflegedienst hat kein Firmennetzwerk, in das man sich reinhacken könnte. Die haben eine bescheidene Webseite …« Er klickte ein paar Mal, und die Homepage von *Sozius* tauchte auf, mit dem übergroßen Bild einer lächelnden Annette Krüger, das höchstwahrscheinlich photogeshopt war.

»Ich kenne diese Webseite.« Renan atmete einmal tief durch und rang um Fassung. »Wenn das, was ich will, dort zu finden wäre, dann hätte ich das auch geschafft. So behindert bin ich nicht!«

»Schon klar.« Holger tippte auf seiner Tastatur herum, und es erschien ein schwarzes Fenster mit Buchstaben und Zahlenkombinationen.

»Ich versuche nur, dir zu erklären, dass wir vom Hosting dieser Webseite nicht auf einen oder mehrere Computer dieses Dienstes kommen. Wahrscheinlich betreut die Chefin die Webseite abends von zu Hause aus, oder irgendein Kumpel macht das. Jedenfalls ist es nicht so, dass wir über das Internet an Firmendaten rankommen. Die IP-Adressen der Geschäftsrechner kennen wir nicht, falls sie überhaupt am Netz hängen …«

»Gut, das habe ich verstanden.« Renan stand auf. »Also müssen wir überlegen, wer die Daten noch haben könnte. Die müssen ja irgendwie zwischen dem Pflegedienst und der Pflegekasse ausgetauscht werden … Und das dürften die ja heutzutage nicht mit Brieftauben machen, oder?«

»Hm, aber das sind doch ganz verschiedene Kassen, oder nicht?«

»Jaa.« Renan kaute auf einer Haarsträhne herum. Wenn sie nicht alles täuschte, war die Krankenkasse eines Menschen auch gleichzeitig dessen Pflegekasse.

»Solange wir nicht wissen, welche Kassen wir anzapfen müssen, wissen wir auch nicht, wo wir suchen sollen.« Holger griff zu einem Pappbecher mit Kaffee und nahm einen Schluck.

»Dann fang halt mit den üblichen an: *AOK* oder ... *BARMER* oder wie die halt so heißen ...«

»Du möchtest jetzt allen Ernstes, dass ich mich in die zwanzig größten Krankenkassen reinhacke?« Holger sah sie mit großen Augen an. »Das sind aber dicke Festungen, die Kassen müssen sich echt um den Datenschutz kümmern!«

»Ja, und das würde ein halbes Jahr dauern, ich hab's schon kapiert. Dann müssen wir weiterdenken ... Gibt es irgendeine Stelle außer den Kassen, wo die Pflegefälle erfasst werden?«

»Ich habe keine Ahnung.« Holger griff zu einer Tüte Gummibärchen und bediente sich großzügig. »Meine Omas sind erst Anfang sechzig, die brauchen zum Glück noch keine Pflege ...«

»Hmpf ...« Renan blickte sich in dem Großraumbüro um und sah zufälligerweise den Chef der Spurensicherung hereinkommen.

»Pit«, rief sie, sodass sich alle Anwesenden erst zu ihr und dann zu dem Adressaten umdrehten. »Kommst du mal ... bitte.«

Glücklicherweise war Pit alt genug, dass er eine pflegebedürftige Großmutter hatte. Renan wusste das, weil er die alte Dame oft als Ausrede benutzte, um keine Überstunden schieben zu müssen. Vielleicht war es auch gar keine Ausrede, das konnte Renan aber nicht abschließend beurteilen. Jedenfalls schien Pits Mutter mit dem Papierkram immer überfordert, sodass der Beamtensohn die formalen Dinge regeln musste. Sehr zu seinem Leidwesen, denn der Beamtenstatus half hier offenbar keinen Zentimeter weiter.

»Medizinischer Dienst?«, wiederholte Holger, als ob der Oberspusi Suaheli gesprochen hätte.

»Genau.« Pit hatte sich rittlings auf einen Bürostuhl gesetzt und den Kollegen bereitwillig Auskunft gegeben, nicht ohne diverse Anreicherungen privater beziehungsweise unsachlicher Natur.

»Wenn es darum geht, ob jemand in eine Pflegestufe kommt, sei es die allererste oder eine höhere, rückt immer der MDK an, der Medizinische Dienst der Krankenkasse …«

»Und der entscheidet darüber, ob derjenige kaputt genug ist«, folgerte Renan.

»Wenn du es so ausdrücken willst«, grinste Pit.

»Und davon gibt es nur einen?«

»Nur einen«, nickte Pit. »Einer für alle!«

»*MDK Bayern*«, Holger machte sich am PC zu schaffen. »Ah ja, Haidenauplatz 1 in München … und dann haben wir noch ein Beratungs- und Begutachtungszentrum hier vor Ort …«

»Da müssen also alle Pflegefälle durch?«

»Jep«, sagte Pit und stand wieder auf. »Und jetzt gehe ich lieber, bevor ich hier noch Zeuge eines Dienstvergehens werde …«

»Was hat er damit gemeint?«, fragte Holger unschuldig.

»Ach nix.« Renan legte ihm schnell eine Liste hin. Man merkte, dass diese Spezialisten immer irgendwo am freien Markt angeworben wurden und keine Beamtenausbildung nach allen Regeln der Kunst genossen hatten.

»Du musst jetzt mal abgleichen, welche von diesen Personen mit diesen Adressen pflegebedürftig geworden sind –

und wann. Und am allerbesten wäre es, wenn der zuständige Pflegedienst auch irgendwo verzeichnet wäre ...«

»Ja, aber ...« Holger nahm die Liste und blickte Renan fragend an. »Brauchen wir dafür nicht einen Durchsuchungsbeschluss oder so was?«

»Der wird nachgereicht.« Renan stand auf und klopfte ihm auf die fleischige Schulter. »Das ist die übliche Vorgehensweise in solchen Fällen!«

*

»So«, sagte Alfred, nachdem das Team endlich einmal vollzählig beisammen war und um einen Tisch im *Rassel* saß. »Jetzt werden mal alle Mobiltelefone aus- und die Gehirne eingeschaltet. Wir müssen einmal gründlich nachdenken ... ganz fürchterlich nachdenken!«

Karina legte pflichtschuldig ihr Handy weg, während Renan ihn fragend anblitzte und Sophie scheinbar teilnahmslos auf einem Zahnstocher herumkaute. Es war mittlerweile später Nachmittag, und sie hatten es gerade noch vor einem Regenschauer durch die Grünanlage geschafft, die zwischen dem Café und dem Präsidium lag. Nun war es fast finster draußen, und der Regen prasselte gegen die Fensterscheiben. Das Etablissement war nur spärlich besucht, sie befanden sich alleine im hinteren Teil.

»Dieser Professor aus Köln ist sicher eine Kapazität.« Alfred nahm einen Schluck von dem Bier, das er sich ausnahmsweise in der Dienstzeit gegönnt hatte. »Aber wir können uns nicht darauf verlassen, dass er in einer angemessenen Zeit eine Aussage aus der jungen Frau Palmer herausholt, die den unschuldigen Herrn Engelbrecht entlastet. Und bei diesem Postler von der Bürgerwehr kommen wir auch nicht weiter.

Ich glaube nicht, dass wir dem noch eine Tatbeteiligung nachweisen werden ... und ich muss zugeben, dass ich auch nicht mehr daran glaube, dass er es war. Daher müssen wir uns jetzt ernsthaft auf Sarahs Motiv konzentrieren ...«

»Was ist denn mit Charlies Anwalt?«, fragte Sophie, die ebenfalls ein Bier vor sich stehen hatte. »Dieser Gonzalez hat doch beim Verhör anscheinend keine legalen Methoden angewendet. Da müsste doch jeder halbwegs studierte Rechtsverdreher was machen können ...«

»Die Methoden waren ganz sicher nicht mehr sauber. Vor allem war ja wohl zu keiner Zeit bei dem Verhör der Anwalt zugegen.« Alfred schälte nun ebenfalls einen Zahnstocher aus dem Papier. »Aber zum einen wäre Mager nicht der erste Anwalt, der bei einem Pflichtmandat den Aufwand gegen den Ertrag abwägt, und zum anderen ... Wir müssen davon ausgehen, dass Herbert das auch klar ist und er den Anwalt irgendwie ... na ja, zu neutralisieren versucht ...«

»*Neutralisieren*?«, fragte nun Karina.

»Er wird irgendwas tun, um ihn einzuschüchtern«, erklärte Renan. »Oder er besticht ihn, oder ... weiß der Kuckuck!«

»Bestechung?« In die Nachwuchskraft kam ein Hauch von Leben. »Sind wir denn jetzt endgültig in einer Bananenrepublik?«

»Dazu verweigere ich die Aussage«, knurrte Sophie.

»Jeder Mensch hat Schwachstellen.« Alfred zuckte mit den Schultern. »Und dieser Mager ganz sicher auch. Im äußersten Fall kann man auch welche schaffen ...«

»Zum Beispiel?«, fragte Karina.

»Wenn man bei einer Routinekontrolle plötzlich Drogen bei ihm findet.« Alfred blickte versonnen in sein Glas. »Das ist natürlich nur eine von vielen Möglichkeiten!«

»Puh«, Karina atmete lautstark aus. »Ich frage mich gerade wirklich, ob ich den richtigen Beruf gewählt habe!«

»Zweifel sind gut und immer angebracht«, beschwichtigte Alfred. »Aber stell sie jetzt bitte mal eine Stunde zurück. Du hast eine Menge Zeit mit Sarah verbracht. Du kannst uns hier wahrscheinlich am meisten helfen.«

»Es ist ja schon krass genug, dass sie es überhaupt gewesen sein soll.« Karina machte eine abwehrende Armbewegung. »Aber warum? Woher sollte ich das wissen?«

»Wissen tun wir gar nichts«, schaltete sich Renan ein, die mal wieder von ihrem Stuhl aufgestanden war. »Daher lautet das Motto jetzt ja auch nachdenken! Warum zündet jemand wie Sarah Palmer ein Auto an, in dem ihr Freund unrechtmäßig übernachtet?«

»Wie wäre es mit noch einer Beziehungstat?«, fragte Alfred. Ein weiterer Schluck Bier hatte seine grauen Zellen wieder in Bewegung gebracht.

»Du meinst, der Baierlein hatte inzwischen eine andere, und sie hat ihn aus Eifersucht ...« Renan lief um den Tisch herum und machte dabei schwankende Bewegungen mit dem Oberkörper.

»Zum Beispiel.«

»Ja, aber reicht das für so einen grausligen Mord?« Sophie schüttelte den Kopf.

»Das hat schon öfter gereicht.« Alfred breitete die Arme aus.

»Nein«, sagte Karina bestimmt. »So ein Typ ist sie nicht. Ich glaube, die würde sich eher selbst was antun in so einem Fall. Sie hat bislang immer nur sich selbst verletzt ... Untreue reicht da nicht aus.«

»Wenn sie überhaupt Wert auf Treue gelegt hat«, sagte Sophie. »Das ist ja nicht in allen Kreisen selbstverständlich.«

»Gut.« Alfred griff wieder zum Glas. »War ja nur ein Anfang ...«

»Was ist denn mit diesem Testament von der Fäustel?«, fragte Sophie nach einer Minute Schweigen.

»Ja, die war ja seine Vermieterin. Und er hat sich die ganze Zeit für die Leute eingesetzt, die günstige Wohnungen brauchen ...«

»Ja und?« Renan drehte ihren Stuhl um und setzte sich wieder.

»Und jetzt steht er kurz davor, selbst ein Hausherr zu werden ... Das macht doch was mit einem.« Sophie nahm hektisch einen Schluck Bier. »Oh Gott! Ich höre mich an wie eine Sozialarbeiterin!«

»Ich weiß nicht, ob wir da einen Zusammenhang ...« Alfred kratzte sich an der Augenbraue.

»Warte mal, warte mal ...«, unterbrach Renan.

»Ja?«

»Wir haben dieses Testament immer nur mit der Krüger in Verbindung gebracht, weil es ihr ein klares Motiv gegeben hat. Aber wir haben nie versucht, es mit dem anderen Fall zu verknüpfen!«

»Das heißt?«

»Wenn diese AFKOs wirklich das Testament in der Wohnung gesucht haben, dann hat es noch jemand anderem nicht gepasst, dass Baierlein in naher Zukunft vom Untergrundkämpfer zu einem Hausbesitzer werden sollte.« Renan zwirbelte an einer ihrer Locken herum.

»Jemanden von der AFKO?«, fragte Karina.

»Ganz besonders Sarah!«

»Er hätte doch ... äh, genau das tun können, was die AFKO sich wünscht.« Sophie drehte ihr Bierglas auf dem Filz hin und her.

»Die Wohnungen billig vermieten – oder ganz umsonst.«

»Und dieses andere Grundstück weiter hinten nicht an die *Wohntraum AG* verkaufen«, ergänzte Alfred.

»Oder zu einem aberwitzig hohen Preis«, meinte Karina.

»Und mit dem Geld hätte er die AFKO unterstützen können. Dann wären sie vom Feind finanziert worden, irgendwic ...«

»Ja, aber ... das wäre doch Verrat.« Sophie ließ von ihrem Glas ab. »Wenn der vorgehabt hätte, Geschäfte mit der *Wohntraum AG* zu machen, dann wäre das doch gegen alle Ideale dieser Gruppe gegangen!«

»Heiligt der Zweck die Mittel?« Renan stand wieder auf und drehte ihren Stuhl um. »Das ist eine alte Frage ...«

»Das wäre doch hier keine Frage«, rief Karina. »Der Zweck heiligt die Mittel auf keinen Fall!«

»Merkt ihr was?«, fragte Alfred.

*

Tobias Herrmann staunte nicht schlecht, als er zum Abholen einer Sendung in einem vierten Stock bei Müller klingelte und die schwangere Polizistin öffnete. Es dauerte ein paar Sekunden, bis er verschnauft und seinen Blick wieder nach oben gerichtet hatte, aber dann fiel ihm die Kinnlade herunter.

»Kennen wir uns nicht?«, fragte er rhetorisch.

»Flüchtig«, sagte Renan und machte eine einladende Geste, der der Fahrradkurier nur widerwillig folgte. Im Flur blieb er stehen.

»Dann geben Sie mir jetzt Ihre Sendung, damit ich sie schnellstmöglich zustellen kann.«

»Bitte«, Renan hielt einen Fünfzigeuroschein hoch.

»Was soll das?«

»Das ist Ihr Ausfallhonorar. Es gibt keine Lieferung«, sagte Renan. »Nur ein paar Fragen …«

»Fragen?«, wiederholte der Rothaarige. Er trug keinen Helm, die Haarpracht lugte unter einem Käppi hervor. Auch sonst war er nicht wie die üblichen Vertreter seiner Zunft gekleidet. Anstatt Funktionskleidung trug er eine zerrissene Jeans und einen Parka. Lediglich der gelbe Rucksack wies ihn aus.

»Ja, wie Sie sich vielleicht erinnern, haben wir da noch einen ungeklärten Todesfall. Genauer gesagt sind es mittlerweile sogar zwei.« Renan schob den Burschen in Richtung Wohnzimmer.

»Ja und?«, parierte er widerwillig. »Ich habe Ihnen doch schon alles gesagt, was ich weiß.«

»Vielleicht wissen Sie gar nicht, *was* Sie alles wissen.« Renan ließ sich auf das alte Biedermeiersofa fallen, das von ihrem Stiefvater Erwin perfekt hergerichtet worden, aber ihr sonst viel zu unbequem war. Jetzt war es für ihren Rücken aber genau das Richtige.

»Dann sollten Sie mich besser in Ihr Präsidium holen.« Tobias Herrmann blieb trotzig stehen. »Ein ordentliches Verhör scheint mir das hier nicht zu werden.«

»Im Präsidium hätten Sie doch eh nur gebockt«, seufzte Renan und griff zu ihrer Teetasse, die auf dem Couchtisch stand. »Und wir haben nicht mehr furchtbar viel Zeit, ehrlich gesagt.«

»Was soll das heißen?«

»Ihr … Bekannter, Charlie, hat gestern gestanden, das Auto angezündet zu haben, in dem Rocco Baierlein lag.«

»Was?«, rief Tobias. »Aber das ist doch Unfug. Der Charlie ist vielleicht manchmal etwas unbeherrscht, aber nicht blöd!«

»Das meinen wir auch.« Renan lümmelte sich in die bequemste Sitzposition. »Aber wenn Charlies Anwalt nicht bald etwas dagegen tut, wird Anklage erhoben. Und die Indizien sprechen nicht gerade für ihn, ehrlich gesagt.«

»Puh«, Tobias Herrmann setzte sich nun doch in einen der beiden Fünfzigerjahre-Sessel, die ebenfalls aus der Werkstatt der *Fa. Müller & Gebhard* stammten. »Aber was soll ich dagegen tun? Ich weiß wirklich nicht, wer es war!«

»Aber wir«, sagte Renan. »Zumindest sind wir uns ziemlich sicher!«

»Na, wunderbar«, er breitete die Arme aus. »Dann sagen Sie es und lassen den armen Charlie wieder raus ... Wer war es denn Ihrer Meinung nach?«

»Unser Problem ist das Motiv.« Renan wollte sich vorbeugen, ließ es aber lieber bleiben. »Die Person spricht nicht, und wir können Charlie nicht entlasten, wenn wir dem Staatsanwalt keine plausible Alternative vorlegen.«

»Sie spricht nicht?«, fragte er.

»Ja, *sie*«, Renan sah ihn eindringlich an. »Und es geht jetzt nicht darum, dass Sie jemanden reinreiten, sondern darum, dass Sie mir Angaben dazu machen, was innerhalb der Gruppe diskutiert wurde.«

»Zu welchem Thema?«

»Wir wissen zum Beispiel, dass mehrmals versucht wurde, die Wohnung von Frau Fäustel zu durchsuchen. Wir gehen davon aus, dass ihr Testament das Objekt der Begierde war ...«

»Ich war niemals in der Wohnung dieser Frau.«

»Aber vielleicht wissen Sie ja was davon?«

»Vielleicht ...«

*

Karina kam sich nun fast noch komischer vor als in der Psychiatrie. Sie saß mit der Dezernatsleiterin, dem Staatsanwalt, einem Professor und Alfred in einem Besprechungszimmer des Präsidiums und sprach über einen Präzedenzfall der Rechtsgeschichte. Zumindest hatte Klatte das so bezeichnet. Es war später Vormittag, und die nüchterne Atmosphäre wurde nur von dem Geruch gestört, den Alfreds dampfende Kaffeetasse absonderte. Sie war dankbar für diesen Duft, denn er relativierte etwas das Parfum der Kriminalrätin, das zwar teuer und dezent war, aber überhaupt nicht Karinas Vorlieben entsprach.

Die Zeichnungen von Sarah lagen wieder einmal auf dem Tisch, und Meiners hatte gerade einen Vortrag über das Phänomen des Mutismus gehalten, das vor allem bei Kindern bekannt war und oftmals nur in bestimmten Zusammenhängen auftrat. So gab es Kinder, die zwar zu Hause ganz normal waren, aber in der Schule kein Wort herausbrachten. Die meisten Therapieformen konzentrierten sich laut Meiners auch auf solche Fälle. Da war es wichtig, frühzeitig etwas zu unternehmen, damit sich die Störung nicht verfestigte. Es wurden die Eltern einbezogen, möglichst viele Informationen über die Kinder gesammelt und dann versucht, an Ressourcen und Stärken anzusetzen.

»Unser Fall liegt aber etwas anders«, schloss Meiners seine Vorlesung. »Die Patientin ist kein Kind mehr, und der Mutismus ist absolut. Sie spricht mit niemandem, sie zeichnet nur. Hier ist mehr eine Traumatherapie als eine Mutismus-Therapie notwendig. Aber auch die stößt an ihre Grenzen, wenn sie nonverbal erfolgen muss.«

»Sehen Sie eine Chance, dass die Frau in den nächsten Tagen ihr Schweigen bricht?«, fragte Karla Neumann.

»Ehrlich gesagt nicht«, seufzte Meiners. »Sie verweigert die Kommunikation ja nicht ganz, sie zeichnet. Daher sieht sie uns in der Pflicht, uns darauf einzulassen. Das ist eine Form, wie sie ihre Autonomie wahrt. Es wäre vielleicht noch einen Versuch wert, sie darauf hinzuweisen, dass sie mit einer Aussage ihrem Freund ... Wie heißt er glcich?«

»Charlie Engelbrecht«, sagte Alfred.

»... ihrem Freund Charlie helfen würde, der zu Unrecht der Tat verdächtigt wird. Aber ich bin mir sicher, dass sie wieder nur mit einer bildlichen Aussage reagieren würde.«

»Aber es ist doch jetzt ziemlich klar, dass der Verdacht gegen Engelbrecht sich deutlich abgeschwächt hat«, ergriff nun Alfred das Wort. »Zumindest diese Konsequenz müssen wir ziehen.«

»Sie ändern nur nichts für ihn«, sagte Staatsanwalt Klatte. »Wenn die Gründe für eine Untersuchungshaft entfallen würden, käme er eben wegen der Verstöße gegen seine Bewährungsauflagen in den Regelvollzug. Ob er nun in der linken oder rechte Seite der JVA sitzt, macht keinen Unterschied. Er befindet sich in Überhaft, genau genommen.«

»Aber es macht einen Unterschied, ob er mit einer Anklage wegen Mordes zu rechnen hat oder nicht«, beharrte Alfred. »Der Bursche ist mir auch nicht gerade sympathisch, aber er ist in den letzten Tagen nicht gerade pfleglich behandelt worden und sollte nun merken, dass unser Rechtsstaat noch nicht ganz am Ende ist ...«

»Hhmm ...« Klatte nahm das Scheiterhaufen-Bild von Sarah zur Hand und musterte es einige Sekunden lang. »Sind Sie sicher, dass wir in den nächsten Tagen keine Aussage von Frau Palmer bekommen, Herr Professor Meiners? Also mündlich oder zumindest schriftlich.«

»Davon müssen wir ausgehen …« Meiners sprach langsam und kaute auf seinen Lippen herum. »Außer …«

»Außer was?«, fragte die Neumann.

»Es gibt theoretisch noch eine medikamentöse Option …«

»Ja?« Klatte beugte sich nach vorne.

»Mutismus-Therapien werden manchmal mit dem Geben von Serotonin-Wiederaufnahmehemmern kombiniert …«

»Psychopharmaka?«, fragte Karla Neumann.

»Ja, eine spezielle Gruppe von Antidepressiva hat sich in einigen Fällen als hilfreich erwiesen.« Der rheinische Frohsinn war nun vollständig aus dem Gesicht des Professors gewichen. Das Thema war ihm offensichtlich unangenehm. »Ich sage das nur, weil ich nichts verschweigen möchte … In einer normalen Therapie werden diese Mittel natürlich nur mit Zustimmung der Patienten beziehungsweise deren Eltern eingesetzt …«

»Sie wollen ihr eine Wahrheitsdroge verabreichen?« Karina konnte sich nun nicht mehr zurückhalten und spürte prompt Alfreds Hand auf ihrem Unterarm.

»Ich würde vorschlagen, dass wir Herrn Meiners ausreden lassen«, fuhr Karla Neumann scharf dazwischen.

»Es handelt sich hier nicht um *Wahrheitsdrogen*, und es ist auch keineswegs sicher, dass die junge Frau nach der Medikation zu reden beginnt. Ich fühle mich nur verpflichtet, Sie auf diese Möglichkeit hinzuweisen.«

»Es ist wohl nicht davon auszugehen, dass sie dieses Medikament freiwillig einnimmt«, sagte Staatsanwalt Klatte nach einer kurzen Pause.

»Eher nicht«, nickte Meiners. »Dann könnte sie auch freiwillig sprechen.«

»Dann bräuchten wir einen richterlichen Beschluss«, seufzte Klatte und rieb sich die Augen.

»Ich muss zudem darauf hinweisen, dass Zwangsmaß-nahmen bei der Patientin auch zum gegenteiligen Effekt führen könnten«, sagte Meiners.

»Das können wir ihr doch nicht antun.« Karina sah sich nun wieder in der Pflicht. »Sie hat doch weiß Gott schon genug mitgemacht in der letzten Zeit!«

»Sie hat aber auch einen Menschen auf dem Gewissen«, murmelte Klatte und kaute auf seinem Bleistift herum.

»Und das ist schlimm genug, glauben Sie mir.« Karina verlor gerade den letzten Rest ihres Glaubens an das System.

»Ich muss darüber nachdenken«, sagte Klatte.

*

Wenn Sarah nur geredet hätte. Dann wäre ihr »Geständ-nis« gegenüber Karina womöglich als »spontanes Offenbaren« zu werten gewesen. Solange sich eine Polizeibeamtin das Vertrauen einer Person nicht vorsätzlich erschlich, war es keineswegs ausgeschlossen, dass so gewonnene Erkenntnisse nicht doch gerichtsverwertbar sein könnten.

Da es sich hier aber nicht wirklich um Informationen, sondern um interpretierte Bilder handelte, war damit vor Gericht nichts anzufangen, solange Sarah nicht einer ordentlichen Vernehmung unterzogen wurde.

Alfred hatte bislang gemeint, nach 35 Dienstjahren alle dunklen Winkel und blinden Flecken des Rechtssystems zu kennen, aber in diesem merkwürdigen Fall lernte auch er noch einmal einiges dazu. Klatte musste sich mit einigen Koryphäen der juristischen Fakultät beraten haben, denn er hatte bei der Vorbereitung der Vernehmung mehrfach darauf hingewiesen, dass sie hier womöglich Rechtsgeschichte schreiben würden. Grundsätzlich war es nämlich so, dass der Vernehmungsbegriff nicht zwingend eine mündliche Kommunikation vorsah. Die Art der Vernehmung wurde durch das Gesetz nicht geregelt. Daher konnte man mit Zeugen oder Beschuldigten auch in Zeichensprache reden oder theoretisch auch durch Zeichnungen kommunizieren – solange der Tatvorwurf ordnungsgemäß eröffnet wurde und die Person auf ihre Aussagefreiheit hingewiesen worden war. Auch das mussten sie natürlich verstehen, aber da Sarah des Deutschen mächtig, nicht geistig behindert und auch nicht ertaubt war, konnte dies gewährleistet werden. Ihre Äußerungen konnten in jeder beliebigen Form erfolgen, sie mussten nur eindeutig sein. Und genau da lag das Problem.

»So, und jetzt weichen wir keinen Millimeter von der Strafprozessordnung ab.« Klatte hat sich auf der Längsseite eines Tisches eingerichtet, der sich in einem Besprechungsraum des Klinikums befand.

»Ist die Kamera ausgerichtet, Herr Schwaiger?«

»Jawohl, Herr Staatsanwalt«, bestätigte ein Adlatus, der höchstwahrscheinlich sein Referendariat am Landgericht absolvierte und nicht für diffizilere Aufgaben zu gebrauchen war.

Die Videoaufzeichnung von Verhören war bislang nur teilweise üblich. Zum einen mochten einige Kriminaler es nicht, gefilmt zu werden. Zum anderen war die technische Ausrüstung des Präsidiums noch nicht so ausgebaut, dass immer eine Kamera zur Verfügung stand – und wenn, dann funktionierte sie bisweilen nicht. Daher war bei der Kripo immer noch die Aufzeichnung mit Tonband Standard, aber das hätte bei Sarah Palmer ja nun überhaupt keinen Sinn ergeben.

Alfred fragte sich, ob es größerer Überredungskünste bedurft hatte, damit Sarah sich in diesen Raum begab, oder ob es vielleicht gar kein Problem gewesen war. Jedenfalls betrat sie nun in Begleitung von Dr. Kerner und Dr. Meiners den Raum und setzte sich ohne zu zögern an den ihr zugedachten Platz. Sie sah blass aus. Die schwarz gefärbten Haare zeigten am Ansatz blonde Streifen, die Augenringe waren weniger ausgeprägt als bei ihrer letzten Begegnung. Jetzt, wo er es sicher wusste, erkannte Alfred in der Kinnpartie und an der Nase deutliche Ähnlichkeiten zu Göttler. Ebenso hatte sie die breiten Fingernägel ihres Vaters geerbt.

»Frau Palmer«, eröffnete Klatte das Gespräch, nachdem er die üblichen Formalitäten heruntergebetet hatte. »Sie stehen unter Verdacht, an der Ermordung Rocco Baierleins beteiligt gewesen zu sein. Sie müssen sich dazu nicht äußern, wenn Sie sich damit möglicherweise selbst belasten würden. Haben Sie diese Belehrung verstanden?«

Sarah blickte von Klatte zu Alfred zu Meiners und nickte dann leicht.

»Frau Palmer hat die Frage mit einem Nicken bejaht«, ergänzte Klatte zur Sicherheit.

»Frau Palmer hat keinen Rechtsbeistand verlangt. Wir gehen daher davon aus, dass Sie darauf verzichten. Ist das zutreffend?«

Sarah nickte wieder sehr langsam.

»Sie sind eine intelligente junge Frau«, fuhr der Staatsanwalt fort. »Daher haben Sie wahrscheinlich bemerkt, dass wir mit Frau Welker eine Beamtin in ihr Zimmer gelegt haben, die den Auftrag hatte, Informationen über den Tathergang in der bewussten Nacht am Richter-Platz zu bekommen. Damals gingen wir davon aus, dass Sie nur eine Zeugin wären. Nachdem Frau Welker es geschafft hatte, mit

Ihnen über Zeichnungen zu kommunizieren, haben wir diese von Herrn Professor Meiners analysieren lassen – er ist Ihnen ja mittlerweile bekannt –, und er ist zu der Ansicht gekommen, dass Sie die Tat verübt und auch gestanden haben. Ist diese Interpretation zutreffend?«

Sarah lehnte sich in ihrem Stuhl zurück und blickte Klatte offen an. Darüber hinaus zeigte sie keinerlei Regung.

»Frau Palmer«, Alfred bemühte sich um einen sanften Tonfall. »Wenn diese Zeichnungen als Aussagen gewertet werden, besteht noch ein großer Unterschied darin, ob Sie dieses Fahrzeug mit dem Vorsatz angezündet haben, Rocco Baierlein umzubringen, oder ob Sie womöglich fahrlässig gehandelt haben und nicht wussten, dass er drinnen liegt. Das kann den Zeitraum von 15 Jahren Haft ausmachen, wenn es dumm läuft.«

Sarah wandte ihren Blick Alfred zu. Sie lächelte kaum merklich.

»Wir wollen Ihnen keinen Mord anhängen, wenn Sie keinen begangen haben«, schaltete sich Klatte wieder ein. »Aber das sind diffizile Rechtsfragen, die wir ohne eine Aussage von Ihnen nicht bewerten können ...«

Sarah griff zu dem Block und dem Bleistift, die vorher auf dem Tisch platziert worden waren. Kurz hielt Alfred den Atem an, weil er es für möglich hielt, dass Sarah nun eine schriftliche Aussage machen würde. Doch nach wenigen Sekunden war klar, dass sie wieder mit einer Zeichnung begann. In kurzen, kantigen Bewegungen fuhr sie mit dem Stift über das Papier, ohne aufzusehen.

»Das ist gut«, sagte Meiners nach einer gefühlten halben Stunde, »drücken Sie sich aus, Frau Palmer.«

»Wir kennen Ihr Motiv nicht«, nahm Alfred schließlich das »Gespräch« wieder auf. »Wenn Sie eine vorsätzliche

Tat gestehen wollten, zum Beispiel mit diesem Bild hier«, er hielt den Scheiterhaufen hoch, »dann fehlt uns der Beweggrund. Nach allem, was wir wissen, waren Sie mit Herrn Baierlein in einer Beziehung. Wir sind – offen gestanden – völlig im Unklaren, was Sie zu der Tat veranlasst hat ...«

»Das war keine Suggestivfrage«, fiel ihm Klatte ins Wort. »Es steht Ihnen natürlich frei, sich dazu zu äußern. Wie gesagt müssen Sie sich nicht selbst belasten!«

Sarah lächelte abermals leicht, ohne die Arbeit mit dem Bleistift zu unterbrechen.

»Es wäre genauso nachvollziehbar, dass Sie die Tat nur beobachtet haben«, meldete sich nun Meiners zu Wort. »Das würde genauso ausreichen, um Sie zu traumatisieren. Aber Sie müssen zur Kenntnis nehmen, dass Ihre Bilder dafür zu mehrdeutig sind, Frau Palmer. Helfen Sie uns doch bitte, wir wollen Sie ja nur verstehen.«

»Dazu wäre vielleicht noch zu sagen, dass wir bislang Herrn Engelbrecht als Verdächtigen in Untersuchungshaft haben.« Klatte blätterte pro forma in der Akte. »Es gibt ziemlich belastende Indizien gegen ihn, und er hat ...«

Alfred räusperte sich lautstark.

»... nein, hat er nicht«, Klatte winkte ab und rieb sich kurz die Augen. »Wir informieren die Verdächtige hier nur über Sachverhalte, die der Öffentlichkeit bereits in einer Pressekonferenz mitgeteilt wurden«, sagte er vernehmlich in Richtung Kamera.

»Wenn Sie etwas zur Aufklärung dieser Tat beitragen können, dann bitten wir Sie, das zu tun.« Meiners verfiel in einen Sprechrhythmus, der wohl irgendeinen therapeutischen Sinn haben sollte. »Sie können etwas bewegen, Sarah. Ich bin mir sicher, dass Sie sich dessen auch bewusst sind.«

Sarah blickte noch einmal von Klatte zu Alfred, zu Kerner und zum Professor. Danach radierte sie kurz etwas aus, korrigierte einige Linien und legte schließlich ein neues Bild auf den Tisch.

»Äh«, Meiners war der Erste, der zugriff. »Das sieht ja aus wie ...«

»Ja, das halten wir jetzt einmal gut sichtbar in die Kamera«, sagte Klatte.

*

»Ich wüsste wirklich nicht, was wir in diesem Fall noch machen sollten.« Alfred lehnte sich demonstrativ in seinem Stuhl zurück und blickte in die Runde.

»Klare Beweise liefern«, seufzte Klatte. »Wie wäre es damit?«

»Klarer wird es so schnell nicht gehen«, sprang Karla Neumann Alfred zur Seite, während sie Sarahs letzte Zeichnung hochhielt.

»Ja, das ist ein sehr schönes Bild.« Klatte nahm seine Kaffeetasse zur Hand, um sie sogleich wieder abzustellen, ohne daran genippt zu haben.

Das Werk zeigte zwei Figuren in einem Weinberg, sie trugen Bärte, lange Haare und altertümliche Gewänder. Der eine gab dem anderen einen kleinen Sack. Der Inhalt des Beutels war nicht zu sehen, aber die Zahl *30* darauf gab einen mehr als deutlichen Hinweis. Dazu kam, dass der Empfänger klar die Gesichtszüge des toten Rocco Baierlein trug.

»Aber ich weiß wirklich noch nicht, wie ich das einem Richter plausibel machen soll ...«

»Wir haben ja nicht nur das Bild.« Alfred konnte eine leichte Ungeduld nicht verhehlen. »Wir haben das

Gutachten von Professor Meiners sowie die Aussage von Frau Fäustel, dass sie ihr Testament zugunsten des Toten ändern wollte. Und wir haben die Aussage aus dem Umfeld der AFKO, dass Baierlein mit dem Gedanken gespielt hat, dieses Erbe an die *Wohntraum AG* zu verkaufen, und dass dies in der Gruppe bekannt war ... Verrat von Idealen ist ein starkes Motiv!«

»Das mag ja sein«, Klatte rieb sich die Schläfen. »Aber was machen wir, wenn die alte Frau bis zum Prozess verstorben oder nicht mehr zurechnungsfähig ist? Und was, wenn der Herr ... äh ...«

»Tobias Herrmann«, ergänzte die Kriminalrätin.

»... wenn der es sich bis dahin wieder anders überlegt oder sich plötzlich an nichts mehr erinnern kann?«

»Solche Risiken haben Sie aber immer, wenn Sie eine Anklage erheben, Herr Staatsanwalt«, gab Karla Neumann zu bedenken.

»Ja«, Klatte lachte verzweifelt. »Aber dann habe ich in der Regel einen Angeklagten, den ich ins Verhör nehmen kann!«

»Das können Sie hier ja auch«, wagte Alfred einzuwenden.

»Und wie soll das funktionieren?«, rief Klatte. »Sollen wir ...« Der Rest des Satzes ging im Dröhnen eines Presslufthammers unter.

»Wie bitte?« Karla Neumann hielt die rechte Hand ans Ohr.

»Ich fragte, ob wir womöglich eine Staffelei in den Gerichtssaal stellen sollen!!«, schrie Klatte.

»Was würden Sie denn tun, wenn sie einfach die Aussage verweigern würde?«, fragte die Kriminalrätin. »Das ist ja weiß Gott nichts Ungewöhnliches, wenn eine Angeklagte einen halbwegs fähigen Anwalt hat.«

»Das ist ja das nächste Problem«, seufzte Klatte. »Der gute Mager wird Frau Palmer sicherlich nicht vertreten, was die Chancen auf einen halbwegs fähigen Rechtsbeistand deutlich erhöht. Und dann wird dieses ganze ... Konstrukt noch wackliger!«

»Vielleicht«, sagte Alfred. »Aber wir haben hier wirklich eine Konstellation, in der wir zwischen Tätern und Opfern kaum mehr unterscheiden können. In dieser Geschichte ist jeder beides ... irgendwie. Und dass Sarah Palmer nicht im Gefängnis landen wird, ist doch jetzt schon klar, nicht wahr?«

»Ja, da könnten Sie recht haben« Klatte nahm wieder das Bild zur Hand.

»Sie wird in die Psychiatrie kommen, mit oder ohne Verurteilung.« Alfred faltete die Hände wie zu einer Beschwörung. »Nach allem, was wir wissen, hat sie die Tat begangen. Mehr Gerechtigkeit können wir nicht herstellen, nicht in unserem Rechtssystem.«

»Ich muss das mit dem Oberstaatsanwalt besprechen.« Klatte schlug die Akte zu und lehnte sich in seinem Stuhl zurück. »Kriege ich wenigstens in dem anderen mutmaßlichen Mordfall einen Angeklagten, der redet?«

»Da sind wir gerade drüber«, sagte Karla Neumann mit einem Seitenblick auf Alfred.

X. Keine Macht für Niemand

»Jetzt sage ich Ihnen mal, wie ich mir das vorstelle.« Renan beugte sich nach vorne und sah Annette Krüger herausfordernd an. »Sie haben sich abgerackert, von einer Krankenschwester über ein Studium bis hin zur Selbstständigkeit. Haben Ihren eigenen Pflegedienst gegründet, sind ins Risiko gegangen. Sie haben sich was getraut, was die ganzen Spießer und Sesselfurzer da draußen sich nie trauen würden. Sie wollten es besser machen als die anderen, damit jeder was davon hat: Ihre Patienten, Ihre Angestellten und Sie …«

»Vergessen Sie das Finanzamt nicht.« Die Krüger saß scheinbar teilnahmslos auf der anderen Seite des Tisches und spielte mit ihrer Zigarettenschachtel.

»Klar.« Renan stand auf. »Das kommt noch vorher. Alle kommen vorher, und für Sie bleibt nach der ganzen Plagerei nichts mehr übrig. Es ist ein Scheißjob, selbstständig zu sein. Ich weiß das, ich komme selbst aus einer Familie mit einem kleinen Betrieb. Selbstständig heißt, man arbeitet selbst und das ständig. Und nachdem Sie alles richtiggemacht haben und alle Auflagen erfüllen und Ihre Leute gut bezahlen, kriegen Sie trotzdem nur …« Renan sah kurz zu Karina, die an der Stirnseite des Tisches saß, einen Stapel Papiere vor sich.

»Neun Euro«, sagte diese, »neun Euro für zwölf Minuten Pflegeleistung …«

»Neun Euro«, wiederholte Renan. »Und dazu die Fahrzeiten. Jeder Klempner verdient mehr! Das kann auf Dauer nicht funktionieren. Irgendwer muss zurückstehen. Das Finanzamt wird es nicht tun, Ihre Pflegerinnen wahrscheinlich auch nicht, die sind gefragt wie nie. Bei den Patienten geht's vielleicht, aber Sie wollen auch noch leben. Also was tun?«

»Wenn Sie diese Antwort kennen, sollten Sie ein Buch schreiben.« Die Krüger blitzte Renan vielsagend an. »Wird ein Bestseller in Pflegekreisen!«

»Wie wär's mit einem neuen Geschäftsfeld.« Renan stützte die Hände auf die Tischplatte und blitzte zurück. »Sie erweitern das Portfolio um so eine Art ... sagen wir Maklerbüro.«

»Ja, das ist eine gute Idee«, lachte die Krüger. »Wenn ich noch einmal auf die Welt komme, werde ich Immobilienmaklerin. Zurzeit bin ich es leider nicht!«

»Aber Sie wissen, wer in einer gefragten Gegend Häuser besitzt – und entweder bald stirbt oder aber dringend Geld braucht, um seine Pflege zu finanzieren. Das reicht ja kaum aus, was die Kasse da erstattet. Und wenn man das Vertrauen der alten Leute erst einmal hat, dann kann man sie auch überreden, ihre Immobilie an ein Wohnbauunternehmen zu verkaufen, nicht wahr? Wollen Sie immer noch keinen Anwalt, Frau Krüger?«

»Pff ...« Sie stützte den Kopf in die rechte Hand und massierte sich die Stirn.

»Wir können mehr als ein Dutzend Fälle nachweisen, in denen Patienten Ihres Pflegedienstes entweder ihre Häuser an die *Wohntraum AG* verkauft haben – oder eine Option auf den Kauf nach ihrem Ableben. In drei Fällen haben wir einen Tausch von Wohnhäusern gegen ein Seniorenapartment der *Wohntraum AG* ...«

»Die machen aggressive Werbung in Konradshof, das weiß doch jeder.« Die Krüger sah wieder von der Tischplatte auf.

»Nicht nur in Konradshof« sagte Karina. »Aber komischerweise sind sie gerade da sehr erfolgreich.«

»Mag sein«, die Verdächtige zuckte mit den Achseln, »keine Ahnung!«

»Frau Krüger«, ergriff Renan wieder das Wort. »Noch haben wir keine Ihrer Mitarbeiterinnen verhört. Noch haben wir keinen Durchsuchungsbefehl für Ihre Geschäftsräume beantragt. Noch haben wir keine Nachforschungen bei der *Wohntraum AG* angestellt ...«

»Dann stehen Ihre Anschuldigungen aber auf ziemlich schwachen Füßen, würde ich sagen!«

»Wollen Sie, dass wir damit anfangen?«, konterte Renan scharf. »Das macht keinen guten Eindruck, wenn mehrere VW-Busse mit Blaulicht bei Ihnen vorfahren. Und Ihre Mitarbeiterinnen werden sich auch kaum mehr auf ihren Job konzentrieren können. Von den verschiedenen Aufsichtsbehörden, die dadurch aufgeschreckt werden, will ich gar nicht reden. Da kenne ich mich auch zu wenig aus.«

»Ich weiß wirklich nicht, was Sie von mir wollen, Frau Müller.« Annette Krüger blieb beherrscht, lediglich ein heftiges Augenzwinkern verriet Erregung.

»Ich will Ihnen die Chance geben, eine Straftat zu gestehen, bevor wir sie Ihnen nach allen Regeln der Kunst nachweisen.« Renan bemühte sich um einen versöhnlichen Tonfall und setzte sich wieder.

»Mich ruinieren trifft es wohl eher!«

»Das haben Sie selbst getan«, erwiderte Renan. »In dem Moment, als Sie sich mit Meßthaler eingelassen haben.«

»Mit Meßthaler? Eingelassen?«

»Also kannten Sie ihn?«

»Er hat mir meine Wohnung verkauft. Warum sollte ich das leugnen?«

»Immerhin.« Renan zog die Akte von Karina zu sich herüber. Sie blätterte kurz darin herum und legte eine Kunstpause ein. Dann lehnte sie sich zurück und fixierte ihr Gegenüber fast eine Minute lang.

»Wir brauchen uns auch gar nicht weiter mit einem Motiv aufzuhalten«, sagte sie schließlich. »Wir haben ja ausreichend Spuren ...«

»So, was denn für Spuren?«

»Körperflüssigkeiten zum Beispiel. Das sind wunderbare DNA-Träger. Fingerabdrücke haben wir auch gefunden, auf einer Palette Zementsäcke ... Eine Verführung mit Handschuhen wäre wahrscheinlich verdächtig gewesen, solange der andere nicht auf Latex steht ...«

»Sie werden geschmacklos, Frau Müller.« Das Spielen an der Zigarettenschachtel wurde heftiger.

»Das war ja nicht mein Plan.« Renan zuckte mit den Schultern. »Wir haben nur die Spuren zusammengetragen. Fingerabdrücke und Fußspuren ...«

»Und woher haben Sie meine Fingerabdrücke, wenn ich fragen darf?«

»Nun, zugegebenermaßen sind wir nicht ganz rechtmäßig daran gekommen.« Renan lächelte milde. »Aber Sie haben mir ja gestattet, diese Wasserflasche aus Ihrem Büro mitzunehmen. Und als wir Sie kürzlich besucht haben, habe ich mir einen Blick in den Schuhschrank in Ihrem Gang erlaubt und dort ein Paar Pumps in Größe 38 gefunden ... mit deutlichen Spuren von Staub daran. Diese Schuhe können wir bei einer Hausdurchsuchung noch sicherstellen. Eine DNA-Probe haben wir nicht, in der Tat. Aber wir werden das sofort nachholen ... Karina ...«

Karina zog ein Röhrchen mit Wattestäbchen aus der Tasche und stand auf.

»Wenn Sie nichts dagegen haben, nehmen wir jetzt gleich eine gerichtsverwertbare DNA-Probe«, sagte sie. »Sie müssten nur kurz den Mund weit aufmachen.«

»Das werde ich ganz gewiss nicht tun!« Die Krüger sprang nun auf und ging einige Meter auf Sicherheitsabstand. »Was glauben Sie eigentlich, wer Sie sind?«

»Früher oder später müssen Sie es tun«, sagte Renan und gab Karina ein Zeichen, sich wieder zu setzen.

»Dann will ich jetzt doch einen Anwalt sprechen!«

»Das ist Ihr gutes Recht. Kennen Sie einen, oder soll das Gericht Ihnen einen Pflichtverteidiger beiordnen? Davor muss ich Sie aber warnen, das kann ganz schön in die Hose gehen.«

»Muss ich das jetzt entscheiden?«

»Nein, wir können gerne auch morgen weitermachen, wenn Sie nichts dagegen haben, die Nacht auf Staatskosten zu verbringen.«

»Das werde ich auch noch überstehen!«

»Ist gar nicht so schlimm, manche Bettenburgen in Mallorca sind unangenehmer.« Renan stand ächzend auf.

»Ähm, Renan«, meldete sich Karina.

»Ja?«

»Das Motiv ...«

»Ach ja«, Renan hielt auf dem Weg zur Tür inne und drehte sich noch einmal um. »Dass wir Ihnen den Mord nachweisen werden, daran haben wir keinen Zweifel. Aber wissen Sie, wo wir uns noch unsicher sind?«

»Beim Motiv?« Annette Krüger lächelte zynisch.

»In der Tat. Wir könnten uns Verschiedenes vorstellen. Wollte Meßthaler die Geschäftsbeziehung aufkündigen? Oder wollten Sie das tun, und er hat Sie dann erpresst, alles öffentlich zu machen? Oder war es plumpe Eifersucht?«

»Das fragen Sie dann am besten auch meinen Anwalt!«

*

Karla Neumann hielt die Pressekonferenz ab, als ob sie noch nie etwas anderes getan hätte. Hofmann, der Pressesprecher, war schon ziemlich verzweifelt, weil er so gut wie nie zu Wort kam. Lediglich die Begrüßung hatte er übernehmen dürfen und die Erklärung, dass Herr Kriminaldirektor Göttler zurzeit sein Amt ruhen ließ und daher die entscheidenden Informationen von der Leiterin des Kriminalfachdezernats kommen würden. Karla Neumann hatte sodann die zentralen Ergebnisse äußerst knapp und ebenso treffend zusammengefasst. Es hatte keine fünf Minuten gedauert, bis alles abgehandelt war: der erhärtete Tatverdacht im Todesfall Baierlein bei Sarah Palmer, die ein *wahrscheinlich gerichtsverwertbares* Geständnis abgelegt hatte. Die gleichzeitige Entlastung von Karl Engelbrecht, der mittlerweile aus der U-Haft entlassen und postwendend in den Regelvollzug überführt worden war, wegen des Verstoßes gegen seine Bewährungsauflagen. Das Tatmotiv umschrieb Karla mit *persönlichen Spannungen* zwischen den beiden jungen Leuten, die erwiesenermaßen eine Liebesbeziehung gehabt hatten.

Im zweiten Fall erläuterte sie den erhärteten Tatverdacht gegen Annette Krüger. Die mutmaßliche Täterin war noch nicht voll umfassend geständig, hatte aber auf Anraten ihres Anwalts zugegeben, dass sie sich zu einem intimen Stelldichein mit dem Toten auf der Dachterrasse des Rohbaus getroffen hatte und es dort auch zu Geschlechtsverkehr gekommen war. Sie bestritt jedoch, bei dessen Sturz eine Rolle gespielt zu haben. Vielmehr wollte sie den Tatort etwa 15 Minuten nach dem Akt verlassen haben. Meßthaler sei noch dortgeblieben, um eine Zigarette zu rauchen und den

Champagner auszutrinken. Eine geschäftliche Verbindung zu dem Toten hatte es aber ihren Angaben nach nicht gegeben. Es war offensichtlich, dass sie sich einen besseren Strafverteidiger besorgt hatte als der arme Charlie Engelbrecht.

»Wird sie damit durchkommen?«, flüsterte Karina in Alfreds Richtung. Sie saßen am Rand des Auditoriums und verfolgten den ersten großen Soloauftritt der Neumann.

»Ziemlich sicher nicht.« Alfred behielt die Pressevertreter im Auge. »Sophie hat schon damit begonnen, die Mitarbeiterinnen zu befragen. Die müssen da was mitgekriegt haben, und eine von denen wird reden, darauf verwette ich meine Pension!«

»Warum gibt sie's dann nicht gleich zu?«

»Das ist die klassische Salamitaktik der Anwälte. Es wird erst etwas zugegeben, wenn die Beweislast erdrückend ist. Vorher wird abgewartet, ob wir es vielleicht nicht erhärten können beziehungsweise was die Staatsanwaltschaft daraus macht.«

»Scheißgeschäft«, stöhnte Karina.

»Aus polizeilicher Sicht kann ich somit erklären«, schloss Karla Neumann ihre Ansprache, »dass wir diese zwei Gewalttaten für aufgeklärt erachten. Beide Fälle beinhalten fraglos tragische Aspekte, die wir aber nicht zu bewerten haben. Die Frage, wie so etwas in Zukunft verhindert werden kann, übersteigt dabei unsere Zuständigkeit und – erlauben Sie mir diese Anmerkung – auch unsere Möglichkeiten. Als Polizei können wir nach besten Kräften dafür sorgen, dass rivalisierende Fußballfans nicht aneinandergeraten oder rechtsextreme Marschierer nicht auf Gegendemonstranten treffen. Sozialen Spannungen und deren Auswirkungen inklusive Geschäftemacherei präventiv zu begegnen, ist dagegen Sache der Politik, der Stadtplanung und auch der Gesellschaft. Sozialarbeit,

Quartiersmanagement und nachhaltige Entwicklungsplanung abseits von Kassenlagen sind hier gefragt!«

»Hört, hört«, entfuhr es Alfred, zum Glück leise.

»Da hat sie jetzt aber mächtig in die Saiten gegriffen«, raunte Karina.

»Gibt es Fragen?« Hofmann war nun endlich wieder zum Einsatz gekommen. »Herr Thormann!«

»Welcher Art sollen denn diese geschäftlichen Beziehungen zwischen der Altenpflegerin und dem toten Immobilienverkäufer gewesen sein?«

»Wir gehen davon aus, dass sie ihm Häuser und Grundstücke von mindestens zehn ihrer Patienten vermittelt hat« Karla Neumann nahm einen Schluck Wasser. »Teilweise vor deren Tod, teilweise danach. Im Gegenzug hat sie dafür Provisionen kassiert.«

»Ist das ungesetzlich?«

»Es ist zunächst moralisch fragwürdig.« Die Kriminalrätin blickte den Gerichtsreporter des *Morgenblatts* scharf an. »Ob es einen Straftatbestand erfüllt, kann ich Ihnen zum jetzigen Zeitpunkt nicht sagen. Deswegen steht sie aber auch nicht unter Verdacht, sondern wegen des Mordes an Stefan Meßthaler – und der war definitiv ungesetzlich!«

Heiterkeit im Auditorium.

»Was soll denn dann das genaue Motiv gewesen sein?«, hakte Thormann nach, der sich wahrscheinlich schon eine Schlagzeile à la *Meuchelte Sex-Pflegerin im Rohbau?* zurechtlegte.

»Wir gehen davon aus, dass entweder Meßthaler die Geschäftsbeziehung beenden wollte oder aber die mutmaßliche Täterin damit erpresst hat.«

»Weitere Fragen?«, kam Hofmann der nächsten Replik des Klatschreporters zuvor. »Bitte, Frau äh, Ding …«

»Sie sprachen vorhin von einem wahrscheinlich gerichtsverwertbaren Geständnis der jungen Frau, die für den Brandanschlag verantwortlich gewesen sein soll.« Das war eine Redakteurin des *Bayerischen Rundfunks.* »Was genau dürfen wir uns darunter vorstellen?«

»Das Geständnis der mutmaßlichen Täterin liegt nicht schriftlich vor.« Karla Neumann räusperte sich verlegen.

»Wie dann?«

»Es ist ... ähm, also ...« Sie musterte Hofmann mit einem Seitenblick, der aber diesmal keine Anstalten machte, etwas zu sagen. »Es ist bildlich dargestellt.«

Das Volksgemurmel wurde so laut, dass glücklicherweise keine konkreten Nachfragen mehr zu hören waren.

»Ein Bild als Geständnis?«, rief schließlich eine männliche Stimme, deren Urheber sich nicht zu erkennen gab.

»Ja, weitere Angaben dazu können wir aus taktischen Gründen nicht machen, solange das Verfahren nicht abgeschlossen ist.« Das war die Standardantwort, um weitere Nachfragen abzuwürgen.

»Leider ist Herr Staatswanwalt Klatte verhindert, daher können wir uns dazu nicht weiter äußern«, ergänzte Hofmann noch schnell.

»Der hat schon gewusst, warum er verhindert ist.« Alfred musste grinsen.

»Wenn es dann keine weiteren Fragen mehr gibt ...« Hofmann machte schon Anstalten aufzustehen.

»Eine Frage hätte ich noch.« Das war der Gerichtsreporter des *Kuriers,* dessen Namen Alfred sich partout nicht merken konnte.

»Ja, Herr Strobel?«

Das war's!

»Sie sagten anfangs, Herr Kriminaldirektor Göttler würde sein Amt gerade ruhen lassen. Wie kam es denn dazu?«

»Es geschah ... auf eigenen Wunsch von Herrn Göttler«, erwiderte Karla Neumann knapp.

»Aber das ist doch sehr ungewöhnlich, Herr Göttler hat hier immerhin seit fast zwanzig Jahren ...«

»Und erst kürzlich hat er uns doch noch einen anderen Täter präsentiert«, sekundierte Thormann.

»Erstens hat das nichts mit der Sache zu tun.« Karla Neumann raffte ihre Unterlagen zusammen und sprang auf. »Und zweitens bitte ich Sie, die Privatsphäre von Herrn Kriminaldirektor Göttler zu respektieren!«

»Gibt es sonst noch Fragen?« Das war Hofmanns übliche Floskel, um eine PK zu beenden.

»Ja«, Strobel meldete sich nochmals.

»Ist es zutreffend, dass das Tagescafé *Rassel* als Subunternehmer der Polizeikantine unter Vertrag genommen wurde?«

»Wie kommen Sie denn darauf?«

»Es wurden in letzter Zeit häufig uniformierte Beamte bei ausgiebigen Pausen gesehen!«

*

»Du darfst nicht so draufdreschen«, sagte Göttler, nachdem Alfred den Ball mit Karacho mal wieder nur zwanzig Meter weit gebracht hatte.

»Aber der muss doch ewig weit fliegen«, beharrte Alfred. Obwohl er sich nie für diesen Sport interessiert hatte, packte ihn nun doch der Ehrgeiz.

»Visier im Geist mal einen Punkt an, der nur etwa zehn Meter vor dir liegt.« Göttler schlug ab und beförderte die Kugel ans Ende der Driving Range. »Siehst du, so.«

»Also weniger Wumms, damit man weiterkommt?«
Alfred legte einen neuen Ball auf das T.

»Ganz genau.«

»Das ist aber sonst gar nicht deine Art.« Alfred versuchte
es erneut und brachte tatsächlich gut fünfzig Meter zustande.

»Lass es, Alfred. Es kann sich nicht jeder ins Kaffeehaus
setzen und politisch korrekt Mordfälle lösen. Es gibt auch
noch andere Rollen in diesem Theater. Ich habe meine gespielt, so gut ich konnte.«

»Oh, du warst brillant, Herbert!«

»Werd nicht zynisch.« Der suspendierte Kripo-Chef
drosch die nächste Pille in die Landschaft. »Oder glaubst
du, ihr wärt mit einer Neumann als Leitung glücklicher gewesen?«

»Wahrscheinlich nicht«, gab Alfred zu. »Aber ich wollte dich jetzt auch nicht wegen der Vergangenheit sprechen,
sondern wegen der Zukunft.«

»Ich habe keine Zukunft mehr!«

»Du nicht, aber Sarah … vielleicht …«

»Ich werde mich darum kümmern.« Göttler presste die
Lippen aufeinander und sah mit zusammengekniffenen Augen in die Sonne, die gerade zwischen zwei großen Wolken
hervorgekommen war.

»Dein … Engagement war zweifellos schon enorm«, sagte Alfred, »aber vielleicht solltest du noch einmal über den
Unterschied zwischen *gut* und *gut gemeint* nachdenken!«

»Willst du mich belehren?«

»Nichts liegt mir ferner.« Alfred legte sich den nächsten
Ball zurecht. »Aber vielleicht lässt du dir von einem anderen
Vater ja einfach mal was sagen.« Er holte aus und schaffte
wieder gut fünfzig Meter.

»Dann sag, was du zu sagen hast!«

»Sie werden immer das Gegenteil von dem tun, was du willst. Sie müssen ihre eigenen Fehler machen, und sie müssen dafür geradestehen. Im Prinzip ist es egal, ob sie einen Fußball in ein Fenster schießen oder einen Mord begehen. Wenn du als Vater glaubst, dass du was von ihnen fernhalten musst, dann machst du deinen Job schlecht. Wenn die Kröten eine Scheibe einschießen, dann müssen wir ihnen beibringen, wie man dazu steht und sich entschuldigt. Es hat überhaupt keinen Sinn, ihnen da was abzunehmen. Dann sind sie beim nächsten Mal genauso hilflos. Und erwachsene Kinder wollen nicht mehr von ihren Eltern beschützt werden, sie wollen zeigen, dass sie ihr Leben alleine auf die Reihe kriegen.«

»Das kann man von Sarah ja nun nicht gerade behaupten.« Göttler lachte verzweifelt und schlug seinen Ball wieder in Richtung Horizont.

»Das zu beurteilen steht uns nicht zu, Herbert.« Alfred packte seinen Ex-Vorgesetzten am Arm. »Wir können nur ahnen, was das Mädel in ihrem Leben mitgemacht hat! Sie hat sich unter den Umständen wahrscheinlich ganz tapfer geschlagen. Aber wenn du ihr jetzt die Chance nimmst, an ihren Fehlern zu wachsen, dann machst du alles nur noch schlimmer. Geht das in deinen Sturschädel?«

»Und? Was soll ich jetzt deiner Meinung nach tun? Sie für den Rest ihres Lebens in die Geschlossene gehen lassen?« In Göttlers Blick war eine nicht mehr tarnbare Verzweiflung zu sehen.

»Wenn sie das will und muss, ja.« Alfred stützte sich auf seinen Schläger. »Dann sieh zu, dass sie dort gute Therapeuten kriegt, besuch sie regelmäßig und rede mit ihr. Wenn sie irgendwann raus will, wird sie es dich wissen lassen.«

»Und wenn sie gar nicht rein will?«

»Dann wird sie dich das auch wissen lassen. Vorausgesetzt, du fängst an, mit ihr zu reden, anstatt für sie Entscheidungen zu treffen. Das ist nicht glaubwürdig, nach über zwanzig Jahren!«

»Scheiße«, Göttler schleuderte seinen Driver auf den Boden. »Du könntest recht haben!«

»Dass ich so was noch einmal aus deinem Munde höre?« Alfred musste lachen.

»Und wie in Gottes Namen soll ich mit ihr reden?«, fragte Göttler, als sie sich wieder auf dem Rückweg zum Clubhaus befanden.

»Das ist jetzt auch dein Job, das herauszufinden.« Alfred zündete sich eine Zigarette an.

»Aber sie redet ja nicht, sie malt nur Bilder!«

»Hat sie das zeichnerische Talent eigentlich von dir?«

»Ich fürchte, nein. Muss von der Mutterseite kommen.«

»Dann solltest du vielleicht einen Zeichenkurs an der VHS belegen!«

Auf dem Rückweg zum Clubhaus freute sich Alfred schon auf ein Feierabendbier, als sein Handy klingelte.

»Ja?« Er hielt kurz inne, während Herbert weiterging. »Wer ist dran? Markus ... ja, um Himmels willen ...«

»Was ist denn?« Göttler drehte sich ob Alfreds Tonfall um.

»Vor zwei Stunden?« Alfred stand der Mund offen. »Aber das wäre doch mindestens acht Wochen ... Was? Verrechnet? So viel?!«

»Gibt's schon wieder einen Mord?«, fragte Göttler, als Alfred das Gespräch beendet hatte.

»Im Gegenteil, Herbert. Im Gegenteil!«

*

Obwohl Renan als Beamtin Privatpatientin war, wurde es in dem Krankenzimmer ziemlich eng. Sophie saß am Fußende des Bettes, Markus saß rechts neben dem Nachttisch und streichelte der jungen Mutter unablässig über den Kopf. Karina stand hinter Sophie, und Alfred hatte es sich auf dem zweiten verfügbaren Stuhl an dem kleinen Tisch bequem gemacht. Er konnte nicht umhin, sich ein klein wenig großväterlich zu fühlen. Das Baby war zwischen zwei und vier Wochen zu früh gekommen, was kein Wunder war, betrachtete man Renans Lebensweise in den letzten Tagen. Allerdings waren es zum errechneten Geburtstermin noch fast acht Wochen gewesen …

Die Hauptperson hatten alle schon kurz betrachten und würdigen können, bevor Markus ihn wieder auf die Frühchenstation geschoben hatte. Dem Kleinen – es war nun wirklich ein Junge geworden – ging es den Umständen entsprechend gut, die Ärzte wollten ihn aber noch ein paar Tage unter intensiver Beobachtung halten, um sicherzugehen, dass die Lungen auch völlig fehlerfrei arbeiteten.

»Das ist aber echt ein krasser Fehler«, sagte Karina schließlich. »Sich so dermaßen zu verrechnen!«

»Ich habe diesen Quacksalbern noch nie getraut.« Renan bemühte sich um einen düsteren Ton, aber die mütterlichen Glückshormone machten ihr einen Strich durch die Rechnung.

»Ist schon arg ungewöhnlich«, stimmte Sophie zu. »Vor allem müssten die doch in den Vorsorgeuntersuchungen gemerkt haben, dass das Kind schon viel weiter ist!«

»Ach …«, Renan winkte ab.

»Oder hat da womöglich jemand den Termin eigenmächtig nach hinten korrigiert?«, meldete sich Alfred, dem so langsam ein Licht aufging. »Das sind ja so ziemlich formlose Zettel, die den werdenden Müttern da für die Arbeitgeber mitgegeben werden, nicht wahr?«

»Wenn das so weitergeht, brauche ich noch einen Anwalt«, konterte Renan.

»Da kenne ich einen, der hat gerade wieder Zeit.« Sophie musste lachen.

»Und, was meint ihr?«, fragte Markus. »Ganz der Vater, oder?«

»Ja«, Renan musste husten. »Vor allem das Haupthaar!«

»Ich hatte früher auch mal eine Mähne!«

»Schwarz?«

»Na ja, fast. Dunkelbraun«, grinste er.

»Die Hände hat er von dir«, sagte Sophie zu Renan. »Sieht man eindeutig, bis zu den Fingernägeln.«

»Da spricht eine erfahrene Mutter«, sagte Alfred, der sich selbst wunderte, wie glücklich er über diese Situation war.

»Wie lange hat es denn gedauert?« Sophie zog besorgt die Augenbrauen zusammen.

»Ich glaube, drei Stunden, alles in allem.« Renan sah Markus fragend an.

»Ja, oder dreieinhalb ... maximal. Soll sehr schnell gegangen sein ... habe ich mir sagen lassen ...«

»Aber hallo«, Sophies Besorgnis war verflogen. »Bei mir waren's zwölf!«

»Wie soll er denn jetzt heißen?«, fragte Karina nach einer kurzen Pause.

»Also, äh ...«, begann Renan.

»Wir sind uns nicht sicher, ob das Standesamt das so akzeptiert«, sagte Markus.

»Ja, was denn, um Himmels willen?« Alfreds Geduld war nun arg strapaziert.

»Ja, äh … wir dachten an …«, Markus wechselte noch-mals einen Blick mit Renan, »… an Alf!«

»Was?«, rief Sophie.

»Das haarige Wesen aus der alten Sitcom?« Karina schien nicht recht zu wissen, ob sie bestürzt oder belustigt sein sollte.

»Er kommt uns halt irgendwie schon wie ein kleiner Ali-en vor.« Markus zuckte mit den Schultern.

»Und außerdem ist es ja nur eine Kurzform von Alfred«, ergänzte Renan lächelnd.

»Hast du was im Auge«, fragte Sophie, als Alfred sich ein Papiertuch aus dem Spender im Bad gezogen hatte. Mittler-weile waren sie dann doch zum Du übergegangen.

»Ja, äh«, stammelte er. »Muss eine Wimper reingekom-men sein …«

»Oder bist du nur gerührt?«

»Das auch!«

Nachwort und Dank

Gut Ding will Weile haben. Und so hat die Arbeit an diesem fünften Fall für Renan und Alfred über vier Jahre lang gebraucht. Alle, die ich damit über Gebühr auf die Folter gespannt habe, bitte ich vielmals um Nachsicht.

Aber es ist tatsächlich so, dass sich meine Bücher überwiegend selbst schreiben und ich als Medium nur geringen Einfluss auf die zeitliche Entwicklung nehmen kann. Dazu kommt, dass die anhaltende »Inflation« von regionalen Kriminalromanen mich eher defensiv als offensiv macht. Ich glaube immer noch, dass Quantität und Qualität in einem Verhältnis zueinander stehen, und hoffe, dass mit dem vorliegenden Werk ein echter Beitrag zur – nicht nur fränkischen – Kriminalliteratur gelungen ist.

So manche Entwicklungen waren auch für mich überraschend. Den beiden Ermittlerinnen Karina und Sophie waren eigentlich keine so großen Anteile zugedacht, aber die Zeit hat gezeigt, dass sie ebenfalls starke Charaktere sind, die mit den beiden »Platzhirschen« mithalten können. Herbert Göttler hat sich mir von einigen Seiten gezeigt, die ich so noch nicht kannte usw. Das ist es ja, was so ein Buch auch für den Autor spannend macht – und ich hoffe, nicht nur für den.

Dass die Handlung des Buches und die Figuren frei erfunden sind und Ähnlichkeiten mit real existierenden Personen oder Geschehnissen reiner Zufall, versteht sich von selbst.

So bleibt mir nur, mich bei den Leuten zu bedanken, die zum Gelingen dieses Falles beigetragen haben. Wilfried Dietsch hat mir als ehemaliger Leiter der Fürther Polizei zahlreiche Fragen beantwortet, die auch für einen »gestandenen« Krimiautor noch offen waren. Rechtsanwalt Michael Löwe war mir ein wertvoller Experte bei den zahlreich aufgetretenen Problemen mit juristischen Themen. Es sei ausdrücklich darauf hingewiesen, dass ich mich – mal wieder – in Teilen über ihre Warnungen hinwegsetzen musste, um eine gute Dramaturgie herzustellen. Schiefe Darstellungen der Polizeiarbeit oder juristischer Sachverhalte gehen eindeutig auf mein Konto!

Magdalena Haid hat mir als Lektorin sowohl zu einem starken Glauben an dieses Projekt verholfen, als auch mit akribischer Textarbeit dafür gesorgt, dass dieser Glauben nicht vergebens war. Dass wir zum Schluss in Zeitnot geraten sind, war mindestens zum gleichen Teil mein Verschulden ;-)

Darüber hinaus danke ich allen, die – wissentlich oder nicht – zum Gelingen dieses »Elaborates« beigetragen haben, darunter nicht zuletzt dem Team von ars vivendi.